Secret Garden

KATHERINE LACCOM´T

O Juiz

Dea editora

Editor-Chefe| Patrícia K. Azevedo
Assistente de Desenvolvimento| Ana Oliveira
Revisor| Milena Assis
Capista| Mia Klein
Diagramação| Cris Spezzaferro

Texto de acordo com as normas do Novo Acordo Ortográfico da Língua Portuguesa (1990), em vigor desde 1º de Janeiro de 2009

Os personagens e as situações desta obra são reais apenas o universo da ficção; não se referem a pessoas e fatos concretos, e sobre eles não emitem opinião.

Dados Internacionais de Catalogação na Publicação (CIP)

L1163 Laccom´T, Katherine
Juiz, o/ Katherine Laccom´T
ISBN 978-85-921876-1-3
1. Literatura Brasileira. I. Título.

CDD: B869

Prólogo

Vou para cima dela até ficarmos olho no olho e a beijo, enterrando-me nela. Separo minha boca da sua para olhá-la, saber o que se passa com ela através de seus olhos, e o que vejo faz com que o ogro dentro de mim urre de prazer, ela é minha! Tiro meu pau de dentro dela e provoco sua abertura, ouço seus gemidos de protesto. Encaro-a.

— Você me provocou, me desafiou e brincou, fez tudo o que quis. Agora, é minha vez de cobrar, senhorita Harver, e vou lhe cobrar com juros e correção monetária.

Capítulo 1
NOAH

— Ligue para a polícia e mande-os encontrá-la.

— Senhor Lancaster - o chefe da segurança fala. — Só poderemos dar queixa de desaparecimento quarenta e oito horas depois do ocorrido.

— Eu sou o juiz dessa cidade, de alguma coisa minha autoridade tem que valer. E mais, pode ser vingança... - minha paciência está esgotando e meu desespero tomando conta. Onde Alyssa se meteu?

— Meu amor, ela é adulta, você tem que parar com isso. Alyssa deve estar se divertindo com as amigas por aí - Carly entra falando para mim.

Alyssa não tem muitas amigas e a maioria das que tem são *nerds*. Elas não fazem o tipo que saem para se divertir à noite. São mais do tipo que se juntam para fazer algum tipo de experiência científica. Desde que os meus pais morreram, há poucos anos, sinto a necessidade de proteger minha irmã caçula de tudo. Trouxe-a de Nova Jersey para morar comigo em Nova York, onde sou juiz. Apesar de ser adulta, senti-me melhor tendo-a sob meus cuidados, afinal, ela é a única família que me resta.

Alyssa tem vinte e oito anos, é uma neurocientista bem-sucedida. Somos muito parecidos fisicamente, loiros, olhos verdes; sua pele branquinha destaca suas delicadas sardas no nariz e nas bochechas, coisa ausente em mim. A beleza é uma característica de família, muitos que nos veem acham que somos modelos. Modéstia à parte, eu tenho espelho em casa.

Tenho trinta e oito anos e minha carreira no judiciário foi meteórica. Trabalhei muito e desde cedo, para me tornar um juiz respeitado. Quando eu tinha dezesseis anos, vi um amigo morrer nas mãos de traficantes, desde aquele momento, decidi fazer minha parte com a sociedade, sendo um juiz. Não quero vingança, apenas quero um lugar seguro, onde as pessoas tenham seu direito de ir e vir, sem medo de que algo as aconteça ou que alguém as mate.

Não sou casado, mas tenho uma namorada de algum tempo que trouxe para morar comigo há poucos meses, ultimamente tenho dúvidas se foi a coisa certa a fazer. Carly é uma mulher bonita, alta, um belo corpo, mas a acho magra demais. Seios pequenos, cabelos lisos e castanhos em um corte Chanel. Sua boca é o que tem de mais bonito, parece desenhada e a desgraçada chupa como ninguém. No começo, ela era boa na cama, às vezes a achava meio forçada, mas seu boquete compensava tudo. Hoje, não posso falar a mesma coisa.

Conheci Carly em uma das festas do Christopher, um dos meus melhores amigos e, desde então, estamos juntos. Ela é assessora de um importante político, cargo que não permite estarmos juntos constantemente. E o fato de não ser constante é o que me fez ficar com ela até hoje. Gosto de estar com ela, mas casamento, por enquanto, não faz parte dos meus planos. Minha vida está muito boa assim. Pensando bem, minha relação com ela já foi melhor, tínhamos mais a oferecer um ao outro, principalmente na cama.

Nos últimos tempos, minha vida tem sido monótona. Nada mais me surpreende ou me desafia e isso deixa-me entediado e, consequentemente, de mau humor. O desaparecimento de Alyssa foi o que me tirou desse marasmo de meses. Não acho isso divertido, só que o nervoso despertou minha adrenalina.

Tiro meu celular do bolso e vou até a varanda, longe de todos para fazer uma ligação.

— Rebecka?

— Oi, Noah. Tudo bem?

— Não como gostaria. Eu queria uma de suas melhores meninas...

— A de sempre?

— Não. Quero algo novo.

— Já tenho alguém em mente. A que horas?

— A qualquer momento. Tenho que solucionar um problema e depois vou até aí.

— Ok. Noah?

— Sim.

— Sabe que pode contar comigo sempre, não é?

Respiro fundo.

— Sei, sim, Becka. Obrigado.

— Disponha, meritíssimo.

Rebecka é uma grande amiga, viúva de um dos meus melhores amigos, Roger Lamarque, morto em um assalto muito suspeito. Roger e eu crescemos e vivemos no mesmo lugar, em um bairro de classe média. Na adolescência, encontramos Christopher e, dois anos mais tarde, Benjamin ou Ben, como gosta de ser chamado. Éramos inseparáveis, passamos por muitas coisas juntos, aventuras inesquecíveis.

Lembro-me do dia em que ele conheceu a Rebecka, ela era uma das *top models* mais bem pagas do mundo. Foi amor à primeira vista, era muito bonito vê-los juntos. O que mais admirava na relação deles era o fato dela não se incomodar com os amigos, com a gente. Pelo contrário, ela se integrou tão bem que passou a ser uma de nós.

Quando nós despontamos em nossas carreiras profissionais, sentíamos a necessidade de ter um lugar onde poderíamos nos distrair. Roger, que vinha de uma temporada em Amsterdã, teve a ideia de abrir uma casa noturna para VIP´s, só poderiam entrar quando convidados por outros membros. E fundamos a *Secret Garden*, Roger era o proprietário, mas nós, Christopher, Ben e eu, formamos uma espécie de conselho.

O clube oferece shows de belas meninas, inclusive de *striptease*. Lindas acompanhantes para qualquer diversão que queiram dentro das instalações. Mas a pérola do lugar é o bar, temos uma gama gigantesca de bebidas, algumas são artesanais, mas Becka conseguiu trazer as mais especiais. Por falar em Becka, quando ela soube do lugar, foi contra, nunca quis tomar partido de nada lá. Mas assim que seu marido faleceu, ela não só assumiu, mas arrumou o lugar. Ser cliente do *Secret Garden* hoje é o sonho de muitos.

As meninas que trabalham lá são universitárias, a maioria está ali para terminar de pagar seus estudos. Há as profissionais, essas cobram uma fortuna por suas apresentações, elas também fazem programas e não são nada baratos, mas, nessa parte, o clube já não entra. Temos dois *barmen* e uma *barwoman* um tanto misteriosa, e eles dão um charme à parte ao clube.

Vejo os seguranças se movimentarem pela extensão dos jardins e volto a pensar, desde quando preciso de seguranças? Um já era o suficiente para mim, mas para essa casa precisa-se de um exército. Moro em uma mansão nos arredores de Manhattan, em um bairro luxuoso, mesmo preferindo a minha cobertura na Quinta Avenida. Meu imóvel não perde em nada para essa casa, é tão luxuoso quanto.

Carly insistiu que me mudasse para uma casa, assim seria mais acolhedor para Alyssa. Só que eu não acho que uma casa desse tamanho seja acolhedora, mal nos encontramos quando estamos todos em casa. Para pedir alguma coisa à minha governanta, tenho que ligar, na cobertura bastava falar um pouco mais alto.

Trouxe minha namorada para cá para que minha irmã não se sentisse tão solitária e, por fim, mal vejo a garota. Alyssa não é de sair e não dar notícias, sempre foi muito responsável. O que está acontecendo com a minha irmã? Alguém bate à porta e interrompe meus pensamentos.

— Benjamin está aqui para vê-lo, Noah – Martha, minha governanta, anuncia.

— Cara, está difícil falar com você hoje – viro-me e o vejo logo atrás dela. — Martha, já conversamos sobre esse Benjamin, eu não sei quem é esse cara – ela sai sorrindo e balançando cabeça. — O que houve? – ele vem em minha direção, apertamos as mãos.

— Alyssa sumiu há horas e ainda não apareceu, nem ligou para dar satisfações. E você, o que o trouxe aqui?

— Soube que o porre da sua namorada viajou e vim beber com o meu amigo que agora tem uma mulher, uma mansão e... – Ben abre seu terno sob medida e senta-se em um dos sofás do meu escritório.

— Quem tem uma mansão? – Carly entra e Ben faz uma careta. Ele não a aceita, aliás nenhum deles a aceita. Eu gostaria que eles a reconhecessem como foi com a Becka, no fundo, sou agradecido por isso não acontecer. As chances de casar caem drasticamente com isso. Graças a Deus!

— Alguém que conhecemos – falo, fazendo uma careta para Ben.

— Boa noite, Benjamin – ela volta-se para ele.

— Boa noite, Carly. Bom, Noah, quando tiver notícias da Alyssa, avise-me, por favor – Ben responde já se levantando.

— Onde você vai? – pergunto.

— Para casa. Não quero atrapalhar vocês. Até mais, senhorita Porter.

Acompanho-o até a porta.

— O que vocês têm contra a Carly, Ben?

Ele encara-me.

— Não temos nada contra ela, mas você há de admitir que a pessoa não é muito sociável, a aceitamos porque ela está com você, só não peça mais que isso.

— Ok. Obrigado. Eu acho...

— Sobre sua irmã, se precisar de alguma coisa, ligue-me. E faça isso quando ela chegar. Boa noite, Noah.

— Boa noite, Ben.

Esses caras são meus alicerces. Quando meus pais morreram há cinco anos, eles foram meu apoio e o de Alyssa. Desmarcaram todos os compromissos para ficar conosco no nosso tempo de luto. Não seria grande coisa se Christopher não fosse um importante político, prestes a se tornar senador dos Estados Unidos e Ben, um dos três advogados criminalistas mais condecorados do país. Não posso esquecer-me de Roger e Becka.

Ainda estou na porta quando um carro conhecido encostar na entrada. Uma mulher ruiva desce, dá a volta e abre a porta do carona. Com dificuldade, ajuda uma Alyssa bêbada a sair do carro. Corro em direção a elas e pego a minha irmãzinha no colo.

— O que você fez com a minha irmã?

— Eu a trouxe para casa – sua voz é forte, mas aveludada. Ela olha para mim séria e levanta uma sobrancelha que parecia desenhada de tão perfeita.

— O que fizeram com você, pequena? – entro e subo as escadas correndo para colocar minha irmã na cama e chamar um médico.

— Ela afogou as mágoas em dois copos de vodca. Tirando a ressaca, ela estará bem amanhã.

Viro-me para saber o que aquela infeliz estava fazendo dentro da minha casa e é a pior merda que faço. A visão daquela mulher de longos cabelos vermelhos, pele incrivelmente branca e grandes olhos verdes parece miragem. Seu corpo é escultural dentro daquelas roupas de couro preta, seus seios são fartos, cintura fina e quadris largos, fizeram meu pau reagir na hora!

— Quem é você? – ela não é estranha.

— Sou *barmaid* do *Secret Garden*, excelência – ela sorri de canto e se escora no batente da porta. Contemplo-a e enxergo suas botas de saltos altíssimos. Gostosa...

— Eu sabia que não era estranha – cruzo os braços e a questiono. — O que diabos você fez com a minha irmã?

— Ela apareceu no clube um pouco nervosa e, como é sua irmã, permitiram que entrasse – seu sorriso desaparece e sua postura fica ereta. — Ela sentou no bar e pediu a bebida mais forte, eu não queria decepcioná-la com uma fraca, mas também não daria uma bombástica. Só em olhar para ela percebe-se que não é do tipo que bebe.

— E?

— Servi duas doses de vodca e chamei a senhora Lamarque, que me pediu gentilmente para trazê-la segura para casa.

— Eu não sei o que está acontecendo com ela... – olho mais uma vez para minha irmã.

— Ela é uma boa menina e, como toda boa menina, preferiu engolir o que a incomoda. Ela repetiu várias vezes alguma coisa de um idiota que comprou uma casa enorme sem necessidade para uma safada que não o fará feliz. Também disse que não aguenta ficar rodeada por seguranças e que, depois que o idiota mudou para a mansão, a deixou de lado...

— Ela falou nesses termos? – pergunto aproximando-me dela.

— Idiota e safada foram uma contribuição minha, o resto foi ela quem disse. Por quê?

— Porque o idiota sou eu e a safada é a minha namorada, minha futura noiva – se Deus quiser, em um futuro bem distante.

— Desculpe... – sua cara é hilária.

— Você não é a tal da conselheira das mulheres desesperadas? A mente que induziu o cretino do Isaac a se casar com uma das meninas? – aponto para ela.

— Não induzi ninguém a nada! Só ajudei a Nicki a perceber que era muita areia para o caminhãozinho do babaca do seu amigo – ela dá um passo para frente. — E mais, vossa excelência, idiota é pouco para o cara que faz a própria irmã achar motivos para se embebedar.

— Você é muito petulante – dou mais um passo em sua direção, ficando cara a cara com ela.

— Você é arrogante! – e ela não foge.

— Mal-educada!

— Estúpido!

— Posso mandar prendê-la por desacato ou por ser uma charlatã com esse negócio de terapeuta de mulheres desesperadas – seu delicioso perfume enche meu nariz, irritando-me ainda mais.

— Eu não sou charlatã, só ajudo as mulheres a não caírem em camas de cretinos como você!

— Cretinos como eu detestam malcomidas como você – sem encostar nela, a encurralo na parede com meu corpo.

Ela abre sua boca em um perfeito "o", ficando ainda mais bonita. Estava prestes a beijá-la quando ouço Carly chamar por mim. Afasto-me e vou em direção a Alyssa, que dorme babando em seu travesseiro rosa.

— Quem é essa mulher, Noah? - Carly fala olhando a garota dos pés à cabeça.

— Ela é... - fico olhando para a ruiva e pensando rápido em como apresentá-la.

— Eu sou Madison, uma amiga da Alyssa. Bom, excelência, sua irmã está em casa sã e salva. Já estou indo - solto o ar aliviado. Se Carly souber do clube, não me deixará em paz nunca mais.

— Obrigado, Madison. Vou pedir para que alguém a leve para casa.

— Não - ela levanta a mão. — Não há necessidade. Boa noite.

Carly se prontifica a acompanhá-la e as duas se vão. Sento no *puff* rosa de bolinhas brancas que há aos pés da cama e contemplo o nada. O que aconteceu aqui? Que mulher é aquela? Ajeito-me porque só de pensar naquela boca meu pau já se agita. Fazia tempo que uma mulher não me excitava dessa maneira, mas o fato de ser uma feminista ferrenha me faz brochar na hora. Merda!

Capítulo 2
Madison

— Eu a acompanho, querida – esse querida já fez meus cabelos da nuca arrepiarem. — Então, você trouxe a irresponsável da Alyssa para casa, ela estava com você? Essa garota só dá problema.

— Ela estava comigo, sim, e agora está em casa – tento parecer neutra.

Se eu conheço as pessoas, sei que a menina é uma graça e não incomodaria ninguém, ao contrário dessa aí. Essa mulher tem cara de cadela do mal. Dou dois passos para trás para que ela desça as escadas na minha frente, vai que ela me empurra. Não vamos correr o risco, não é? Vou em silêncio até a porta.

— Então, não fez mais que a sua obrigação – uma bruxa para um ogro, perfeito!

— Boa noite para você também, Elvira – *Elvira, a Rainha das Trevas*. Assim que um dos seguranças abre a porta, eu saio rapidinho.

— Quem? – ela grita.

Finjo-me de surda, entro no carro e vou para o meu encontro. No caminho, vou resmungando o fato dele me chamar de charlatã, quem aquele cretino pensa que é? Tudo bem, ele é juiz... Que homem mais lindo! Eu sempre o vi de longe no clube, quem serve o grupo dele é o

Ramon, o *barman* chefe, todos os outros funcionários não têm acesso à realeza.

Terapeuta de mulheres desesperadas. Idiota... Não faz a menor ideia do que faço. A minha formação é pedagogia, mas meu sonho de ensinar as crianças foi substituído pela ocupação de ensinar mulheres a serem menos desesperadas por seus homens, sejam eles seus companheiros, pretendentes ou ainda o homem dos seus sonhos.

Nasci em uma pequena cidade do interior, fui criada para ser a típica dona de casa que espera o marido na porta, com a sua torta preferida e com as crianças impecáveis. Estudei pedagogia somente para ter um bom grau de instrução porque o meu sonho mesmo era encontrar um marido e fazer da sua casa um lar feliz. Então encontrei Frederick Warren, ele era perfeito...

Um homem com emprego estável, honesto, gentil e charmoso. A beleza não era o seu forte, afinal, o que contava era a beleza interior. Namoramos durante oito meses, noivamos, construímos nossa casa, a mobiliamos como queríamos e, cada dia que passava, estávamos mais felizes. Eu estava encantada com Frederick, ele era o homem dos sonhos de qualquer mulher, tínhamos planos tão mágicos para o nosso futuro...

Então, dez dias antes do casamento, eu viajei para um encontro de mulheres da igreja que frequentávamos, mas tivemos que voltar antes do tempo porque houve um acidente com a irmã Violet, coitada... Na época pensei assim, se ela tivesse orado mais, não estariam se divorciando agora... Resolvi dar um pulo em nosso futuro ninho de amor para ver como o meu amado estava. Chegando lá, encontrei-o com a prima dele em um sexo selvagem. Fiquei chocada com a cena, eu sabia que o diabo tinha inúmeros artifícios para acabar com um casamento, só não sabia que ele tinha longos cabelos loiros. Eu me lembro de gritar, chorar, quebrar coisas, puxar o cabelo da piranha, mas o que mais me marcou foram as palavras dele...

Madison, homens não gostam de passar a vida fazendo sexo "papai e mamãe", gostamos de coisas loucas na cama. E nosso relacionamento só vingou por causa do prazer que ela me dá. Homens preferem deixar a luxúria fora do sagrado matrimônio, mas não fora das suas vidas.

Aquilo foi um choque para mim. Fiquei dias a fio chorando e me lamentando; pior, me culpando por não ser boa o suficiente para ele. Um dia, entrei no meu banheiro com uma lâmina na mão, acabaria com essa dor de ser inferior. Assim que encostei o instrumento no pulso, um pensamento veio... *Que porra eu vou fazer? Eu não devo morrer porque um canalha me traiu. Quem tem que levar uma lição é o filho da puta!*

E, com esse pensamento, tive uma boa noite de sono. Acordei e a primeira coisa que fiz foi jogar minhas roupas de "*Amélia*" fora, ali renascia Madison, a perigosa, como sou carinhosamente conhecida hoje. Não é meigo? Voltando à minha trajetória, fui ao único salão da cidade e cortei meu cabelo com um estilo da moda, todo repicado, tipo *Gisele Bünchen*, voltei para casa com roupas pretas de couro muito justas, maquiagem pesada e sapatos altos.

Lembro-me de ter chegado em casa e da minha mãe ter desmaiado, meu pai esbravejado e minhas duas irmãs repreendendo-me, fui taxada como a ovelha negra da família. Poderia ser a ovelha ruiva, já que é assim que sou. Meus cabelos são longos, vão até o final das costas. Meus olhos são verdes, bem marcados com lápis preto e com essa maquiagem pesada, descobri que tenho cílios longos e o carrego no rímel.

Tenho muitas sardas, a maior parte da minha vida senti-me estranha por causa disso, as pessoas diziam que, se não fosse por causa delas, eu poderia ser perfeita. Como se ter sardas fizesse alguém pior ou melhor. Povo besta! Por causa disso, cedo aprendi a manusear a maquiagem, eu queria ser aceita, mal sabia que se rebelar seria muito mais divertido.

Ah, sim, a cidade também não me aceitou muito bem. Por onde eu passava, as pessoas se chocavam com a nova Madison. Começaram a falar que me tornei uma profissional do sexo, quem me dera! As minhas amigas se distanciaram, suas mães diziam que eu não era uma boa influência. Sei... Como se eu não soubesse que as garotas adoravam bater punhetas para os namorados, a filha da beata era especialista em boquetes e por aí vai.

Certo dia, chegando em casa, ouço minha mãe se lamentando para uma de suas amigas que as outras a estavam ignorando por minha causa. Ela estava se sentindo mal por não poder mais participar das reuniões do clube da fofoca. Mas o que me doeu, foi o fato dela falar que preferia que eu tivesse morrido. Seria melhor uma filha morta, do que uma que envergonhasse a família. Fúteis!

Cansada desse mundinho hipócrita, resolvi me mudar para a terra das oportunidades, mais conhecida como *Big Apple*, mas não antes de dar uma lição no infeliz e contar a algumas pessoas o que elas deveriam saber há muito tempo. Primeiro, fui até a casa da beata, ela estava fazendo a novena com as fofoqueiras de plantão. *Isso vai ser divertido.* Entrei sem pedir licença e escandalizei geral:

— Boa noite, senhoras. Como vão? – passo entre elas e sento na poltrona que está vazia.

— Você não foi convidada a estar aqui. Retire-se, volte para o lugar de onde saiu, messalina – Leonor, a beata dona da casa, fala.

— Deixe eu lhe dizer uma coisa, aliás, estou aqui para contar várias coisas a todas vocês – dou risada. — Vamos começar pela chefe da quadrilha, Dona Leonor. Sabia que sua filha faz o melhor boquete da cidade? Andei sabendo que ela anda beijando perereca por aí também – o sangue do rosto da mulher evapora, deixando-a verde.

— Dona Deena, – continuo – sabia que o seu marido tem um caso há anos com essa senhora aí do seu lado? Pois é, lembra quando a senhora fez aquela cirurgia? Ela não só cuidou de você, mas também cuidou do seu devoto esposo – aponto para a tiazinha do canto. — Achou que escaparia, Dona Mary? Essa senhora toda simpática de cabelos brancos foi uma das maiores prostitutas de Nova York e não era por necessidade, pois sua família era rica. Dizem que ela é uma lenda por lá – e para finalizar a discórdia, levanto-me, vou até a mãe do meu ex-noivo e falo: Eu peguei seu filho na cama com outra...

— Eu sei e acho que ele fez muito bem. Mulheres como você não merecem respeito – ela responde com deboche.

— Sabe com quem ele estava na cama? Com a filha da sua irmã, a mesma que teve um caso com seu marido. O rolo é tão grande, tiazinha, que pode estar rolando um incesto e ninguém está sabendo de nada! – volto para o centro da sala. — Ah, acabou o show. Desejo a todas uma boa noite e vão para suas casas em segurança.

Saio rindo. Quem diria que ser uma cadela seria tão divertido? Agora vou para o meu penúltimo encontro. Dirijo-me para onde deveria ser o nosso lar, encontro-o sozinho e, segundo ele, muito arrependido. Mas eu não tinha mais tempo e nem boa vontade para ele, o joguei na parede, tirei suas roupas, fiz um boquete daqueles e o fodi em *Cinquenta Tons de Cinza*. Depois da cena grotesca que contraceno, vou até o banheiro, tomo um banho para tirar qualquer resquício desse infeliz do meu corpo e volto para o quarto.

— Só para lembrá-lo, essa casa também é minha e meu advogado entrará em contato com você.

— Achei que tínhamos reatado? – Frederick fala com aquela cara de tonto. Como eu pude amar um homem desses? Pensando bem, será que o amei?

— De você, quero apenas distância – sorrio.

Saio de lá e vou para a casa onde moro com meus pais. Chego na hora em que todos estão em volta da mesma jantando. Eles olham para mim e, enquanto os nojentos dos meus cunhados me despem com os olhos, os outros membros da família fazem cara de nojo.

— Boa noite, família. Fique calma, mamãe, eu vim aqui apenas para pegar minhas coisas e fazer minha consideração final.

Vou até o quarto, pego minhas malas que já estão prontas e volto para a sala.

— Estou indo embora. Não que isso seja da conta de vocês, mas, depois que eu sair por aquela porta, por favor, não me procurem nunca mais! – aponto para minhas irmãs. — Senhoras, esposas perfeitas, conhecem as gêmeas que regem o coro da igreja?

— Sim... – ambas respondem.

— Então, tempos atrás vazou um vídeo delas na internet e adivinha quem estava na orgia que elas participavam? Um milhão de dólares para quem acertar... Vamos lá, meu povo, ninguém vai chutar? Eu mesma digo. Seus maridos estavam na orgia, fiquei sabendo que comeram mais mulheres naquela noite do que em todas as suas medíocres vidas. Lembra da virose que o Paul pegou? – aponto para o meu cunhado que estava mais branco que papel. — Era herpes que, segundo informações, ele pegou da prima do Frederick, aquela que estava na cama dele quando eu o peguei – volto-me para o meu pai. — Sua esposa adora se esfregar no cabo da enxada do jardineiro. Abra o olho, papai.

— Ai, ai... Agora posso ir em paz. Beijos, família. Até a próxima encarnação – passo a mão pelo meu *corselet* de couro preto. Assim que a porta bate atrás de mim, respiro. Enfim, a minha nova vida começou...

Eu não tinha nada planejado, a única coisa que eu sabia era meu destino, Nova York. Eu tinha um bom dinheiro guardado, daria para me sustentar por uns tempos caso não encontrasse um trabalho. Instalei-me em um pequeno apartamento na West Village. Nos primeiros dias, eu passeei muito! Andei, corri, fiz amizades e minha primeira transa sem compromisso. O bonitão estava lá dando sopa de terno chiquérrimo em frente ao café que eu passei a frequentar. Ele olhou para mim, olhei para ele, nos olhamos, pintou um clima. Eu sorri, ele sorriu e só lembro de ter dado para o cara dentro do carro e sair sem ao menos dizer o meu nome ou perguntar o seu.

Sexo é liberdade, minha gente! Libertem-se das opressões e tabus do "não pode", pode, sim! Foder é necessário para conquistar a tão sonhada felicidade. O tempo que eu tinha para pensar no que aconteceu, eu ocupava vendo putaria na internet, aprendi a me dar prazer e acabei descobrindo que, quando a mulher sabe exatamente onde são seus pontos erógenos, a probabilidade de ter orgasmos em uma relação sexual é de 98%. Sério, estão esperando o que para testarem seus prazeres?

Em uma manhã, vi um anúncio que uma exclusiva casa noturna publicou no jornal. Arrumei-me para parar o trânsito, coloquei uma calça de couro justa, uma regata preta transparente com sutiã da mesma cor e minha jaqueta de couro, velha companheira de guerra. Eu acho que a beleza tem mais a ver com atitude do que com estética. As mulheres mais sexys nem sempre são as mais bonitas e as interessantes nem sempre são magras.

— O que houve para que uma mulher como você viesse se candidatar para uma vaga de *bartender* no meu estabelecimento? Nitidamente, não pertence a esse lugar – apresentei-me na *Secret Garden*, onde só os *VIP´s* frequentam. Rebecka Lamarque, a proprietária, foi quem me entrevistou.

— Estou me redescobrindo, quero algo diferente, ter novas experiências, coisas assim – encaro seus incríveis olhos de jade. — Pertenço a onde estou no momento, o mundo é minha casa, por enquanto.

— Decidida e direta – ela sorri. — Muito bom. Você sabe o que fazemos aqui?

— Uma casa de entretenimento. Julgo que realizam a maioria dos desejos de seus clientes. A mim realmente não importa, senhora Lamarque.

— Conhece-me? – ela arqueia sua sobrancelha esquerda.

— E quem não a reconheceria? Foi uma das Top Model´s mais conhecidas do mundo, padrão de beleza que todas as meninas da minha geração seguiam.

— Tempos de glórias aqueles... – seu sorriso é triste.

— Acha mesmo? Olha para esse lugar? É magnífico! E mais, hoje, você é conhecida pela influência junto aos poderosos e sua beleza é intocável.

— Você até pode não ser uma *bartender* profissional – vejo brilho em seus olhos. — Mas o modo com que encara a vida pode ser muito mais benéfico que a experiência – ela estende-me a mão. — Contratada! Terei alguém para ensiná-la a preparar drinques.

E lá se foram dois belos anos trabalhando nesse lugar luxuosíssimo, seus clientes, em sua grande maioria, são políticos, autoridades, celebridades que vêm atrás de acompanhantes ou para assistir shows de lindas strippers. Como é um clube privado, poucos tinham os requisitos para frequentar o lugar e o principal item, *money*. Para ser um membro, deve ser indicado por outro membro e a permissão só é dada quando o conselho aprova. Aqui também acontecem despedidas de solteiros, festinhas particulares, entre outras coisas.

O ambiente tinha tudo para ser "cheguei", preto com azul, mas Rebecca, a proprietária, usou todo o bom gosto que adquiriu nas passarelas da vida e colocou aqui. Um palco amplo, mas baixo, com três degraus para o salão que tem mesas de mármore negro e base de ferro. Três postes de pole-dance pelo meio, onde shows sincronizados nos remetem ao *Moulin Rouge*. No bar onde eu trabalho, as prateleiras são de vidro escuro, com um grande espelho que inicia no teto e termina onde as benditas prateleiras começam. O balcão também é de mármore negro e todas as bebidas alcóolicas que existem no mundo são disponibilizadas aqui, até mesmo algumas artesanais.

Voltando à minha humilde vida, depois que cheguei a Nova York, comecei a maltratar os corações masculinos. Transo com quem quiser e na hora que quiser, muitos nem sabem meu nome, não há porque criar laços se vou dispensá-los logo em seguida. Você deve estar pensando, *ela está se vingando de todos os homens*. Ledo engano, estou aproveitando tudo o que a vida me oferece. Meu maior prazer, o sexo. Minha satisfação é deixá-los querendo mais sem ao menos saberem meu nome.

Sou bem resolvida, sei exatamente o que quero e para onde vou, que é para lugar nenhum. Ficar atrás desse balcão preparando e servindo drinques me ensinou mais da vida do que os dias que passei antes de entrar aqui. Sou ruiva natural, olhos verdes, mascaro minhas sardas com a maquiagem que uso para ficar com cara de mal. Isso é sexy! Ah, sim, toda mulher deveria saber que é sexy e usar isso a seu favor. Você, minha querida, você mesma que está lendo, é sexy demais, só tem que descobrir como desabrochar esse seu lado felino.

Minha ocupação como conselheira começou na minha terceira noite de trabalho, um dia bem movimentado aqui na boate. Vi uma das minhas novas amigas garçonetes sendo humilhada pelo homem que ela amava, aquilo acabou com meu dia porque eu conhecia a dor. Como uma boa amiga, fui ajudá-la, aconselhá-la para que não sofresse mais por alguém que não a merecia, *Nicki, você é melhor que isso. Não permita que homem nenhum a humilhe. Você é linda, sexy, pode ter todos que quiser. Dê a volta por cima e mostre para o babaca o que ele perdeu. De uma coisa tenho certeza, ele virá correndo atrás de você. Mas, por favor, valorize-se. Só volte quando ele estiver comendo na sua mão, caso ceda antes disso, voltarão à estaca zero e passará o resto da sua vida sendo humilhada.*

E ela o fez, depois de cinco meses, o cara a pediu em casamento. Hoje eles têm uma casa linda, um filho e espera o segundo. Uma relação sólida, um casamento harmonioso. Ah, sim, também dei um curso intensivo de como deixar um homem louco na cama, um bom boquete, fetiches com cordas e vendas, como cavalgar em grande estilo, etc, etc... E isso fez toda a diferença! Quem disse que as garotas que dançam em boates sabem tudo de erotismo? Pois é, não sabem.

Depois disso, as amigas foram vendo em mim uma saída ou uma solução. Logo após as amigas, as amigas das amigas também vieram e, hoje, sou uma profissional, consultora em educação de relacionamentos. Mulheres desesperadas sem saber o que fazer para recuperar seus relacionamentos desgastados, namoradas que querem casar-se com os idiotas que as enrolam há anos, outras, que querem apenas conquistar seus amores, há aquelas, que não conseguem ser felizes sozinhas, aconselho todas. Não ensino a conquistar homens, apenas ajudo-as a encontrar a si mesma antes de tudo.

Charlatã... Que juiz idiota!

Capítulo 3

Noah

Depois de me certificar que Alyssa não entraria em coma alcóolico, pego minhas chaves, meu celular e vou em direção à garagem. No canto esquerdo, ficam as minhas motos, tenho cinco para o meu bel prazer. Sempre fui louco por máquinas como aquelas, posso me dar ao luxo de escolher entre a mais veloz ou a mais bonita. Mas, a essa hora, o carro é mais seguro, vou até o meu *Porsche Macan* e saio em direção ao clube.

O local é discreto, um grande casarão que, de fora, passa a impressão de ser uma residência, mas essa impressão vai até o hall de entrada. Entro e vou direto para uma sala reservada e encontro Christopher olhando para o nada e bebendo whisky.

— Boa noite, Chris.

— Bem que eu gostaria que fosse boa. Ben me disse que Alyssa saiu e não deu notícias... - ele volta-se para mim.

— Ela voltou para casa, bêbada - respiro fundo e sento em uma poltrona próxima.

— Desde quando ela bebe?

— Não sei. Segundo quem a levou para casa, o culpado fui eu - faço um sinal para o Ramon me trazer o de sempre.

— Quer, por favor, contar isso de uma vez? - Chris se ajeita na cadeira para ouvir melhor— Quem a levou para casa?

— Aquela ruiva que trabalha aqui no bar do clube – acabo de me dar conta de que não sei o nome da atrevida.

— Madison? A *barwoman*?

— A própria. Mal-educada, grosseira e muito atrevida para o meu gosto.

— Madison é uma excelente pessoa e muito engraçada... – ele ri.

— Você a conhece?

— Sim, sempre conversamos e, logo que ela chegou aqui, Ben passou um bom tempo tentando levá-la para cama? – ele fala, sorrindo.

— Benjamin já tentou levar todo mundo para cama – Ramon se aproxima com minha cerveja e falo: Até o Ramon.

— Boa noite, meninos. Alyssa está bem, Noah? – Becka entra e se senta em frente a nós.

— Está. Eu acho.

— Ele estava justamente me contando – Chris me interrompe.

— Ela chegou e quem a atendeu foi Madison, quando cheguei pedi que a levassem – Becka fala.

— Ótima companhia – falo com sarcasmo e tomo um gole longo da minha bebida.

— Madison é uma ótima pessoa, Noah. Uma grande amiga, ajuda-me quando as meninas estão ensandecidas, quando tenho minhas recaídas de luto e cuidou muito bem da sua irmã – Rebecka olha-me séria. — Ela precisava desabafar e Madison é uma ótima ouvinte.

— Que conselhos a rainha feminista das mulheres desesperadas vai dar para minha irmã? Sair em praça pública e queimar o sutiã? – balanço minha cabeça.

Christopher tem uma crise de riso e acaba se engasgando com a bebida. Becka se coloca atrás dele e bate em suas costas. Assim que ele consegue respirar novamente, fala:

— Depois dessa, vou achar uma menina para mim. Até.

— Sua menina está lhe esperando... - Rebecka fala enquanto se senta.

— Olha, Becka, você é minha amiga, conhece Alyssa há anos. Você não a colocaria perto de uma louca feminista que odeia homens, não é?

— Madison será uma ótima companhia para Alyssa nesse momento. Ao contrário do que você pensa, ela não é do tipo que odeia homens e muito menos, louca - ela ajeita-se na poltrona. — Mad, só ajuda as mulheres a enxergar que devem ser felizes consigo antes de saírem por aí atrás dos seus príncipes encantados. Vai por mim, ela fará muito bem a sua irmã... - ela faz uma pausa e continua: E acredito que Alyssa fará muito bem a ela.

— Por que você diz isso? - essa ruiva está chamando minha atenção.Ela mexe em seus anéis.

— Ela não pode sonhar que contei isso a alguém - olha-me esperando uma resposta, e eu aceno em positivo— Madison pegou o noivo às vésperas do casamento na cama deles com a própria prima. Como toda mulher normal, Madison surtou. Mudou as roupas, o cabelo e, principalmente, a atitude. Ninguém a aceitou e passaram a culpá-la pelo acontecimento. Ano passado, um advogado esteve aqui para informá-la de que os pais a deserdaram. Eu sabia que não mantinham contato, mas aquilo foi difícil, eu vi em seus olhos a dor. No fundo, Noah, Madison é uma menina assustada que precisa de alguém forte para cuidar dela.

— Desculpe, mas eu não acho que aquela mulher que esteve na minha casa precise de alguém para cuidar dela - sorrio debochadamente.

— Homens! - Becka sorri. — Conseguem construir uma arma de destruição em massa, mas não conseguem enxergar o óbvio. Já ouviu que *"a melhor defesa é o ataque"*? Então, essa é Madison.

— Boa noite, meus amigos – nesse momento, Ben aparece com uma menina já em seus braços— Espero que o Noah não tenha trago sua esposinha.

— Não e não. Ela não é minha esposa e não a trouxe.

— Que implicância você e Chris têm com a namorada dele – Becka se levanta.

— Certo, Becka – Ben a olha e fala com ironia. — Porque você morre de amores pela Carly

— Eu não a conheço direito. Somente a vejo na companhia de Noah, nunca tivemos uma chance de sentar e conversar – ela passa a mão em seus longos cabelos negros. — Tive uma ideia. Semana que vem tem um feriado, que tal nos reunirmos na casa de campo? Faz tempo que não vamos lá.

— Ótima ideia – falo.

— Eu vou – Ben olha entre mim e Becka e aponta para ela— Por você, lindona. Porque esse bastardo já provou ter dedo podre para mulheres.

— Eu que tenho o dedo podre, sei – olho para a garota. — Sem ofensas – levanto-me para ir até um dos quartos e meu celular toca. Olho para o visor e vejo que é Carly— Oi.

— Onde você está, Noah? Estou há um tempão procurando você!

— Precisava respirar. Por quê? – respiro fundo, coisa que venho fazendo constantemente nos últimos tempos.

— Volta para casa, amor. Eu ajudo a relaxá-lo com uma massagem... – ela faz uma voz de gatinha manhosa que tem me irritado. Aliás, os últimos dias têm sido um fardo bem pesado.

— Eu não quero massagem. Quero uma boa foda, Carly.

— Estarei lhe esperando, então...

Desligo o telefone antes de me despedir. Toda a mudança, de casa, de pessoas circulando ao meu redor, dos chiliques caprichosos da Carly, tem me deixado extremamente estressado. Tenho ficado pouco em casa e muito no gabinete, onde encontro paz no meu trabalho.

Despeço-me deles e volto para casa. No caminho, meus pensamentos voltam para um tempo em que eu era o cara relaxado, em que meu maior objetivo era ser um profissional de gabarito e um juiz respeitado. Bons amigos que mais são irmãos, um clube onde ia para beber, distrair e curtir novas amizades com mulheres deslumbrantes...

Hoje, eu tenho uma em casa que mais parece frígida, reclama de tudo, nada está bom. Mudei de casa, mudei de estilo, mudei tudo para ter Carly na minha vida, achando que era certo. Aquela docilidade que tinha, a forma com que tratava a todos, com uma educação fina, simplesmente desapareceu. Eu não falo nada para os meus amigos porque acho que ela está passando por uma fase delicada, mas a mulher virou uma cadela do dia para noite.

Também pensava em Alyssa, de longe via as duas conversarem e acreditei que, se eu levasse minha relação a um nível acima, a presença de Carly seria importante para minha irmã. Só que, infelizmente, não foi o que aconteceu. E, depois do que aquela ruiva falou, só tenho a lamentar. Minha ausência e todas as mudanças mexeram com a minha irmãzinha e nem me dei conta.

Por falar em ruiva, que mulher é aquela? Ela trabalha no clube há um bom tempo, mas nunca chamou minha atenção. Até porque não sou de ficar perambulando pelo lugar, sempre entro direto para o escritório ou para a sala privada, onde só o Ramon nos serve.

Eu duvido que aquela criatura seja tão delicada quanto a Rebecka pintou. Isso deve ser só com ela, porque, para o resto do mundo, ela é... mal-educada e muito mal-comida. Eu não me importaria em mostrar a ela a felicidade. Porque, do jeito que é, não acredito que tenha tido muitos orgasmos na vida. Se é que teve algum.

Estaciono meu carro na garagem, entro em casa e vou direto para sala. Olho para o relógio, vejo que já é tarde da noite e, de longe, observo Alyssa sentada no sofá. Aproximo-me e ouço a voz de Carly:

— Esse seu comportamento pode trazer constrangimento, danos à imagem do seu irmão. Sabe quanto ele batalhou para ser um juiz? Sabe o grau de dificuldade que é ser um juiz em Nova York, ainda mais quando se é jovem como ele?

— Chega, Carly. Eu converso com ela – interrompo sua bronca desnecessária.

— Você trata sua irmã como uma menina de oito anos, Noah, e isso é prejudicial – Carly coloca suas mãos na cintura. — Olha como ela anda se comportando?

— Basta. Pode ir para o quarto, você está me devendo um relaxamento. Logo que eu terminar aqui, subirei – sento ao lado de Alyssa.

— Odeio quando você me trata assim, como uma vagabunda que só está aqui para satisfazê-lo – ela bate o sapato insistentemente no chão, indicando que está esperando alguma coisa de mim.

— Você não gostará da minha resposta para isso – passo a mão pelo meu cabelo. — Por favor, deixe-me a sós com Aly.

Minha linda irmã, agora uma bela mulher, seus cachos dourados caindo por seus ombros, grandes olhos verdes claríssimos e suas sardas, conferem um ar ainda mais angelical e seus inseparáveis óculos que a deixam com cara de *nerd*. Viro-me para ficar de frente para ela.

— O que aconteceu, Alyssa? – tento ser o mais suave possível.

— Cansei disso aqui, Noah. Depois que nos mudamos, mal te vejo. Tem essa sua mulher e os caprichos dela. Um monte de segurança nos rondando, para que tudo isso? – ela tira seus óculos. — Cadê aquele cara que se contentava com as coisas simples da vida?

— Não fuja da minha pergunta, por que trouxeram-na para casa bêbada?

— Porque eu quis. Porque cansei de ser a certinha. Porque cansei de ser invisível. Porque cansei de ouvir tudo calada. Porque cansei de estar sozinha. Porque cansei... – seu choro quebra as últimas palavras.

— Eu não sabia que estava tão ruim para você – abraço-a.

— Nem poderia, mal nos vemos – ela me solta.

— Se lembra de alguma coisa? – seco suas lágrimas. — Como chegou em casa? Com quem conversou?

— Lembro de ter pego duas cervejas na geladeira e de sair. Fiquei dando voltas pela cidade...

— Dirigiu bebendo? – pergunto indignado.

— Sim – ela revira os olhos. — Depois, parei na frente do clube. Achei que nem me deixariam entrar, mas a Madison estava chegando na hora e liberou minha entrada. Fui para o bar e pedi a bebida mais forte que tinha. Mas ela me deu vodca, eu sei que aquilo não é o mais forte. Começamos a conversar, identifiquei-me com ela instantaneamente e depois... não sei. Como cheguei em casa?

— Madison a trouxe e só foi embora depois que a coloquei na cama.

— Ela é demais! Adorei conhecê-la... – ela sorri.

— Eu não acho que ela seja companhia para você – pego sua mão.

— Por que ela não é uma boa companhia para mim? – Alyssa tira sua mão da minha. — Por que trabalha no clube?

— Não tem nada a ver com o clube – exasperado respondo. — Só achei ela um pouco...

— Deixe eu completar, achou ela petulante – minha irmã se levanta. — Se eu a conheço, sei exatamente que pensou isso. Madison não é o seu tipo...

— E que tipo ela é, Alyssa?

— Tipo mulher de verdade, e não uma boneca que quer estar na sua cama – Aly vai em direção à porta e fala antes de ir: Eu vou procurá-la para agradecer amanhã. Boa noite, Noah.

Vou para o meu quarto, onde, para o bem de Carly, ela deverá estar nua. Entro no cômodo e a encontro com uma camisola sexy preta e transparente com uma micro calcinha. Essa mulher está cada vez mais magra, gosto de carne, bunda, peitos, coxas grossas. Ela vem até mim e beija-me docemente, desabotoa minha camisa e abre minhas calças. Tiro sua camisola e a deito na cama, tiro sua calcinha e abro suas pernas para contemplá-la.

— Você deveria abrir as pernas para mim mais vezes, Carly.

Beijo-a com desejo, desço pelo seu pescoço, sugo seus pequenos seios. Continuo a trilhar seu corpo com a minha boca, chegando até o meio de suas pernas. Traço meus dedos pelo seu clitóris e fico surpreso por ela estar completamente seca. Não costumo comer mulher sem lubrificação e, sinceramente, acho que usar um produto é decadente. Gosto de fazer as mulheres ficarem molhadas com sua própria lubrificação, apenas com o meu toque, com a antecipação.

Desço minha boca em cima do seu nervo do prazer e sugo, mordo e... nada. Ela nem se mexe, nada de movimentação, de contração, nada! O sexo só tem graça se ambas as partes, sejam elas quantas forem, participarem. Se for só para agradar a um, prefiro nem fazer. Levanto minha cabeça e vejo impaciência em seus olhos, sem desejo, sem luxúria, apenas ali, frios e impacientes.

Levanto-me, tiro minha calça e vou para o banheiro, ligo o chuveiro e entro debaixo. Tem sido assim há muito tempo, sexo por obrigação. Dispenso! Quero alguém para comer que queira ser comida. Tomo um banho demorado, seco-me, vou para o closet, pego uma bermuda e uma camiseta. Encontro-a em pé no meio do quarto, ainda nua.

— O que acontece, Noah?

— O que acontece... - falo com deboche. — Minha namorada que mora comigo, que ligou para que eu voltasse para casa, simplesmente não quer transar comigo.

— Você não entende, Noah - lágrimas caem. — Eu ando sob muita pressão, minha cabeça está para o trabalho, para sua carreira e para os caprichos da sua irmã. Não estarei pronta para você todos os dias - ah, não, drama não.

— O problema é que nunca está pronta para mim, nas últimas cinco semanas. Sobre seu trabalho, você não vai a Washington há semanas. Sobre minha carreira, não lembro de você ter ido ao meu gabinete desde a sua primeira e única visita. Agora, sobre minha irmã, fique longe dela, por favor - sento na beirada da cama e falo em um tom baixo, tranquilo. — Carly, se isso que nós temos não está bom para você, então...

— Não! Não termine de falar. Eu te amo, Noah. Prometo ser uma pessoa melhor. Vem para cama, amor. Por favor.

Olho para ela. Bom, a ideia de tê-la aqui foi minha, tenho que fazer dar certo. Acredito que seja minha obrigação fazer funcionar. Tiro minha roupa e deito ao seu lado na cama. Carly beija meu pescoço e me atiça novamente. Vou para cima dela, pego-a com mais força do que de costume e ela molha. Sem muito tempo para as preliminares, passo meu pau pela sua abertura molhada, pronta para me receber. Penetro-a sem dó porque preciso disso, preciso sentir-me vivo.

Mas a mulher tem o poder de brochar qualquer um, ela não geme, mal se movimenta. Onde foi parar aquela mulher que fazia loucuras na cama? Se há uma coisa que aprendi iniciando minha vida sexual muito cedo, é que, para uma mulher gozar, ela precisa estar concentrada nisso. O prazer da mulher é basicamente no cérebro, mas também sei que é biológico, através de lugares específicos bem manipulados, levamos qualquer uma à lua.

Coloco-a para cavalgar em mim, tomo um mamilo em minha boca e minha mão em seu clitóris. Logo, puxo seus cabelos e forço a penetração, ela geme alto. Estamos chegando lá. Quando penso em mudá-la novamente, ela diz que gozou.

— Como assim, gozou?

— Gozando, amor – ela responde, saindo de cima de mim.

— Carly, vem terminar o serviço – e, mais uma vez, fico com o pau na mão.

— Sério? Achei que já tinha terminado – ela sorri indo para o banheiro. Vou até ela.

— Se você não colocar a porra dessa boca para trabalhar, vou sair agora e achar quem faça. Você tem três segundos para decidir. Três... dois...

— Ok – ela abaixa-se e me toma em sua boca. Está bom, mas lembro-me de já ter sido delicioso. — Não goze na minha boca.

Viro-me e vou para o banheiro. Não é o fato de engolir, é tudo. Cansei. Bem que me avisaram que, quando nos casamos, não fodemos nunca mais. Eu nem casei e já estamos assim, imagina a hora que eu colocar uma aliança no dedo dela?

Venho, dia após dia, insistindo nessa relação. Eu gosto dela, éramos amigos, companheiros, sempre a apoiei em seus ideais. Não tinha a mesma reciprocidade, mas sou forte por nós dois. Sempre vi nela uma menina tentando ser mulher e isso puxou uma corda do meu coração. Me vi nela várias vezes, batalhando pelo que acredita, e achei que tínhamos tudo a ver. Só que, nos últimos dias, venho me questionando, será que ela mudou ou sempre foi assim? Também nunca entendi porque os caras não gostavam dela. Até pouco tempos, eu os repreendia. Hoje, bom, nem ligo, mas não deixa de ser verdade. Só tenho que pensar até onde estou disposto a ir nesse relacionamento.

Capítulo 4

NOAH

Quando saí do banheiro, juntei minhas roupas e fui para a cozinha. Assim que entro, dou de cara com Alyssa comendo um grande sanduíche. Minha barriga ronca de fome.

— Eu quero também.

— Senta, eu faço - ela aponta uma banqueta.

— Senhores, deixem que eu faça... - uma das empregadas aparece.

— Não - Alyssa aponta para ela. — Está na hora do seu descanso. Nós nos viramos.

— Da última vez, tive problemas, Alyssa. Não quero correr riscos - a mulher sorri para minha irmã com afeto. Ela fala baixo, quase não ouço. — Não posso me dar ao luxo de perder esse emprego.

— Teve problemas com o quê? - curioso, pergunto. A mulher empalidece nitidamente e olha para Alyssa em busca de socorro.

— Sua namorada tem aterrorizado os empregados, ameaçando-os de demissão caso não sejam como os empregados da realeza. Ela quer ser servida como as madames da grande sociedade.

— Sério? Até hoje não entendi por que tenho tantos empregados, m-sal fico em casa.

— Pois é – Alyssa concentra-se em passar mostarda no pão, e a mulher me olha apreensiva.

— Como é seu nome mesmo? – pergunto a mulher.

— Rosa, *señor*.

— Rosa, bonito nome. Ainda sou o dono da casa e Alyssa é minha irmã, fazendo dela tão dona quanto eu. Então, vá se deitar e tenha um bom sono – falo, sorrindo.

— *Gracias, señor* – ela se vira e vai.

— Quando nós viramos uns riquinhos de merda? – volto a olhar minha irmã.

— Não sei – ela ri. — Lembra da casa do Chris? Eles sempre foram podres de ricos, mas a mãe dele sempre os fez tratar todos, independente de serem empregados ou não, igualmente. Acho que foi isso que o levou a ser político.

— Pode ser. Eu o encontrei hoje no clube. A cara dele não estava nada boa – falo.

— Quer um refrigerante? – aceno que sim e ela pergunta: — Quer mais um sanduiche?

— Quero. Eu nem sabia que estava com fome.

— Estou sabendo que o Chris está com dificuldades para aceitar que para ser político e trabalhar como ele quer terá que fazer sacrifícios – fala concentrada em seus afazeres.

— Que sacrifícios?

— O casamento com a Audrey, por exemplo – ela entrega-me o lanche. — O noivado deles foi marcado para daqui a três meses e o casamento às vésperas das eleições.

— Está brincando... – engasguei-me. Ela balançou a cabeça.

— Bem que eu queria. Eu achava que ele a amava, formam um casal perfeito, fora que ela é um amor.

— Ele gosta dela, só que não é amor para um casamento, se conheceram no ensino médio, flertaram por um bom tempo e só assumiram um compromisso depois de muito tempo - explico.

— Está muito ocupado amanhã?

— Nada muito importante, posso me dar ao luxo de sair à tarde - olho-a. — O que tem em mente?

— Queria ir àquele restaurante pequeno lá na saída da cidade.

— Esteja no meu gabinete às onze. Obrigado pelos sanduíches. Senti falta de estar com você, pequena. - Levanto da cadeira, beijo-a.

— Eu também - ela sorri e ajeita seus óculos que atualmente são rosa.

No caminho para o quarto, desvio-me, indo para o de hóspedes e adormeço. Desperto com os gritos da Carly vindos de algum lugar que eu não faço questão de saber. Vou para o meu quarto, tomo banho, coloco um terno preto e uma camisa preta, porque esse é o meu humor. Gosto de usar meu cabelo bagunçado, quando estou em casa, nem penteio, mas, para trabalhar, tenho que enchê-lo de gel e penteá-lo para trás. Desço e vou à cozinha tomar café. As pessoas que trabalham aqui ficam me olhando, até Martha entrar e falar:

— O que está fazendo aqui, Noah? Seu café foi servido na sala de jantar como a senhorita Porter pediu.

— Bom dia a todos - abro meu terno e sento em uma das banquetas. Eles me respondem "bom dia" em uníssono. — Então, a partir de hoje, tomarei meu café aqui, todos os dias. Nada daquelas frescuras, quero um café da manhã normal, torradas, ovos mexidos com queijo e bacon, café forte e uma fruta...

— Eu surtando por causa do seu desaparecimento e você aqui com os empregados – sou interrompido por Carly. — Faça-me o favor, Noah, onde já se viu o patrão tomar café na cozinha com os empregados? Você tem que parar com essas manias de pobre.

— Logo pela manhã, ninguém merece – esfrego minhas têmporas com os dedos, fecho os olhos e respiro fundo algumas vezes. Abro-os e volto minha atenção para Carly. — Quem você pensa que é para falar assim comigo na minha casa? Eu faço o que bem entender, se quiser, comerei na garagem, e você não tem nada a ver com isso. Outra coisa, sei que você anda passando essas ideias ridículas de serviçais para os meus funcionários aqui de casa e vou lhe dar um conselho, não faça isso. Eu a convidei para vir morar comigo porque achei que seria uma boa ideia tê-la por perto para ajudar na administração desse museu de casa, mas, hoje, eu tive a certeza de que errei feio. Então, Carly, não me faça arrepender de estar com você e pare com esses gritos, são irritantes – volto-me para Martha. — Você é a governanta, você decide sobre tudo quando se trata da administração desse lugar. Qualquer dúvida ou decisão, cabe a mim e na minha ausência, a Alyssa.

— O quê? – Carly surta novamente e grita. — Está me desautorizando na frente deles? Enlouqueceu?

— É melhor você pensar nesse showzinho que você está dando, porque eu não suporto, e os empregados não tem necessidade de ficar ouvindo seus ataques histéricos – levanto e encaminho-me em direção à garagem.

— Desculpe. Na próxima vez...

Eu a corto.

— Não haverá uma próxima vez, Carly. Tenha um bom dia.

— Noah - ouço alguém me chamar antes de entrar no carro. Martha vem correndo com a minha pasta e uma pequena sacola. — Sua pasta. Você não comeu nada, meu filho. Preparei uma coisinha para você.

— Obrigado, Martha. Fui claro agora pouco?

— Como água - ela balança a cabeça.

— A partir de agora, ela é uma mera convidada com privilégios e mandar na minha casa não é um deles. Tenha um bom dia, Martha.

Alguns dias passam e, para variar, Carly dá um de seus chiliques logo pela manhã. Deus sabe o esforço que tenho feito para levar esse relacionamento adiante, mas ela não está ajudando e minha paciência está no limite. Não sou o tipo que desiste fácil das coisas e acredito que ela esteja passando por um mal momento. Seja o que for, tem que passar logo!

Ligo o som do carro bem alto para aplacar minha indisposição matinal e, pelos altos falantes, soa *Welcome To The Jungle* do Guns N´ Roses - "*Bem-vindo à selva*"! Trilha sonora perfeita para enfrentar o trânsito de Nova York. Toda vez que fico parado no congestionamento, pergunto-me por que raios me mudei para aquela casa.

No caminho para o gabinete no centro de Nova York, deparo-me com uma cena curiosa: dois policiais cercando uma mulher que está com as mãos levantadas e um homem, muito maior que ela, no chão. Eu não sou de me meter, mas algo me faz parar. Encosto o carro e vou de encontro a eles, aproximo-me e dou de cara com a ruiva do clube.

— O que está acontecendo aqui, oficial? – falo, olhando para ela.

— Bom dia, meritíssimo. Essa mulher estava agredindo esse homem – um dos policiais responde.

Olhei para o cara estatelado no chão e tive que conter o riso. Ele era maior que eu e apanhou da ruiva insana. Encaro-a e balanço a cabeça.

— Por que você o agrediu?

Como nunca reparei nessa mulher antes? Fico deslumbrado com o corpo dela, vestida com uma calça jeans muito justa, botas de saltos altos, uma blusa que dá a dimensão exata dos seus fartos seios.

— Dá para olhar para os meus olhos, majestade?

— Petulante. E a forma correta de tratamento é excelência – falo sério.

— Posso, pelo menos, baixar os braços, mister excelência? Estão ficando doloridos – aceno que sim.

— Agora, me responda – falo, aproximando-me do cara no chão.

— Ele estava me seguindo – ela revira os olhos, fazendo-me ainda mais irritado e conta sua história. — E resolveu me atacar a essa hora da manhã.

— Vocês viram o cara a atacando? – pergunto aos policiais.

— Não – eles respondem ao mesmo tempo e o policial estranho continua: — Apenas a vimos com o pé no pescoço dele...

— Ah, pelo amor de Deus – ela fala mais alto do que deveria — Acham mesmo que saio por aí espancando as pessoas sem razão?

— Tudo indica que sim – respondo.

— Esqueci que estou falando com a voz da verdade da cidade Nova York, o Todo-Poderoso juiz Lancaster – ela fala, colocando as mãos na cintura.

— Eu posso mandar prendê-la por desacato, mocinha – digo e aproximo-me dela.

— Você não faria isso. Sabe que eu não bateria de graça nesse cara – ela aponta para o cara do chão.

— Não sei, não a conheço – esse jogo está deixando-me excitado e essa língua afiada está me irritando.

— Mas é muito arrogante mesmo – ela está indignada.

— Senhorita, você está presa – olho para os dois policiais. — Prendam-na, autuem e a levem para o tribunal hoje à tarde para que eu possa lhe atribuir uma pena ou o valor da fiança.

— Sério? Eu vou ficar com a ficha suja na polícia por socar um perseguidor?

— Sim, vai – chamo um dos policiais de lado enquanto o outro a leva para o carro. — Eu não acredito que ela o agrediu sem uma boa motivação, mas não é certo que ela ande por aí achando que pode resolver as coisas no braço. Não façam a ficha, mas a levem ao meu gabinete para que eu atribua uma pena.

— Concordo, excelência – o policial sorri discretamente. — Eu também acredito na moça, mas ela é muito agressiva. Tivemos que pedir para colocar as mãos para cima. Nós poderíamos ser os próximos a estar no chão.

— Eu entendo. Bom, tenha um bom dia – aceno em compreensão.

Entro no carro e sigo para o gabinete rindo, a mulher é maluca. Ela conseguiu deixar um cara de, mais ou menos, uns cento e trinta quilos desacordado no chão. No carro, tenho a opção de ligar apenas com comando de voz, e o faço assim que estou parado no semáforo.

— Bom dia, Ben.

— Bom dia, Noah - ele atende-me com voz de sono.

— Acabei de ver a *barmaid* do clube aqui na rua. Ela conseguiu espancar e desacordar um cara que é o dobro do tamanho dela.

— Ela está bem? - sua voz fica mais aguda. — Merda, Madison. Ela sabe que deve ligar para alguém ou mesmo um dos seguranças quando tiver problemas. Mulher teimosa.

— Ela foi detida e prestará trabalhos comunitários - conto.

— Isso é necessário, Noah?

— Foi necessário porque ela é atrevida e agressiva. Vai ter um tempo para pensar no que fez.

— Ok - ele começa a rir. — Já viso de antemão, ela vai transformar a sua vida em um inferno.

— Isso é o que veremos. Até mais - despeço-me.

— Até.

Estaciono na minha vaga e vou para o meu escritório. Repasso algumas coisas com a secretária e com dois dos meus assistentes. Debruço-me sobre um caso muito complicado de uma mãe que está sendo acusada de mandar matar o próprio filho e que vai a júri popular, para piorar, o advogado de defesa é Benjamin, ele é um dos melhores criminalistas do país, não é surpresa que tenha sido contratado para esse caso. A hora passou rápido, uma assistente entra:

— Senhor, há policiais aqui com uma detenta dizendo que tem uma reunião hoje.

— Pode mandar entrar - tento disfarçar um sorriso quando Madison passa pela porta com os dois policias atrás dela. Aponto-lhe uma cadeira.

— Sente-se, senhorita? - o policial entrega sua ficha e fico surpreso quando vejo que é totalmente limpa. — Então, Madison Aria Harver, você não pode sair por aí batendo nas pessoas...

— Ele estava me perseguindo... – ela interrompe-me.

— Vamos direto ao ponto, Madison. Os policias e eu achamos que você é um tanto agressiva e precisa melhorar esse comportamento. Então, vou atribuir-lhe, como pena alternativa, servir o Judiciário de Nova York, trabalhando nessa comarca como assistente, das dez da manhã às cinco da tarde, durante quarenta dias, sob meu comando e sob a supervisão da Harriet, chefe do gabinete.

— Não. Obrigada, majestade – ela levanta.

— Você tem duas opções – recosto-me e faço uma careta. — É isso ou a cela. Você escolhe.

— Começo quando? – ela senta-se novamente.

— Amanhã! Aproveite seu último dia de folga e não espanque mais ninguém, por favor. Tenha um excelente dia.

Ela abre a boca para contestar e acaba a fechando novamente. Isso será muito divertido, ter a senhorita atrevida aqui ao meu dispor. Quem sabe eu não a convenço de que a violência descabida não leva a nada. Também posso saber detalhes dessa terapia do amor que ela tanto prega.

Assim que eles saem pela porta, ouço a voz de Alyssa:

— Madison? Oh, meu Deus. O que está acontecendo? – ela entra no meu gabinete um pouco pálida— Por que ela está com esses policiais? Você não...

— Madison vai lhe contar o que houve enquanto faço algumas ligações – levanto-me, vou até ela e beijo-lhe a testa.

Vejo as duas se sentarem na sala de espera, fecho a porta do meu escritório e volto para os meus afazeres. Ter essa ruiva aqui pode até ser engraçado, mas, gostosa do jeito que a desgraçada é, não será fácil evitar de tentar comê-la.

— Noah falando – meu telefone toca, tirando-me do delírio, e atendo sem olhar o identificador.

— Amor, por favor, não fique bravo comigo - Carly chora ao telefone. Por mais cadela que seja a mulher, qualquer mulher, vê-las chorarem acaba comigo. Como não-compadecer da mulher que mora comigo?

— Calma. Não chore, ok? Mas, Carly, você tem que repensar seus atos, senão, esse relacionamento estará fadado ao fracasso.

— Eu sei... Desculpe-me...

— Tudo bem. Nos vemos mais tarde.

— Não virá para casa mais cedo? - fala com aquela voz manhosa que tem me irritado.

— Tenho compromisso, Carly. Até mais tarde.

— Era a sua namorada se lamentando? - olho para cima e vejo Alyssa entrando na minha sala.

— Era.

— Olha, Noah, o que importa para mim é a sua felicidade - ela se senta à minha frente— Se ela o faz feliz, então eu farei de tudo para aceitá-la também. Mas não vou mentir, está difícil. Admiro por você ser um homem que leva os relacionamentos a sério e por tentar fazer isso dar certo com a desiquilibrada da Carly. Eu andei olhando alguns apartamentos e achei um que cabe no meu bolso e estou pensando...

— Você não vai se mudar, Alyssa.

— Noah...

— Não. Assunto encerrado. Vamos almoçar.

Capítulo 5
Madison

— Graças a Deus cheguei em casa.

O dia mal começou e já fui presa, autuada e penalizada. Serei escrava daquele juiz arrogante. Alyssa é tão delicada, um amor de pessoa e o irmão, um cavalo. Vai entender.

Tiro minhas roupas e vou para o chuveiro. Estou toda dolorida e há marcas arroxeadas nos meus braços. Merda! Coloco minha cabeça debaixo do jato de água e começo a repassar tudo o que aconteceu.

Saí do *Secret Garden*, estava amanhecendo, resolvi ir para casa caminhando, fica um pouco distante, mas caminhar é bom para espairecer. Depois de um tempo andando, percebi que tinha alguém atrás de mim e, quando me virei para olhar, aquele ogro pulou à minha frente.

— Olha quem eu encontrei aqui, a conselheira do amor... - seu tom de deboche não passou desapercebido.

— Você deve estar me confundindo com outra pessoa.

— Não - dou um passo para o lado para continuar meu caminho, e ele me segura pelo braço. — É você mesmo, cadela. Foi você quem convenceu minha Anne de que eu não sou bom o suficiente para ela.

Olho para ele fixamente, tento recordar-me da Anne. Ah, sim, o cara abusivo que a tratava como uma inútil. Ele a convenceu de que não seria nada sem ele, sempre a teve ao seu lado fazendo tortura psicológica. Anne é encantadora e tinha esquecido o tanto que era forte, deixou que esse troglodita a manipulasse a ponto de se sentir um nada. Encaro-o.

— Você não a merece mesmo. A maltratava...

— Eu sempre a tratei como princesa. Nenhuma puta vai atravessar nosso caminho e atrapalhar isso – ele grita e aperta ainda mais meu braço.

Daí em diante, coloquei em prática minhas aulas de defesa pessoal e *Muay Thai*. Quem diria que um dia eu usaria isso? E não é que é bom!? Ele é grande, mas não dois. Nada que os dedos na garganta e uma joelhada na virilha não resolva. Assim que consigo derrubar o *Shrek*, a polícia para e me aborda:

— O que está acontecendo?

Eu poderia falar que nada, mas, com o pé no pescoço do cara, eles não acreditariam muito.

— Ele estava me perseguindo e me atacou.

— Não é o que parece. Você é garota de programa? – um dos oficiais ri.

— Não. Ele estava me atacando por causa da namorada – idiota!

— O mundo está perdido. Mulheres disputando mulheres com os homens – o policial loiro fala, e eu reviro os olhos.

— Tsc-tsc-tsc – o outro policial, mais tapado que o primeiro, fala— Você roubou a namorada dele? Essas sapatonas de hoje não têm vergonha de se mostrar.

— Por que não deveríamos nos mostrar? Está com medo de que eu roube a sua também? Ah, não. Você não tem, porque é um tapado! – ele retira as algemas e minha voz fica mais alta e aguda. — Oh, não, você não vai me algemar porque esse imbecil me atacou.

— Coloque suas mãos para cima devagar. É melhor se acalmar, senhorita – o policial estrábico fala.

Nesse instante, um carro preto encosta e quem não fazia falta se aproxima. Noah Lancaster, a arrogância em pessoa. Agora serei presa mesmo, ele não vai deixar isso passar em branco. Parabéns, Madison.

Ele pergunta ao policial loiro:

— O que está acontecendo aqui, oficial?

— Bom dia, meritíssimo. Essa mulher estava agredindo esse homem – um dos imbecis responde.

— Por que você o agrediu? – o juiz pergunta.

— Porque... – quando vou responder, percebo que ele está estudando meu corpo e fixa seu olhar nos meus seios. Homens!— Dá para olhar nos meus olhos, majestade?

— Petulante. E a forma correta de tratamento é excelência.

— Posso, pelo menos, baixar os braços, mister excelência? Estão ficando doloridos – como ele é irritante.

Eu não estava mais suportando essa situação. Eu sou a vítima aqui, o fato de eu ter usado a luta foi por legítima defesa. E enquanto ele fala com o policial, eu o estudo. Ele é muito alto, olhos verdes-claros e sua íris é contornada com um tom de amarelo. Eu sei que é muito forte, pois vi seus músculos retratados na camisa que ele usava no dia em quem levei Alyssa para casa. De terno, assim, ele fica muito mais apetitoso e lindo. Volto para a realidade quando ele fala:

— Agora responda-me.

— Ok. Ok – lá vou eu contar minha história novamente. — Ele estava me seguindo e resolveu me atacar a essa hora da manhã – tento argumentar que não saio por aí batendo nas pessoas, acabo exaltando-me novamente e não dá outra, voz de prisão:

— Prendam-na, autuem e a levem para o tribunal hoje à tarde para que eu possa lhe atribuir uma pena ou o valor da fiança.

— Sério? Eu vou ficar com a ficha suja na polícia por socar um perseguidor? – é o fim!

Depois de toda a conversa, o arrogante meritíssimo Lancaster vai embora, deixando-me com esses dois policias tapados e um ogro desmaiado. Eu já estava cansando, quando ouço um dos guardas tentando estabelecer contato com a criatura desacordada:

— Senhor, senhor, consegue me ouvir?

— O que aconteceu? – viro-me para ver o homem abrir os olhos e se sentar. Quando foca em mim, faz uma careta e fala: — Sua desgraçada.

— Senhor, quer prestar uma queixa contra ela? – o policial estrábico pergunta a ele. Estou ficando surda, só pode ser.

— Ele me ataca e ainda presta queixa contra mim? – falo antes que eu possa controlar minha boca.

Ouço um soluço, seguido de choro e volto a olhar para o lado. O cara chora como uma menina. Era só o que me faltava, um homem desse tamanho que até agora pouco queria me socar chorando. Isso está ficando cada vez melhor.

— Essa infeliz acabou com a minha vida, tirou minha namorada de mim e agora não sei o que fazer.

— Vai querer dar queixa dela? – o policial volta a perguntar. O *Shrek* balança a cabeça em negativo e o zarolho vira-se para mim. — Você vai conosco, mocinha.

Enfiam-me dentro do carro de polícia e vamos em sentido à delegacia. No caminho, fico pensando a que ponto cheguei, ser presa por bater em um homem na rua. E por que diabos aquele estúpido dos infernos passou exatamente naquele momento? Todo prisioneiro tem direito a uma ligação, minha única opção é Rebecka, para dizer-lhe que não irei, motivos de força maior. Encarcerada!

Tiram-me com delicadeza do carro, o que é um milagre, porque não é assim que vejo nos filmes, geralmente tem até uns tapas na cabeça por parte da autoridade. Entro na delegacia e todos me olham com indiferença, afinal, devem estar imaginando que sou outra prostituta. Eles puxam minha ficha e veem que é limpa.

Fico ali sentada, vendo toda a movimentação de entrada e saída, algumas pessoas exaltadas, prostitutas mascando seus chicletes de boca aberta e com maquiagens que mais parecem ter saído de um circo. Outros desesperados, declarando-se inocentes, mesmo sujos de sangue dos pés à cabeça. Senhor, onde fui me meter? Depois de duas horas, eles levam-me para o carro novamente e vamos em direção à Corte da cidade. E eu vou rezando todas as orações que conheço, porque se há uma coisa que eu sei, é que aquele idiota gostoso vai me ferrar.

Eles me escoltam até uma sala de portas duplas em que está escrita, em letras garrafais, *Excelentíssimo Senhor Juiz de Direito Noah Lancaster.* Poderiam ter colocado entre parênteses "arrogante", ficaria perfeito. A secretária entra na sala e logo volta, dizendo-nos para entrar.

— O juiz Lancaster irá recebê-los.

Os guardas fazem a gentileza de me deixar passar primeiro. Assim que entro e vejo o excelentíssimo gostoso juiz, minha boca seca. Sua beleza é incontestável, de terno, nessa sala, sua superioridade aflora, o tornando poderoso.

— Sente-se, senhorita... – ele aponta uma cadeira para mim e pega um papel das mãos do policial. — Então, Madison Aria Harver, você não pode sair por aí batendo nas pessoas...

— Não! – Será que não vão entender nunca?— Ele estava me perseguindo...

— Vamos direto ao ponto, Madison. Os policias e eu achamos que você é um tanto agressiva e precisa melhorar esse comportamento. Então, vou atribuir-lhe, como pena alternativa, servir o Judiciário de Nova York, trabalhando nessa comarca como assistente, das dez da manhã às cinco da tarde, durante quarenta dias, sob meu comando e sob a supervisão da Harriet, chefe do gabinete.

— Não, obrigada, majestade – falo já me levantando.

— Você tem duas opções – ele assume uma expressão assustadoramente sexy. — É isso ou a cela. Você escolhe.

— Começo quando? – não tenho que pensar muito, não é?

O juiz Lancaster abre um sorriso diabólico. Um calafrio percorre meu corpo. Alguma coisa lá no fundo me diz que isso não dará certo. Que Deus me ajude!

— Amanhã! Aproveite seu último dia de folga e não espanque mais ninguém, por favor. Tenha um excelente dia.

Até penso em tentar argumentar com aquele ser, mas, olhando-o assim, daqui, sei que não tenho a menor chance. Resigno-me a um aceno, e ele nos dispensa. Assim que saio, encontro Alyssa.

— Oi, Madison. Eu queria... – suas palavras cessam quando avista os policias atrás de mim. — O que está acontecendo?

O irmão dela sai do seu trono e dá um beijo em sua testa, um gesto muito bonito por sinal e fala que eu explicaria o que aconteceu, pelo menos o carrasco está me dando a chance de contar a minha versão. Sento-me com ela nas cadeiras da sala de espera.

— Eles me pegaram batendo em alguém...

— Não... – Alyssa começa a rir. — Não sabia que você era do tipo *Elektra*.

— E não sou. Mas o cara estava me perseguindo, dizendo que acabei com o relacionamento dele. Queria vingança – balanço a cabeça.

— Entendo – ela sorri em compreensão. — Uma pena que a trouxeram para o Noah. Ele detesta qualquer tipo de violência, tem uma política bem severa em relação a isso. Queria agradecer a você, mesmo dando trabalho, continua ao meu lado. Obrigada.

— Não tem que agradecer – pego sua mão. — Foi um prazer conhecê-la.

— Espero que possamos ser amigas – Alyssa sorri, lembrando ainda mais seu irmão, são muito parecidos.

— Já somos – abraço-a. — E vou lhe contar, aquela sua cunhada é uma cadela do mal.

— Entendeu por que bebi no outro dia? – ela ri alto, chamando a atenção de todos.

— Claro que sim. Se cuide com ela, Alyssa. Não deixe que aquela mulher a torture.

Nos despedimos e saí daquele lugar que será meu trabalho diurno pelos próximos quarenta dias. Aceno para um táxi e vou para casa, meu porto seguro, pensando que pode ser uma experiência muito boa trabalhar naquele lugar, terei a oportunidade de ajudar pessoas, dar a minha contribuição para o mundo.

Assim que a água quente passa pelo meu corpo, sinto meus músculos começarem a relaxar. Tento bloquear todos os pensamentos e sentimentos e faço o possível para lavar minha alma. Seco-me e vou para o quarto, deito-me na cama e preparo-me para dormir. Meus dias de sossego acabarão, trabalhar servindo aquele homem exigirá de mim toda a paciência e autocontrole possíveis.

Lembro-me do seu sorriso e da forma com que colocava a ponta dos óculos na boca. Por um instante, imagino sua boca em mim. Não, Madison, não vamos fazer isso. Além de não irmos um com a cara do outro, ele já é comprometido. Muito mal comprometido por sinal, e a sua companheira fala muito sobre o tipo de pessoa que ele é. Saio do chuveiro, seco-me e vou para o quarto. Deito somente de toalha e adormeço com o pensamento na boca do juiz Lancaster.

Sou despertada pelo telefone. Alcanço a merda do aparelho que fica ao lado da minha cama. Quem será a uma hora dessas?

— Alô.

A voz de Rebecka sai aguda do fone, fazendo que eu o afaste do ouvido.

— Graças a Deus, você atendeu. Para que você tem um celular? Estávamos ficando preocupados, Madison.

— Eu nem sei onde anda meu telefone - saio da cama com o telefone fixo sem fio colado à orelha para caçar meu celular. Olho pela sala, nada. Cozinha, nada! Volto para o quarto— Por quê? Aconteceu alguma coisa, Becka?

— Eu é que te pergunto, aconteceu alguma coisa, Madison? São dez e meia da noite e você ainda não apareceu. Ligamos várias vezes para o seu celular e só cai na caixa postal. Tentamos esse número várias vezes e só atendeu agora.

Rebecka Lamarque, além de ser minha patroa, é a pessoa mais próxima de mim. Passo a mão pelo cabelo e falo:

— Tive problemas logo que saí do clube e só cheguei em casa depois das duas da tarde.

— O que aconteceu? - seu tom é angustiado. — Você precisa de alguma coisa? Quer que eu vá até aí?

— Não, Becka. Vou tomar um banho e já estou indo para o clube. Em breve, nos encontraremos e conto tudo o que aconteceu.

— Tudo bem. Estou mandando um carro buscá-la. Beijos.

— Beijos – não adiantaria nada dizer para não mandar o carro.

Primeiro, saio à caça do meu celular, que encontro no bolso da jaqueta que está no cesto da lavanderia. Depois, vou para o banheiro tomar outro banho para ver se acordo. Visto um vestido preto e uma das minhas famosas botas de cano alto, também pretas. Tenho meu uniforme no clube que é composto por um colete e saia preta, com o logo *Secret Garden*. Todos devemos ser sexys, até mesmo os *barmaid´s*.

A campainha toca, pego meu casaco e desço. Assim que abro a porta, dou de cara com Benjamin Graham.

— Colocaram você como motorista hoje, Ben? – dou um beijo em seu rosto.

— Eu soube o que aconteceu hoje pela manhã. Quando cheguei no clube e a Becka contou que você não respondia, fiquei aflito também. Então, me ofereci para vir buscá-la – vamos em direção ao carro, e ele abre a porta do seu Maserati Gran Turismo para mim.

— Muita gentileza sua. Obrigada.

Assim que fui contratada e comecei no clube, Ben cercava-me de todas as maneiras. Deu trabalho convencê-lo de que jamais sairia com ele ou com qualquer outro do seu seleto grupinho. Por fim, depois de meses, nos tornamos amigos, de vez em quando, o acompanho em festas, mas nada de mais. Rimos muito, bebemos um pouco e nos divertimos demais. Sei que ele é um bom homem, bom caráter, mas precisa de um porto seguro. É muito solitário.

— Estou sabendo que foi parar no gabinete do juiz Noah hoje – ele ri alto. O cara está tirando com a minha cara.

— A vida é uma cadela de vez em quando. Esses dias, fui levar a irmã dele e, por pouco, não me mandou prender, acusada de ser charlatã. E hoje, ele passa justamente no momento em que soquei alguém - sua risada era incontrolável, chegou a se engasgar— Fora aquela mulher dele...

— Carly? - seu sorriso some na hora e ele volta sua atenção para mim. — O que aquela safada falou para você?

— Calma, não falou nada. Ela só não é uma boa pessoa, ainda mais quando se trata de Alyssa

— Aquela mulher é insuportável - ele encosta o carro em frente ao *Secret Garden* e olha para mim. — Nós nunca entendemos o que Noah viu nela. Ela não faz seu tipo. Ele é a bondade em pessoa, e ela é uma egoísta do caralho. Nunca suportou a gente, sempre desfez de nós quando ele virava as costas. Só a suportamos porque ele é nosso amigo, mas se Alyssa estiver tendo problemas com a Carly, Noah não perdoará, sua irmã é tudo para ele.

Entro e sou cumprimentada por todos. Amo trabalhar nesse lugar e, apesar de ser uma pessoa muito reservada, gosto do pessoal que trabalha aqui. Divirto-me muito. Rebecka vem ao meu encontro.

— Vamos para o meu escritório, Mad. Obrigada, Ben.

Fomos para o segundo piso, onde se localiza sua sala que contrasta com todo o clube por ser muito clara. A decoração é branca, poucos móveis, a mesa é de mármore marfim e a cadeira, vermelha. Ela mal fecha a porta e fala para mim:

— Estou sabendo o que aconteceu. Você está bem? O cara a machucou?

— Estou bem e não dei tempo dele me machucar - sorrio e sento em uma das cadeiras. — Lembra daquela menina que, volta e meia, pedia para você arranjar uma vaga de acompanhante de luxo? Uma baixinha de cabelo chanel loiro.

— Anne? – ela fala pensativa.

— Essa! Um dia, ela me procurou contando sobre seu relacionamento, que queria o carinho dele e tal. Resumindo o assunto, ajudei-a a enxergar que ela estava em um relacionamento abusivo, ele a dominava psicologicamente. Ela teve coragem de dar um fim nisso e voltou para sua cidade, está estudando novamente. E ele veio me cobrar isso.

Madison de Deus – Rebecka estava com a mão na boca. — Mas o cara é enorme. Como...

— Defesa pessoal e *Muay Thai* – passo a mão pelos meus cabelos cor de fogo. — Agora, tenho que trabalhar na Corte com o juiz Lancaster de segunda a sexta, das dez às dezessete horas, por quarenta dias.

— Levaram-na justamente para o Noah? Que azar. Ele é...

— Já sei, Ben já tinha me contado sobre a postura de "não violência" do senhor Lancaster. Infelizmente, ele me viu com o pé no pescoço do cara.

— Que azar – Rebecka ri poucas vezes e é linda. — Você tem férias vencidas, Mad. Pode tirá-las agora e se dedicar só a Corte...

— Não. Vou levar os dois numa boa. Mesmo assim, obrigada. Só peço para sair, no máximo, até as duas da manhã, assim poderei ter pelo menos quatro horas de sono.

— Claro – ela se levanta. — Pode sair antes se quiser, Mad. Faça como achar melhor.

— Obrigada, Becka – abraçamo-nos. — Agora, vou indo, ainda tenho que ir pegar meu colete.

— Mad – quando estou saindo ela me chama. — No próximo feriado, estou indo para a casa de campo e queria muito que fosse comigo – seus olhos são suplicantes. Eu sei o quão difícil é para ela ir para aquela casa.

— Claro que sim. Vai fechar o clube?

— Todos precisamos de descanso de vez em quando. Como segunda é feriado, fechamos sábado pela manhã e voltamos na terça.

— Combinado.

Quando estou saindo da sala, tirando meu casaco, cruzo com o Juiz e o Chris. Sério, universo? Está tentando me enlouquecer? Baixo a cabeça para fingir que não o vejo, mas não adianta muito.

— Fico honrado em vê-la novamente, senhorita *Harver*.

— A honra é minha - sorrio com o mesmo deboche que ele. — Juiz Lancaster, como está? Fico feliz que sua esposa tenha permitido que o senhor faça alguma coisa sem a coleira.

Christopher que estava perto teve uma crise de riso. Noah ficou com o rosto vermelho de raiva e ali assinei meu decreto de mais quarenta dias, no mínimo. Ele vem para cima de mim, pressionando-me entre a parede e seu corpo, encostando o braço na parede.

— Você está brincando com fogo, menina. Se eu fosse você, pensaria duas vezes antes de provocar-me - ele vira-se e segue em sentido ao escritório da Rebecka.

— Madison, o que é isso no seu braço? - Chris fala alto.

— O quê? - baixo meu olhar para ver uma grande mancha roxa esverdeada em meu braço. Balanço a cabeça em negativa, sentindo-me cansada. — Não é nada.

Os dois voltam a se aproximar de mim e Noah fala:

— Como assim não é nada, olha isso?

— Vamos relembrar os fatos, majestade... - respondo.

— Excelência - ele me corrige.

— Quer saber? - baixo a cabeça. — Vamos deixar isso para lá. Eu realmente estou cansada. Hoje meu dia foi um pouquinho complicado – o juiz encara-me e queimo sob seu olhar. Percebo que seus olhos estão mais doces, aceno e saio. Tudo bem, OK. Respire fundo, Madison. Vamos relevar o fato de estar excitada e vamos trabalhar. Precisamos ganhar o cereal de cada dia. Que homem é esse? Seu perfume fica em meu nariz, um cheiro amadeirado, de homem.

Capítulo 6
Madison

Chego dez minutos antes do horário combinado e vou até o seu gabinete. Assim que entro, a secretária me recebe com um sorriso afetuoso.

— Bom dia. Em que posso ajudá-la?

— Bom dia - arrumo meu tailleur. — Eu sou Madison A...

— Oh, sim. A moça que irá substituir Harriet - ela se levanta em um pulo. Oi? Substituir quem? Outra condenada pelo maluco das sentenças?

— Bom dia, senhorita Harver - uma senhora de meia idade, cabelos grisalhos, aproxima-se. — Eu sou Harriet, acompanhe-me por favor - passamos pela sala do juiz e entramos na sala ao lado.

— Ontem, o juiz Lancaster e eu conversamos sobre sua função aqui pelos próximos quarenta dias. Chegamos à seguinte conclusão, como eu preciso de duas semanas de folga porque farei um pequeno procedimento cirúrgico, você ficará aqui na minha sala, me substituindo. Nos próximos dois dias, a deixarei a par de tudo o que precisa saber sobre o funcionamento do gabinete, depois disso, será por sua conta. Está me acompanhando até aqui?

— Sim...

— Ótimo. Então, o juiz Lancaster é uma pessoa muito doce – não aquele que conheço. Ela continua: — Qualquer dúvida que tiver, não hesite em perguntar a ele. Nada vai diretamente a ele e absolutamente tudo chega em você. Até para atender alguém que está aqui, a Robbie virá perguntar se é permitido. Você ficará aqui grande parte do dia e aquela porta é o elo entre ele e você.

As próximas horas, foram de longos ensinamentos de tudo o que realeza gosta e de como gosta. Harriet facilitou o trabalho porque organizou tudo em listas, como tudo o que pode e o que não pode, pessoas que ele atende e as que ele não atende em hipótese alguma. Ela é muito organizada e está trabalhando há um bom tempo para tirar folga e não deixar a substituta perdida.

A manhã passou e nada do juiz vir, segundo Harriet, ele teve um compromisso com o governador. Quando voltei do almoço, fui direto para sala que será meu território nos próximos dias. A porta que dá acesso a sala dele estava entreaberta, aproximei-me e me deparei com uma cena deliciosa. Noah está trocando de camisa enquanto Harriet passa alguns assuntos com ele.

Seu corpo é digno de um lutador, definido, braços fortes, um tanquinho que deixa qualquer dona de casa ansiosa e várias tatuagens. Sinceramente, eu lamberia cada uma delas. Ele abre o cinto e o botão da calça. E eu, desse lado, torcendo para que ele tire a bendita peça para ver a obra completa. Mas ele não fará minha alegria, coloca a camisa por dentro e logo se recompõe.

— Vou repassar... – nesse momento, Harriet me enxerga. — Madison, entre, por favor.

— Com licença. Boa tarde, juiz Lancaster – olho para qualquer lugar, menos em seus olhos.

— Boa tarde, Madison. Espero que esteja se adaptando ao ambiente – sua voz ao falar comigo é carinhosa e isso me encoraja a olhá-lo. Seu olhar é penetrante e tenho certeza de que fiquei vermelha.

— Estou, sim, Harriet e Robbie são muito atenciosas – Harriet sai, nos deixando a sós, e mantenho-me em pé frente a ele.

— Você está muito bonita – ele me olha com sincera aprovação. Nada sexual, apenas um elogio de quem se surpreendeu em me ver com outro traje que não meus couros. Escolhi um conjunto de tailleur e calça pretos e uma camisa branca.

— Obrigada. Como está Alyssa?

— Está muito bem – ele abre um grande sorriso. — Poderia providenciar um café para mim, por favor? Eu não almocei muito bem e preciso de cafeína para estudar um caso.

— Sim, senhor.

Harriet já havia me explicado que ele toma café puro, doce e deve estar fumegando. Preparo seu café e sirvo-o. Ele agradece-me e retiro-me de lá. Acho que não será tão difícil assim e, se ele quiser trocar de roupa na minha frente, eu juro que não me importo.

O resto da semana passa rápido e tudo transcorre tranquilamente, até a excelência chegar no gabinete soltando fogo pelas ventas. Até Robbie que está aqui há um tempão estranhou. Noah passou por nós, acenou e se fechou em sua sala, dez minutos depois, ele grita:

— Senhorita Harver! – misericórdia! Olho para Robbie que estava com os olhos arregalados e encaminho-me para minha provável sentença de morte.

— Em que posso ajudá-lo, meritíssimo? – ele me fuzila com o olhar. Ah, baby, aqui é assim, olho por olho e dente por dente.

— O que tenho de importante... – nesse momento, seu celular toca e ele atende sem olhar o identificador. E, pela sua careta, deve ter se arrependido. — Fala, Carly. Não. Se me ligou para repetir essa asneira, perdeu seu tempo – ele altera sua voz. — Por favor, vai achar o que fazer e esqueça isso! – ele desliga e joga o celular dentro da gaveta.

A dona não larga do pé. Difícil, hein? arrependi-me no minuto em que saiu— Desculpe-me.

— Se acha muito engraçadinha, não é, senhorita Madison? – seu olhar era assustador. — Vamos ver o que suas colegas de cela irão achar de uma espertalhona que não tem filtros e nem freios na língua – ele levanta-se, pega suas coisas e vai embora sem se despedir. Dessa vez, exagerei. Oh, Madison, quando vai aprender que com ele o buraco é mais embaixo?

Trabalhei concentrada na minha sala até o final do expediente. Decidi ir direto ao clube, inclusive trouxe minha mala para o final de semana. Graças a Deus que Becka me convidou, dar um tempo de tudo isso e dele será um alívio. Chego ao clube e, por algum motivo, fico ansiosa para ver o juiz Lancaster, o que, obviamente, não ocorre. Se ele está por aqui, Ramon o servirá e, com certeza, ele quer distância do público, de mim.

A noite foi agitada devido a uma despedida de solteiro de um grande empresário. Muitos convidados, muitas garotas, muitas bebidas e várias confusões. Christopher e Ben passaram pela comemoração e logo se enfiaram na sala privada com alguns seletos amigos. E nada de Noah Lancaster. As sete da manhã, estamos fechando o clube quando avisto uma menina que aparenta uns dezessete anos sentada de cabeça baixa, na calçada. Aponto para Becka, que vai até ela.

— Oi.

Grandes olhos azuis, vermelhos e inchados de chorar, olham para nós. Meu coração aperta, a vulnerabilidade que lemos em seus olhos é chocante.

— O-oi.

— Espera... - Rebecka fala. — Eu a conheço. Você não mora ali, na casa sete-zero quatro? a menina acena que sim, e abaixo-me ao seu lado.

— O que houve, anjo? - a menina realmente lembra um anjo.

— Minha mãe morreu - uma lágrima solitária rola pelo seu rosto.

— Ivy! - nesse instante, um senhor, já de certa idade, com uma cara de poucos amigos grita— Para dentro! - rapidamente, ela se levanta e vai. Becka e eu ficamos olhando-a ir.

— Lembra daquela vez em que precisávamos da assinatura dos vizinhos para trocar o transformador do poste?

— Sim.

— Ben e eu estivemos na casa deles. A menina atendeu, mas logo sua mãe, que parecia bem debilitada, apareceu e mandou-a para o quarto. Ela nos disse que a filha ainda não estava preparada para o mundo. Acredito que o mundo a que se referiu seja os homens.

O motorista dela encosta o carro, coloca nossas coisas no porta-malas enquanto nos ajeitamos no assento traseiro. No caminho, vou pensando na semana agitada que tive, Rebecka tira-me do balanceio da minha vida.

— Como foi sua primeira semana na companhia de Noah?

— Foi fácil até ontem – olho a paisagem passando. — Ele surtou com a mulher dele e acabei respondendo à altura. Não deu muito certo – seu sorriso era malicioso. — Por que esse sorriso?

— Acho que você e Noah juntos são inflamáveis. Encostou, explodiu – ela faz um gesto com a mão e fala: — Bum! Deixando a piada de lado, Noah é um excelente amigo, merece toda a felicidade do mundo, só não sei se aquela mulher o fará feliz.

— Por falar nisso – ajeito-me no assento. — Por que os meninos não gostam dela? Tudo bem que ela é um pouco difícil...

— O problema é que, na frente do Noah, ela é uma e longe dele, é outra. Eu soube que, assim que começaram a sair, ela encontrou Ben em um evento e falou que não fazia questão dos amigos do namorado, que Noah estava muito melhor longe deles. E ela conseguiu afastá-los, só encontravam-se no clube, Noah aparecia poucas vezes, a mudança de Alyssa para cá é que fez eles voltarem a se falar e, desde então, não se largam novamente, como era na adolescência.

A casa de campo é espetacular e parte dela fica em cima do lago. O lugar é rodeado por árvores nativas, o verde é espetacular. O imóvel é uma mistura de madeira e vidros, uma verdadeira obra de arte da arquitetura. Há duas mulheres e um homem para nos receber, todos muito simpáticos e vejo saudades nos olhos de Rebecka. Entramos e logo nos instalamos, sigo para o banheiro da minha suíte que dá de frente para o lago, é um brinde abrir a porta da varanda e ser brindada com um espetáculo da natureza.

Cansada, deito só de toalha e adormeço. Acordo meio perdida e, depois de um tempo, lembro que estou na casa de campo. Coloco um vestido simples e chinelos, dou uma ajeitada no cabelo e desço para encontrar algo para comer. Chegando ao final da escada, deparo-me com Ben, Christopher, Alyssa, Noah e Carly, todos sentados no sofá conversando com a Becka.

— Madison - Alyssa é a primeira a me ver e corre para me abraçar. — Nem acredito que está aqui - e fala no meu ouvido: — Graças a Deus, eu já estava voltando para a cidade a pé.

— Oi - respondo seu abraço. — Eu não sabia que vinham todos, se eu tivesse conhecimento, não viria.

— Madison, acredito que você conheça todos, menos Carly, a namorada do Noah - aproximo-me de onde eles estão e Rebecka fala.

— Já tivemos o prazer de nos conhecer - olho para todos, menos para o juiz. — Boa noite. Fico feliz em vê-los.

Uma das mulheres que trabalha na casa anuncia que o jantar está servido. Eu ando depois de todo mundo, pensando onde me meti. Por que a Rebecka não me contou que eles vinham? Eu teria negado na hora! Ela vê que estou pensativa demais e vem até mim.

— Eu precisava que você viesse. Falei para o Noah que tentaríamos nos aproximar da mulher dele, mas sabemos que não é fácil, e eu precisava de apoio moral, Alyssa também.

Sentamos a uma mesa linda, fiquei entre Christopher e Alyssa que, por um momento, está perdida em Ben. Fico olhando entre um e outro, mas ele não percebe que ela o encara. Será que ela gosta dele? Interessante.

— Esses dias, o senador Richard queria um convite para entrar em uma casa noturna para *VIP´s* em Nova York - todos da mesa pararam de comer para prestar atenção na conversa constrangedora da criatura. Os meninos estavam pálidos, e Rebecka apenas atenta. Carly continua: — Tive que procurar vários contatos nossos para poder descobrir onde descolar uma entrada para esse antro, porque, segundo informações, só entra se for indicado por um membro com muito tempo de casa e há uma comissão que aprova a permanência.

Eu continuo a comer na minha, até porque estou morrendo de fome. Mas pelo olhar deles, muitos perderam a fome. A filha do mal continua com a historinha.

— Acredita que o Roger Lamarque era o dono daquele lugar? – ela fala olhando para Becka. — Você sabia que o seu marido era dono de um bordel? Francamente, Rebecka, eu esperava mais de vocês.

— Meça suas palavras, Carly – Noah solta os talheres mais forte do que deveria e já ia abrindo a boca, eu tomo a frente.

— Ela não sabia que era uma casa noturna.

— Como ela não sabia? Era do marido dela – Carly me questiona.

— Sou eu quem tomo conta de alguns negócios do Roger, e ela não precisava saber desse detalhe, senhora Lancaster – respondo.

Ela sorri e Noah intervém.

— A única senhorita Lancaster que há aqui é a minha irmã.

— Foi lá que você levou Alyssa? Para um bordel? – o sorriso dela era mais brilhante do que o balão de ano novo da Times Square. — Está tentando transformar a irmã de um dos juízes mais respeitados do país em prostituta? Sacanagem, ruivinha.

— Não! – ai, meu Deus! Sinto meu rosto esquentar e um nó se forma na minha garganta. — Não foi para um bordel que a levei, jamais faria isso com ela.

— Chega com essa conversa - Noah interrompe. — Carly, peça desculpas a Madison.

— Fala sério... - ela ri. — Você quer eu peça desculpas a responsável por um prostíbulo que levou sua irmã para beber em algum lugar desconhecido. É isso? Rebecka, querida, você deveria rever suas amizades, afinal, é uma dama da sociedade e à sua mesa estão sentados um respeitado juiz, um futuro senador e um dos advogados mais famosos da América.

— Chega, Carly! - Noah fala alto.

— Me deem licença - levanto-me da mesa constrangida, pego o meu prato e vou em direção à cozinha. Antes de sair, volto-me para eles e falo para Carly: — Cuidado para não morder a língua e morrer envenenada... - assim que saio, ouço a discussão que inicia lá dentro. Deixo meu prato na pia, aceno para as mulheres da cozinha e vou para fora respirar. Caminho pelo jardim e sento em uma das cadeiras à beira da piscina.

— Madison? - a doce voz de Alyssa interrompe o balde de lágrimas que estava para cair.

— Oi...

— Por favor, não leve aquela louca a sério. Tanto eu como os outros a adoramos e ficamos muito felizes de tê-la aqui - ela se abaixa à minha frente.

— Eu sabia que essa coisa de feriado não daria certo - Ben aparece furioso. — Quem aquela cadela pensa que é? Juro por Deus, termino a minha amizade com Noah se ele não colocar uma focinheira nela.

— Isso foi demais - Chris também não está com a cara boa. — Ela passou de todos os limites, não entendo por que Noah insiste nessa relação.

— Vocês o conhecem melhor que ninguém, sabem que ele não é do tipo que entrega os pontos fácil. Mas, pela sua reação à mesa, acredito que essa relação esteja com os dias contados – Alyssa fala.

Ficamos um tempo em silêncio e o Ben fica do meu lado, me pega no colo e fala:

— Vamos nos refrescar – e se joga na piscina comigo em seus braços.

— Seu idiota! – xingo assim que emerjo e tento afogá-lo de raiva.

Christopher pega Alyssa no colo e se joga também. São completamente insanos. Começamos a jogar água uns nos outros e a rir. Logo depois, uma das senhoras traz algumas toalhas e saímos correndo para nos secar. Alyssa e eu corremos para os nossos quartos para fugirmos daqueles malucos. Tomo um banho quente, seco meus cabelos e deito. Ouço alguém bater à porta e atendo.

— Oi, Alyssa. Entre.

— Oi – com seu jeito tímido, ela passa por mim. — Chame-me de Aly. Não quero incomodá-la, mas não estou com sono e vim ver se poderíamos conversar um pouquinho.

— Claro – sento na cama e chamo-a para sentar ao meu lado. — Por falar em conversar, hoje, na hora do jantar, eu vi um olhar perdido para Ben ou foi impressão minha?

— Então... hum... – seu rosto fica corado e ela baixa os olhos. — Eu o idolatro desde que me entendo por gente – ela faz um gesto de nada com a mão. — Coisa de criança achar o amigo do irmão mais velho bonito.

— E por que você não conversa com ele? Já parou para pensar que ele pode gostar da ideia?

— Não! Por favor, não conte a ninguém. Noah me mataria se soubesse, e ele nunca permitiria que acontecesse alguma coisa entre mim e o Ben.

— Noah. Noah. Noah. Você já é adulta, linda, não depende dele para nada. Está na hora de começar a viver sua vida. Já teve um namorado, pelo menos?

— Eu saio com um cara de vez em quando, mas não é nada demais – ela sorri timidamente. — Só sexo mesmo.

— Nossa – coloco a mão no peito e respiro aliviada. — Por um minuto, achei que ia me contar que é virgem.

Rimos juntas e conversamos durante horas. Adorei saber sobre sua vida, fiquei triste pela morte dos seus pais, cheguei a ficar com pena do juiz por um momento. Soube que ela é uma neurocientista com estudos publicados em importantes revistas do país. Acho que tenho uma nova amiga e fico muito feliz, porque Aly é um anjo em pessoa.

Acordo com o canto dos passarinhos. Saio da cama, abro a cortina e vejo um céu limpo e um sol convidativo. Vou para o banheiro, faço minha higiene, coloco um biquíni e um vestido por cima. Desço e não vejo ninguém na sala, sigo meu caminho para a cozinha dando graças a Deus até passar pela sala de jantar e ver todos reunidos, tomando café em silêncio. Milagre!

— Bom dia, Mad. Sente-se aqui – Becka fala e aponta uma cadeira ao seu lado.

— Bom dia – olho para todos e cumprimento-os. — Achei que estavam dormindo, não ouvi barulho e nem conversas.

Enquanto me sirvo com as delícias que estão na mesa, Christopher puxa conversa.

— Conte como foram seus primeiros dias de estágio, Madison?

— Então... – fico olhando arregalada para ele. — Foram... hum... foram... tranquilos. Adaptei-me muito bem ao ambiente.

— E qual foi a sua impressão do chefe? – Ben, passando manteiga de amendoim no pão, pergunta.

— Tsc-tsc-tsc – balanço a cabeça e falo fingindo pesar. — Um frustrado, coitado.

Todos à mesa caem na risada, nem Rebecka se controla. Chris, de todos, é o que mais ri e pergunta:

— Por que frustrado?

— Não sei se é a vida, se é o trabalho ou o – faço um gesto de mínimo com o dedo polegar e indicador. — Ou se é pequeno.

— O que o tamanho do pau tem a ver? – Noah pergunta e as gargalhadas em torno da mesa pioram.

— Segundo alguns estudos recentes de alguma universidade desocupada, quando o ego do cara é grande demais, o documento, aquele – aponto para baixo. — É pequeno demais.

— Não vejo graça nisso – Carly cruza a conversa. — Mas onde é o seu estágio, Madison?

— Na área do Direito – respondo.

Depois de tomarmos café, fomos todos para a piscina. Quando chego lá fora, lembro-me de ter trago um livro e volto para buscá-lo. Pego-o na minha mala e, assim que saio do quarto, encontro Noah de bermuda e sem camisa. Uma visão do paraíso com todas aquelas tatuagens. Ele tem uma logo acima do umbigo em letras japonesas, uma cruz que mais parece uma adaga no braço direito e um símbolo japonês no ombro esquerdo.

— Senhorita Harver – ele aproxima-se de mim. — Então, o seu chefe é frustrado?

— Oi? – dou um passo para trás. — Às vezes. Eu acho...

— Ele poderia a surpreender – ele pressiona-me na parede e fala no meu ouvido.

— Eu seria eternamente grata pela surpresa.

— Ah - Noah morde o lóbulo da minha orelha. — Você está brincando com fogo, menina.

— Não tenho medo de me queimar, senhor juiz.

Ele afasta-se e encara-me— Você é lin...

— Noah, cadê você? - sua mulher, namorada, esposa, arranjo, não sei qual a classificação dela, o chama.

Ele aproxima-se como se fosse me beijar, eu já me preparo, e ele fala:

— Quer brincar, senhorita Harver? Então, vamos brincar.

Noah se vira e sai, deixando-me chocada e desejosa. Mais uma vez, que homem é esse? Vou para a piscina e sento em uma das espreguiçadeiras que está debaixo do guarda-sol. Com essa pele branca, qualquer solzinho vira queimadura de terceiro grau. Olho os corpos de Alyssa e Carly, perfeitos, o de Aly é ainda mais bonito, cheio de curvas. Não entendo por que essa menina se esconde embaixo de tantos panos. Teremos que trabalhar isso. Agora, o corpo de Carly é magro demais. As pernas da mulher parecem dos cabos de vassoura, seios pequenos, costelas aparecendo, sou obesa perto dela. Nem pensar que tiro esse vestido.

Rebecka tira o camisão que a cobre e mostra seu corpo impecável que nada lembra as modelos esqueléticas, seu corpo é exuberante. Definitivamente, vou ficar vestida. Os meninos, que estavam em algum lugar, vêm para piscina e, vou falar para vocês, são a visão do paraíso. Arrumo meus óculos escuros e uso meu livro para disfarçar enquanto analiso cada um. Dos três, Noah é o mais forte, seus músculos são mais destacados, mas todos têm corpos definidos, do tipo que nunca faltam a academia.

Christopher tem em torno de quarenta anos, é um gato. Ele é o mais quieto, admiro sua coerência, mesmo nas brincadeiras. Fiquei encantada quando ele me contou seus ideais políticos, por que queria ser senador, tudo aponta para um país mais justo com pessoas como ele na liderança. Ele é loiro, olhos verdes, cabelo bem cortado, deve ter cerca de um oitenta de altura e, pasmem, é todo tatuado. Jamais imaginei que o senhor engomadinho tivesse tantas tatuagens assim, a mais bonita é o dragão colorido, passa a impressão de soberania. Com essa sunga preta... sem palavras...

Ben é o mais safado, o mais alegre também. Risada fácil, mão boba e um lindo par de olhos azuis destruidores. Sua pele é branca, mas seus cabelos são castanho-escuros, a barba por fazer contornando sua boca o deixa ainda mais sexy. Percebi isso nos três, eles não fazem a barba nos finais de semana, fazendo-os ainda mais desejáveis. Ele é da mesma altura que o Chris, mas seu porte é mais descontraído. Olho para Alyssa que o observa, pois é... a menina escolheu mal.

Por fim, o excelentíssimo meritíssimo senhor juiz Lancaster em toda a sua majestade, ele tem um estilo de *bad boy,* fora da lei, quieto, sério e muito mandão. Ele é muito forte, possui músculos de quem é adepto a musculação pesada. É muito alto, acredito que chega perto ou passa de um e noventa. Dos três, não é o mais sério, e sim o mais recatado e elegante. Seu olhar é intenso e penetrante, acredito que ele pode desnudar a alma de alguém através dos seus olhos. O jeito com que ele olha para sua irmã mexe com qualquer um, carinho, proteção, coisa de irmão mais velho, coisa que nunca tive.

Continuo a fingir interesse na literatura inglesa quando Noah tira sua bermuda e fica só de sunga branca. Ele está de costas para mim e a visão da sua bunda me faz suspirar. Rebecka me olha e ri.

— Eu sabia que você não estava lendo.

— Quem consegue ler com isso tudo aí na frente? - falo com ela sem me movimentar, porque não quero perder o foco. Noah mergulha na piscina juntamente com os outros, dando uma trégua para mim. — Deus abençoe a América - Rebecka ri ainda mais alto.

— Eles são muito bonitos agora, mas as fotos de adolescência estão aí para provar que, para algumas pessoas, o tempo é benéfico. Eles eram muito feios. Noah e Chris eram dois palitos. Noah ainda era alto para idade, o deixando ainda mais estranho. Ben era mirradinho, nunca ninguém imaginava que se tornaria um homem desse tamanho e Roger... - ela faz uma pausa. Seguro sua mão e a incentivo a falar. — Roger era aquele que usava jaqueta de couro e cabelo lambido, sabe? Desde muito cedo conquistando as garotinhas, de todos, o mais bonito - seu sorriso é saudoso. — Eu me encantei por ele por causa da sua cara de pau.

— Gostaria de ter conhecido o Roger, Becka.

— Ele ia adorar tê-la por perto. Tenho certeza disso - ela tira seus óculos escuros, olha para mim e vejo seus lindos olhos brilharem.

— Como pode ter tanta certeza? - sorrio para ela. — Algumas pessoas me odeiam.

— É o que você pensa - ela coloca seus óculos novamente e recosta-se na cadeira. — Basta medir o tanto que esses homens gostam de você. Nenhuma mulher é tão próxima a eles quanto eu ou Alyssa, só você.

Alerta vermelho! Homem bonito saindo da piscina. Volto a colocar meu livro na posição que estava antes e assisto ao espetáculo do Noah sair da piscina à nossa frente, secando-se a quase um palmo de mim. Olho para o seu pau, que, por favor... Aquilo está dormindo? Sério? Olho para os seus pés, porque dizem que há relação com o tamanho de ambos e fico ainda mais... desejosa.

— Como você é sem-vergonha, Madison - Rebecka, aos risos, fala, e ele dá a volta para ir até a namorada.

— Que desperdício - ouço risadas altas e vejo Benjamin brincando com Alyssa. — Eles formam um lindo casal.

— Sim - Rebecka responde. — Formam, sim, mas Noah jamais aceitaria.

— Por quê? - a curiosidade toma conta.

— Acho que eles já aprontaram muito juntos, e não quer um sem-vergonha para a irmã. Só sei que, logo que comecei a sair com o Roger, Noah os obrigou a fazer um pacto, nenhum poderia ficar com a irmã do outro. O negócio é que só Noah tem uma irmã, todos os outros têm irmãos.

— Ben, vem aqui - Chris, à minha frente, chama seu amigo— Por que você não tirou o vestido ainda, Madison? Tire-o e vamos mergulhar. Queremos jogar e falta um.

— Não - balanço a cabeça. — Negativo. Rebecka vai.

— Eu vou lá ver como anda o almoço. Não esqueça de passar protetor, Mad - a sacana fala rindo. Ben se junta a conversa.

— Vamos, Madison.

— Não - mantenho-me firme.

— Ou você vai por bem, ou por mal - Chris ameaça. — Nós a pegaremos e jogaremos na piscina com roupa e tudo.

— Ok - uma coisa eu sei, jamais duvide desses homens. Solto meu livro. Eles se jogam na piscina e, com muita vergonha, tiro o vestido, ficando com meu biquíni muito comportado preto. O problema é que os meus seios são muito grandes e meus quadris, largos demais.

— Ah, merda - ouço um assobio e Ben fala: — Agora não poderei sair daqui de dentro tão cedo - Noah dá um tapa em sua nuca.

— Poderia passar protetor nas minhas costas, Aly? Senão virarei um camarão - Alyssa estava sentada na beirada e peço a ela.

Enquanto ela passa o protetor nas minhas costas, passo uma camada generosa na frente. Ela fala só para que eu ouça:

— Eles estão vidrados em você. São muito sem noção mesmo. Posso provocá-los um pouquinho, Mad?

— Como?

— Posso passar protetor no seu bumbum? - ela responde e dá uma risadinha de menina arteira.

— Pode. Mas cuidado para não se apaixonar.

— Não jogo nesse time - ela ri.

Ela se abaixa e passa o protetor na minha bunda superficialmente. A coitada nem toca direito a minha pele, e os marmanjos chiando. Ben estava quase babando, só não sei se era para mim ou para Aly. Chris estava tão concentrado na cena que o mundo poderia acabar e ele continuaria ali, paralisado. O olhar de Noah era para mim, ele percorreu meu corpo e voltou aos meus olhos.

— Vamos jogar, garota - Alyssa me dá um tapa na bunda, trazendo-me para a realidade.

— Noah fica no gol, Chris com Madison e Aly comigo - Ben fala.

Vejo o desapontamento da doce Aly. Se ele é do time dela, não há por que marcá-la homem a homem. Danadinha. Então, falo:

— Não. Meninas contra meninos...

— Chris no gol - Noah complementa.

— Vão! – Chris grita e joga a bola do outro lado da piscina.

Noah e eu saímos disputando braçada a braçada. Lógico que ele chegou primeiro que eu. Tento pegar a bola dele, é o mesmo que Davi tentar roubar uma bola do Golias, hilário. Ele vai em direção a Chris até Alyssa pular em cima dele e gritar:

— Pega a bola, Mad.

Pulo em cima do gostoso e pego a bola no mesmo momento em que Ben a agarra por trás. Vou em direção ao Chris e alguém me segura.

— Onde você vai, mocinha? – Noah pergunta com aquela voz grave.

Jogo a bola para Alyssa, que é interrompida por Benjamin, que acaba fazendo o gol. Isso não vai dar em nada. Christopher tem a bondade de jogar a bola para mim, estou no canto da piscina. Noah encurrala-me, seu tamanho não permite que eu passe por lugar algum.

— É melhor se afastar, excelência – digo.

— Por que eu me afastaria? – ele sorri de canto.

— Porque todos estão nos olhando, inclusive sua esposa.

— Ela é minha namorada. Somente namorada – mergulho na tentativa de encontrar uma saída. Mas, mal imerjo, ele me traz à tona novamente, segurando meus braços.

— Faça minha alegria, senhorita Harver, e jogue a bola por cima de mim.

Não entendi e fiz o que falou. E então compreendi. Quando dei impulso para jogar por cima dele, acabei pulando e roçando na criatura. E, na descida, bom, eu desci me esfregando e acabei sentindo o que não deveria querer sentir. Mas eu senti, e adorei. Ouvimos o grito de Aly e vimos Ben a agarrando. Dou um perdido no gostoso, Alyssa joga a bola para mim, e Chris, mais que distraído, deixa a bola passar.

Jogamos mais um tempo, mas não quis dar mais bandeira do que já dei. Mantive distância do juiz e marquei Ben enquanto Noah marcava sua irmã. Perdemos, lógico, e estamos mortas de cansadas. Anunciaram o almoço, só que eu não estava com fome. Não gostei do modo com que aquela situação mexeu comigo, do brilho no olhar dele. *Ele é comprometido.*

Fui para o quarto, tomei um banho e, depois de me sentir confortável, abri meu notebook para responder alguns e-mails de meninas que estou aconselhando. Hoje, ajudo apenas duas ou três, quando vi que estavam buscando em mim a solução para um casamento rico, diminui os aconselhamentos. Minha ideia sempre foi ajudar as mulheres a se conhecerem e se redescobrirem, não ser uma charlatã.

O primeiro e-mail é da Beverlly, dizendo que só queria um "felizes para sempre". Tenho raiva de quem inventou essa expressão, porque somos felizes constantemente, então, pela lógica, seremos felizes para sempre. Mesmo com todas as frustrações e dores, temos momentos felizes. Minha resposta:

---

de: madison@igmail.com
para: berverlly@igmail.com
data: 25 de janeiro de 2017 17:50
assunto: RE: Felizes para sempre

Beverlly, por que pensar no "para sempre" agora? Você tem apenas vinte e seis anos, está na hora de pensar no "para agora". Está na hora de você se descobrir como profissional e como mulher. Saia, divirta-se, conheça novos homens e novos horizontes.

Está cansada de curtir? Então, viaje, desenvolva novas habilidades, transe, beije na boca e deixe o "para sempre" para depois.

Você é linda, inteligente, não precisa de alguém para esquentar seus pés ainda, porque sua vida está apenas começando. Procure alguém que esquente a sua cama, espere esfriar e esquente novamente. Viva, respire, troque a cor do cabelo, compre roupas coloridas, liberte-se! E, quando você olhar para trás e se sentir satisfeita consigo mesma, o seu "felizes para sempre" aparecerá.

Beijos... cuide-se e viva!

Madison.

O próximo e-mail é da Charlotte, ela diz que não aguenta a solidão, que precisa de alguém para ser feliz. Senhor, quando vão aprender que não se deve terceirizar a felicidade? Minha resposta:

---

de: madison@igmail.com
para: charlotte@igmail.com
data: 25 de janeiro de 2017 18:05
assunto: RE Solidão

Querida Charlotte,

Entendo que a solidão não é a nossa melhor companhia. Sei que às vezes sentimos a necessidade de compartilhar com alguém, de coração, entendo tudo isso. Mas permita-me dizer-lhe algo, não transfira a responsabilidade da sua felicidade para outra pessoa. Não permita que sua vida seja escrita por mais ninguém. Somos responsáveis pela nossa caminhada, as pessoas não têm obrigação de nos fazer felizes, a única obrigação delas é não nos decepcionar.

Você só encontrará alguém quando encontrar a si própria, souber o que faz bem a você e o que faz mal, o que a agrada e o que não gosta. E, quando souber dizer tudo sobre você com convicção, espere por aquela pessoa que combine com o que descobriu. Jamais mude para ser o boa para alguém, mude somente porque é necessário mudar, porque a fará bem. Se ele quer estar em sua vida, terá que merecer.

Por favor, não terceirize sua felicidade. Descubra-se, redescubra-se e, depois, viva. O que é para acontecer, acontecerá quando menos esperar. Fique em paz.

Att.

Madison.

— Madison? - fui até a porta atender Alyssa. Abro e aceno para que entre. — Vim ver se está tudo bem. Não desceu para jantar, todos ficaram preocupados.

— Estou bem, sim, só estou muito cansada e sem fome.

— Vamos deixar uma coisa clara, ruivinha - Carly aparece na porta. — Noah é meu noivo, moramos juntos, temos uma história. Então, não se meta! Eu vi como você se esfregou nele hoje e esfregar-se em homens comprometidos é coisa de puta. Não é à toa que responsável por um bordel, além de cafetina, deve fazer programa também.

— Escute bem, coisinha insignificante - minha paciência com a cadela esgotou. Saio da cama e vou até ela, pressionando-a entre o batente da porta e meu corpo. — Se sou cafetina, puta, vagabunda, não é da sua conta! Mas não tolero que me ofendam assim e já é a segunda vez que você o faz. Vou dar um conselho a você, não ouse abrir essa sua boca para falar de mim, porque, se eu souber, encarregarei de fechá-la pessoalmente - afasto-me dela. — Não tem vergonha de encher a boca para declarar que ele é seu? Se um homem morasse comigo e ainda insistisse em me chamar de namorada, eu já teria cortado os pulsos. Quer foder, mas não quer casar! Agora saia daqui e esqueça que existo.

Carly estava mais branca que um fantasma. Olho para Alyssa, estava boquiaberta também. Para mim, esse final de semana já deu o que tinha que dar. Abro minha mala e jogo as poucas coisas que tirei.

— Onde você pensa que vai? – Alyssa me interrompe.

— Vou embora. Cansei disso, cansei dessa mulher e nós duas sabemos que eu não faço parte desse grupo.

— Não. Você não pode ir... – eu a olho.

— Olha, Aly, eu não sou muito próxima a pessoas, sabe. Costumo me preservar nesse tipo de situação. Ela é a mulher do seu irmão, vocês são família, e eu sou convidada. Por favor, não conte a ninguém o que houve aqui e me deixe ir. Ok?

— Espera – Alyssa sai correndo e logo volta com chaves. — Vá com esse carro. Assim que voltarmos para casa, mando alguém buscá-lo.

— Obrigada – nos abraçamos, e sorrio com cumplicidade para ela.

Capítulo 7
NOAH

Alyssa volta para a sala de jantar pela cozinha. Estranho. Ela senta-se ao lado do Chris e ele fala alto: — Sério?

— Algum problema, Aly? - pergunto.

Ela balança a cabeça.

— Não...

— Cadê a Mad? - Rebecka pergunta.

— Ela foi embora - Ben e Becka perguntam por que ao mesmo tempo, e a minha irmã explica. — Ela precisava ir, era importante. Becka, ela disse que fala com você assim que chegar em casa.

— Ela deve ter ido atender alguma cliente - falo com ironia. As duas trocam um olhar cúmplice e deixam os outros perdidos. Carly pergunta o que ela faz, e eu respondo: — Ela é uma espécie de terapeuta do amor...

— Não - Rebecka me corrige, olhando-me com cara feia. — Ela é conselheira, somente isso. E não são clientes, são amigas.

O silêncio durante o jantar é assustador. Há algo de errado, porque, até agora pouco, todos sorriam e conversavam. Depois da refeição, fomos para sala. Bom, Becka, Carly e eu fomos, os outros arranjaram alguma coisa para fazer.

— O que está acontecendo, Rebecka? De repente, todos na mesa ficam em silêncio e depois somem. Você está pensativa...

— Estou preocupada com a Madison e acredito que os outros também estejam – ela responde.

— Exagero – Carly fala. — Ela foi porque quis ir.

— Eu só os convidei para virem à casa de campo para relembrarmos os velhos tempos e termos a chance de conhecer sua namorada melhor, Noah – Rebecka olha para mim e para Carly. — Madison era minha convidada, porque, como todos aqui, ela trabalha demais e merece um descanso. Não gostei da forma com a qual você falou com ela, Carly, e vou lhe dar um conselho, se quer fazer parte do mundo do Noah, aceite seus amigos – ela levanta-se e vira para mim. — Um conselho a você também, se quiser continuar tendo amigos, abra os olhos, porque eles estão cansando.

O resto do feriado transcorreu tranquilo e muito esquisito. Por fim, acabei discutindo com Carly, ela tem que entender que os meus amigos também são minhas prioridades. Ela começou a chorar, dizer que não quero nada sério, que estou apenas a usando. Bom, quando a convidei para morar comigo, expliquei como funcionaria. Aceitou, agora aguenta!

Hoje, meu humor não está muito bom. Acordei e saí sem tomar café em casa, fui direto para o gabinete. Chego, encontro Robbie em sua mesa, com seu sorriso luminoso habitual. Abro a porta e encontro Madison de vestido, encurvada sobre a minha mesa, deixando aquela bunda empinada, fazendo até um padre pecar. Fecho a porta, e ela se assusta, ajeitando-se.

— Bom dia, juiz Lancaster. Eu não o esperava por agora.

Enquanto ela fala, olho seu corpo naquele vestido preto, o decote com aqueles seios fartos tentando se libertar. Merda! *Tire o olho, Noah.* Sem jeito, ela coloca seu blazer e cobre-se, não deixando nada para minha imaginação.

— Bom dia, Madison. Providencie um café completo para mim urgentemente. Tenho uma reunião daqui a uma hora.

— Sim, senhor – ela sai, e eu fico com os meus pensamentos. Não foi uma decisão coerente trazê-la para trabalhar comigo. Madison é uma linda mulher, gostosa para caramba e o fato de viver me desafiando torna tudo ainda mais excitante.

Passei o resto do feriado com a visão dela naquele biquíni preto martelando na minha cabeça, seu corpo roçando no meu, seu cheiro delicioso, um perfume marcante, forte como ela. Até sonhei que a estava despindo, coisa de adolescente entrando na puberdade. Fiquei pensando: o que a fez ir embora, o que aconteceu para que ela simplesmente saísse sem nem ao menos despedir-se de nós? O fato de Christopher, Ben e Alyssa passarem todo tempo conversando, ignorando Carly e eu também me deixou receoso.

Madison volta com tudo o que eu gosto de comer e o café ao meu gosto. Ela dispõe as coisas na mesa de reuniões e aguarda sem dizer uma palavra. Harriet a instruiu muito bem. Sento-me à mesa e a convido para acompanhar-me, mas nega.

— Por que você foi embora da casa de campo sem se despedir?

— Porque não estava sentindo-me bem.

— Não estava se sentindo bem ou tinha alguma mal-amada para atender? Seja como for, foi muita falta de educação da sua parte – falo e, logo em seguida, sinto-me mal.

— Desculpe, Madison. É que o dia não começou muito bem...

— O quê? - ela sorri, acho que ironicamente. — A *Mortícia* não liberou o *Primo Which* para você essa noite? Frustrante...

— Tenha respeito, senhorita Harver - perdi o apetite e a paciência. — Aqui não é o clube, onde pode falar como bem entende. Eu sou o chefe aqui, eu mando em tudo e você não passa de um protótipo de delinquente cumprindo a pena.

— Sim, senhor - ela vai até a porta e, antes de ir, vira-se com uma cara de menina perdida que puxa uma corda no meu peito. — O senhor vai me demitir?

— Não - passo a mão pelos meus cabelos. — Por mais que eu quisesse, Madison, não posso.

— Obrigada - ela sussurra.

Logo, dois membros do comitê judiciário chegam para a reunião que se estende até depois do horário de almoço. Assim que eles saem, Madison entra em minha sala de cabeça baixa e serve meu almoço, como Harriet sempre fez. Ela sabe que eu não gosto de frequentar restaurantes, sempre tem alguém querendo puxar papo, um fotógrafo desocupado ou mesmo alguma mulher tentando se aproximar.

Mais tarde, vou chamá-la e desculpar-me por ter sido grosseiro. Madison desafia-me e isso me irrita, me transtorna. Às vezes, como agora pouco, tenho vontade de colocá-la no meu colo e bater naquela bunda. A cena em minha cabeça muda rapidamente, Madison nua no meu colo, rebolando sobre mim e pedindo que eu a foda. Ah, merda!

Então, a vingança daquela peste ruiva começa. Todos que estão na minha lista de pessoas que não atendo resolveram ligar e ela repassa. Todos! Tive que atender dois advogados que tenho nojo, porque Madison decidiu me punir por ter sido grosso com ela. Pelo menos, assim, os dois escrotos saíram com uma advertência cada um. No final da tarde, minha cabeça estava explodindo e eu querendo matar Madison.

Quando o último infeliz resolveu sair do meu gabinete, vou à procura daquela ruiva desgraçada e a encontro na sala dos protocolos contando piadas para o pessoal que deveria estar trabalhando, e não rindo. Assim que me viram, cessaram os risos e a senhorita linguaruda continuou a conversar. Todos estavam sem jeito e ninguém falava para ela que eu estava ali.

— Sabem qual a diferença entre os juízes da Segunda Corte e o juiz Lancaster? Os primeiros, acham que são Deuses e o juiz Lancaster tem certeza!

— Muito engraçado, senhorita Harver. Na minha sala, agora! - saio com ela em meu encalço. Entro, dou espaço para que ela passe e fecho a porta. Caminho até minha mesa e sento-me. — O que diabos você está fazendo, Madison?

— Eu não estou fazendo nada, juiz Lancaster - debocha.

— Eu não entendo por que você tem necessidade de me enfurecer - respiro fundo.

— Não. É você quem faz isso comigo - ela escora no encosto da cadeira que fica de frente para mim.

— Eu? - pergunto.

— Sim. Mais cedo, você me perguntou por que saí daquela maneira da casa de campo, mas não me deu a oportunidade de responder. Simplesmente, metralhou suas piadinhas e riu. O menosprezo dói, senhor. A única maneira que eu sei me defender é atacando. Todos dizem que você é o máximo, que é um chefe ótimo, para mim, até agora, não foi nada disso.

— Certo – fecho os olhos e respiro mais uma vez. — Eu vou tentar ser mais condescendente com você. Sem piadinhas, por que você foi embora?

— Quer saber mesmo o por quê? – aceno que sim. Ela se aproxima. — Porque sua mulher, namorada, sei lá, foi até o meu quarto me encher de desaforos. Sua irmã estava comigo, pergunte a ela.

— Carly? – pergunto perplexo.

— Não, a princesa Diana – Madison levanta a mão. — Desculpe, desculpe-me. É automático.

— O que ela falou? – eu preciso saber.

— Pergunte a ela, ou a Alyssa. Já está na minha hora. Posso ir?

— Pode, sim. Boa tarde, Madison.

— Até amanhã, Noah – ela sorri e fica ainda mais bonita.

Tento focar em alguns processos que requerem atenção, mas não consigo me concentrar. Preciso pensar, de preferência, longe de tudo. Vou até a garagem, pego meu carro e sigo para a cobertura. Tiro meu terno, a gravata e abro a camisa. Sirvo-me de um copo de whisky e sento no sofá.

Eu nunca fui um homem de sentimentos profundos. Acredito no amor, acredito em amar e ser amado, mas não acredito que relacionamentos baseados somente no amor vinguem. Para mim, Noah, a química, o respeito e a lealdade, são a combinação perfeita para uma relação duradoura e bem-sucedida.

Meu relacionamento com a Carly nunca foi um rompante de paixão, e a maturidade que eu via nela em relação a nós foi o que me fez continuar. Ela trabalhava constantemente em Washington, e eu aqui, passávamos dias sem nos vermos e cada reencontro era quente. Teve uma época em que os caras se distanciaram de mim, para ser sincero, nunca entendi aquilo, mas eu estava bem com ela, nos entendíamos e estávamos trabalhando para que a relação fosse promissora.

Alguma coisa começou a dar errado depois que resolvemos morar juntos. Eu expliquei a ela que nada seria alterado e que a presença dela seria importante para Alyssa. Agora, Carly anda surtando, Aly bebendo, e eu desejando aquela ruiva dos infernos. Eu sempre soube que os meus amigos não se entendiam muito bem com a minha namorada, mas acreditei que, em algum momento, eles a conheceriam melhor e a aceitariam, como um dia aceitamos a Becka.

Só que Carly tem apresentado um comportamento estranho e hoje pergunto-me: será que ela sempre foi assim? Será que ando cego esse tempo todo? Se me perguntarem se a amo, responderei a verdade, não, não a amo. Acredito na compatibilidade, éramos compatíveis. Depois que nos mudamos para a mansão, que ela tanto insistiu, as coisas têm ido ladeira abaixo. Ela não viaja mais, fica somente em casa, muito menos transamos. Ela só reclama, sem parar, de tudo e isso está me cansando.

A imagem da Madison de biquíni volta para me assombrar. Meu pau gosta da lembrança. Desde o dia em que ela trouxe Aly para casa, aquela boca atrevida não sai dos meus pensamentos e, depois daquele final de semana que eu a senti na minha pele não fui mais o mesmo. Não sei se é minha abstinência ou o fato dela desafiar-me constantemente, só sei que a desejo fortemente. Já imaginei aquela boca envolta no meu pau, meus dedos entrelaçados naquele cabelo vermelho...

Olho para o relógio e vejo que já é tarde, vou para casa. No caminho, coloco o som no último volume para espantar pensamentos inconvenientes. Como se desse para esquecer aquele par de seios saltitando na piscina. A música do *R.E.M – Losing my Religion* – preenche o carro e quanto mais tento fugir das lembranças daquela ruiva mais elas me perseguem.

Encosto o carro na garagem, amanhã vou procurar outro carro, quero um esportivo como o do Ben. Quem sabe um *Porsche* ou uma *Ferrari*. Vou pedir para o Carl dar uma passada amanhã no gabinete. Talvez troque o carro da Alyssa também, estou cansado de ver esse carocinho amarelo, ela precisa de algo mais seguro, tipo um *Nissan Rouge*. Entro pela cozinha e encontro a minha irmã sentada em uma das banquetas tomando chá.

— Boa noite, Aly.

— Boa noite, excelência. Onde a nossa autoridade andava? Fugindo das mulheres da sua vida? – ela fala com deboche. Sento ao seu lado, ela me dá um beijo no rosto.

— Boa noite, Noah. Quer alguma coisa? – Martha entra e pergunta.

— Uma cerveja, Martha. Obrigado – volto-me para minha irmã. — O que exatamente aconteceu para Madison ir embora no feriado?

— Por que não pergunta a sua namorada? Ela estava lá e sabe o por quê.

— Por favor, Aly, diga-me – insisto.

— Madison estava conversando comigo quando Carly apareceu e a acusou de estar dando em cima de você. Disse para ficar longe e a chamou de cafetina e prostituta com aquela arrogância de sempre.

— Por que eu nunca vi Carly dessa maneira? Ela sempre foi tão educada – digo mais para mim do que para ela.

— Olha, Noah – Alyssa vai até a pia colocar sua xícara e volta-se para mim. — Rebecka acha que você deve descobrir essas coisas sozinho, mas sou sua irmã. Carly sempre foi assim, só que, quando está perto de você, ela precisa disfarçar. Ela só suporta o Ben e o Chris porque eles são tão importantes e famosos quanto você. A mulher mal me suporta, por favor...

— Aquele dia que você chegou bêbada, o que aconteceu?

— Isso não vem ao caso, Noah. Não se atormente por isso. Boa noite – Aly sai, deixando-me sozinho com a minha cerveja. Logo Martha volta e a intercepto.

— Martha, você trabalha comigo há quanto tempo?

— Cinco ou seis anos. Por quê?

— Responda-me com sinceridade – falo, olhando seriamente para ela.

— Sempre respondo, Noah – ela replica meu olhar com a mesma seriedade.

— Carly sempre foi assim ou isso vem acontecendo nos últimos dias?

— As pessoas são como são, mas, de vez em quando, elas se esforçam para conquistar o que almejam e, quando isso acontece, nem sempre o que vemos é o que achávamos que víamos.

— Você não respondeu – falo frustrado.

— Respondi – ela sorri. — E fui muito sincera. Só que há coisas, Noah, que só vemos e ouvimos quando queremos. Boa noite.

Fui diretamente para o quarto de hóspedes. Despi-me, tomei banho e deitei. Antes de pegar no sono, lembro-me da proximidade com Madison. *"Não tenho medo de me queimar, senhor juiz..."*. Nesse momento, daria tudo para saber como é o seu gosto.

Tenho que me chutar constantemente para lembrar que tenho uma namorada e que Madison é minha funcionária. Mesmo Carly sendo uma relapsa do caralho, estou com ela. Não é certo me envolver com a ruiva no trabalho, não é correto misturar negócios com prazer. Ainda assim, durmo com aqueles cabelos vermelhos em meus pensamentos...

A semana passou lenta demais para o meu gosto. Fugir da tentação ruiva não é uma tarefa fácil, mesmo para os mais fortes. Eu odeio os compromissos beneficentes que os ricos fazem, porque é beneficente para eles, e não para as centenas de crianças que estão em situação vulnerável. Enquanto eles sentam e posam para fotos como filantropos, crianças sentam nas ruas para pedir comida. Mas, como um bom juiz, tenho que fazer o sacrifício.

Carly não perderia a chance de circular entre a classe soberba, ela nunca fez questão de esconder seu deslumbramento por esse mundo. Esse *smoking* está me matando sufocado, realmente não sirvo para esse tipo de evento. Minha sorte é que Christopher também foi obrigado a vir, assim não tenho que disfarçar minha impaciência o tempo todo. Olho para ele e sua futura noiva, Audrey, uma linda menina e muito querida também. Se eu não o conhecesse, diria que está satisfeito, mas aquele olhar perdido diz que não. Ele se aproxima de mim.

— Carly comentou que você está interessado em comprar uma casa aqui nos Hamptons. A casa dos Hudson está à venda.

—Hudson? – puxo, pela memória, o nome e a casa. — Em frente a sua?

— Essa.

— Na verdade, eu queria na encosta, longe de toda agitação, principalmente, no verão. Quero um lugar para descansar, e não para ficar acordado o tempo todo.

— Certo. Como Madison está indo? – ele pergunta interessado.

— Ela está indo muito bem. Madison é uma excelente profissional, muito inteligente, deu conta de substituir Harriet – faço uma careta. — Só que a mulher é difícil.

Ele sorri. Aliás, é só falar da Madison que ele e Benjamin são só sorrisos.

— Estou para falar isso desde o feriado, Madison foi embora por causa da Carly e sinceramente... – ele fala sério. — Prefiro Madison.

— Christopher – encaro-o. — Algum dia vocês deram uma chance para Carly?

— O feriado foi uma de muitas, e o que ela fez? Foi ofensiva com a Madison duas vezes. Uma, inclusive na sua frente. E, realmente, espero que você a tenha colocado no lugar. Aquela noite, Madison foi embora sozinha, sabe-se lá em que estado.

— Por que essa revolta a favor da ruiva, Christopher? – sua preocupação dispara um alerta em mim.

— Porque ela é uma das poucas pessoas que tenho muito apresso e, principalmente, porque é muito sincera. Jamais usaria máscaras para ludibriar as pessoas.

Ele sai com sua namorada a tira colo e me deixa com meus pensamentos. A voz de Rebecka soa novamente em meus ouvidos. " *Um conselho para você também, se quiser continuar tendo amigos, abra os olhos, porque eles estão cansando*". Olho ao meu redor e vejo aquelas pessoas que nunca fiz questão de ter em meu mundo e, no entanto, estou aqui, no mundo delas. Em que ponto da minha vida eu desviei de quem sou?

— Querido – Carly vem e abraça-me. — Vamos ficar no hotel ou na casa do Chris? Sou louca para ver como é aquele palácio dos O´Donnell por dentro.

— Eu vou para casa – nem a olho, apenas respondo. E, como de costume, ela surta.

— Deixe de ser idiota, Noah. Vamos aproveitar que estamos aqui para fazer contatos...

Seu comentário dispensável faz com que eu ria.

— Eu não preciso de contatos, Carly. Eu sou o contato. Quer ficar, fique. Eu estou indo – saio sem me despedir de ninguém, entro no carro seguido por Carly, que já está falando novamente.

— Poi...

— Se você quiser ir comigo, terá que ficar calada. Hoje, já ouvi besteiras demais da sua boca – interrompo-a.

A volta longa foi preenchida somente pela minha *playlist*. Nada de discussões, de insatisfações e nem reclamações. Quase gozei por causa do silêncio. Estaciono meu carro na garagem e vejo que há mais um veículo desconhecido. Alyssa deve ter trago alguma amiga para passar a noite com ela acreditando que eu ficaria por lá.

Vou direto para o quarto para tirar essa roupa que está me agoniando e Carly começa a reclamar novamente.

— Por que você anda agindo assim, Noah?

— Assim como? – sem olhar para ela, falo.

— Como um ogro.

— Você não para de reclamar um minuto e eu que sou ogro? E mais, tenha respeito ao falar comigo, não estou muito a fim de tolerar seus chiliques de menina mimada.

— Está me chamando de criança?

Ela fala mais alto do que deveria e consegue despertar a minha raiva que tanto controlo. Aproximo-me dela.

— Chega, Carly! Você já reclamou o suficiente por uma encarnação inteira. De uns tempos para cá, vem reclamando de tudo e ofendendo as pessoas como se fosse superior a elas. Caia na real, garota, você não é! Eu soube do que aconteceu na casa de campo e, se eu tomar conhecimento de que aquilo se repetiu, mando esse relacionamento para o inferno na mesma hora. Controle-se. Vou dormir em outro lugar.

Saio do quarto só com a calça do *smoking* e vou para a cozinha pegar uma cerveja. Sigo até a piscina e sento-me lá. Não sei quanto tempo fiquei ali, olhando a água até cansar. Em algum momento, terei que colocar as coisas no lugar. Será que protelar é a melhor solução?

Entro, vou em direção às escadas e encontro Madison em uma camisola verde esmeralda, como seus olhos. O tecido fino pouco tampa seus grandes seios e é curta demais para cobrir suas coxas. Ela tenta se cobrir, passando os braços pela frente do seu corpo.

— Que susto, juiz Lancaster. Achei que ficaria fora essa noite.

— Eu até ia, mas desisti. Alguma coisa disse-me para voltar para casa mais cedo.

— Deixe-me adivinhar, a *Mortícia* não quis chupar seu pirulito sob o luar dos Hamptons... – fala, rindo. Sem perda de tempo, pego-a pelo braço e a levo até a sala, pressiono-a entre mim e a parede.

— Cansei das suas piadinhas, ruiva. Tenho uma função melhor para essa sua boca atrevida.

— O quê? – questiona ofegante.

Tomo sua boca em um beijo cru, passo minhas mãos pelo seu corpo. Seus gemidos em minha boca deixam-me alucinado. Passo os dedos pela beirada da camisola, puxando as taças para baixo, fazendo aqueles seios deliciosos saltarem para fora. Chupo um mamilo enquanto belisco o outro, e sua respiração fica entrecortada.

— Você é deliciosa...

Viro-a de costas para mim e falo em seu ouvido. Levanto sua camisola, encontrando sua calcinha toda enterrada na bunda, fazendo-me gemer de desespero. Enquanto uma das minhas mãos está no meio das pernas, com a outra, eu tapo sua boca, já que seus gemidos estavam altos demais e estamos em uma casa cheia de gente.

Pressiono seu clitóris por cima da calcinha e sinto a umidade se espalhar rapidamente pelo fino tecido. Ela rebola sobre minha mão, fazendo com que meu pau fique dolorido dentro da calça. Viro-a novamente de frente para mim e volto a beijá-la. A pequena ruiva dos infernos que tem me perseguido em meus pensamentos responde com fervor.

— Estava louco para te sentir – falo em sua boca.

Coloco minha perna no meio das dela, empurro sua calcinha para o lado e incentivo-a a rebolar. Chupo seus seios mais uma vez, dando igual atenção aos dois e volto à sua boca, faminto. Levo uma das minhas mãos em seu sensível clitóris e faço movimentos circulares. Seus gemidos voltam a ficar altos e a beijo para calá-la enquanto exploro o centro dos seus desejos. Não demorou muito para que ela chegasse ao orgasmo. Quando penso em tirar minha calça, ouvimos:

— Noah?

— Quietinha – falo no ouvido de Madison. Ficamos tensos, ela está trêmula devido ao orgasmo. Penso rápido e vejo uma poltrona por perto, a coloco com delicadeza, beijo sua testa e saio. Vou ao encontro de Carly.

— O que é, Carly?

— O que você estava fazendo na sala? – ela pergunta com estranheza. Como estou de saco cheio, minha resposta é grosseira.

— Estava comendo outra mulher - a desgraçada não me dá e atrapalha quando estou com aquela ruiva em meus braços.

— Que brincadeira sem graça - ela ri. — Vem deitar comigo, amor.

— Não. Hoje ficarei no quarto de hóspedes - falo mais alto que o necessário para que Madison ouça e venha terminar o que começamos.

Sigo para o quarto e fico andando de um lado para outro. Nada dela aparecer. Resolvo descer e procurá-la, também não a encontro. Quando me dou conta, já estou na porta do quarto de Alyssa. Que merda estou fazendo? Volto para o quarto, vou direto ao banheiro, tranco a porta, ligo o chuveiro e jogo-me embaixo para bater uma punheta. Lembro-me das minhas mãos pelo seu corpo, minha boca em seus seios. Acelero minha mão, imaginando sua boca em torno do meu pau e a minha libertação vem rasgando a ponto das minhas pernas ficarem trêmulas.

Deito na cama e fecho os olhos, as imagens da Madison na piscina, daquela boca atrevida no gabinete e com aquela camisola nas escadas ficam passando e repassando em minha mente, como se fosse um filme. Ela é uma mulher muito bonita e muito corajosa também, não se intimida perante os grandes. Lembro-me, sorrindo, do dia em que vi aquele grandalhão no chão e ela tentando se justificar. Se eu não tomar cuidado, essa mulher bagunçará toda a minha vida.

Capítulo 8
Madison

— Preciso de companhia, Mad. Tenho outro jantar de merda para ir - Ben fala e senta-se à minha frente.

— Dessa vez, não poderei, amigo - sirvo sua cerveja preferida. — Mas tem alguém que acredito que ficará feliz em ajudá-lo.

— Quem? - ele bebe um gole e continua. — Não é nenhuma das suas clientes desesperadas, é? Se for, estou fora.

Reviro os olhos. Bobão.

— Não. Alyssa.

— O que tem Alyssa? - Christopher pergunta, sentando-se ao lado de Ben.

— O que vai querer, bonitão? - pergunto, sorrindo.

— O de sempre, gata - Chris fala, piscando para mim.

Pisco e me viro para pegar sua dose dupla de whisky, um dos mais caros da casa. Quando volto-me para servi-lo, dou de cara com Noah sentado ao lado deles.

— Achei que vocês não se misturavam com o resto dos mortais. Vou chamar o Ramon para servi-los - mal termino de falar e os três falam ao mesmo tempo.

— Não!

— Pedimos substituição para Rebecka. Era só o que faltava, deixar de ser servido por uma gostosa para ser servido pelo Ramon - Ben e suas opiniões singelas. Balanço a cabeça.

— Depois do feriado, eu não quero outra pessoa para me servir - Chris fala, rindo. — Rebecka deveria obrigá-la a servir com a mesma roupa das garçonetes.

— Não! - Noah o corta.

Todos olhamos para ele, e Chris pergunta:

— Exatamente, o que é esse "não"?

— Eu quero o de sempre - Noah pede.

— Desculpe-me, senhor, não sei qual é o seu "de sempre", porque nunca o servi. Poderia esclarecer, por favor? - falo sem olhar nos seus olhos.

— Uma *Oettinger* - Ah, então é para ele essa cerveja. Uma marca alemã famosa. — O meu "não" é referente a senhorita Harver trabalhar com as roupas das garçonetes.

— Com essa camisa aberta e a saia já faz sucesso - Ben fala olhando para Noah. — Meu convite ainda está de pé, Madison.

— Você deveria se controlar mais, Benjamin - o tom de desaprovação do Noah não passa desapercebido. Os outros dois se entreolham e balançam a cabeça.

— Então, o que tem Alyssa? - Chris pergunta novamente.

— Ben precisa de uma acompanhante para um daqueles jantares sem graça e acho que Alyssa será uma boa companhia, já que ela não visa a cama dele - falo enquanto ajeito os copos do bar.

— Olha, olha... - Rebecka aproxima-se. — Nunca imaginei vê-los aqui fora, ficam sempre na sala privada. Madison fazendo milagres.

Faço uma careta. Não gosto quando concentram a atenção em mim. Caio na besteira de olhar para Noah, que também está me olhando. As imagens daquela noite fatídica voltam para me atormentar. Ainda posso sentir suas mãos passeando pelo meu corpo, sua boca na minha...

— Madison? – ouço alguém me chamar e levanto os olhos perdida. Vejo Noah sorrindo de canto. O infeliz sabe o motivo da minha distração.

— Mad, está tudo bem? – Rebecka me olha preocupada.

— Hoje a nossa ruiva está muito distraída – Ben fala.

— Nos conte o que está a deixando distraída, senhorita Harver – o juiz debochado quer tirar uma com a minha cara.

Vamos ver até onde o joguinho do gostosão vai. Escoro-me no balcão, dando uma visão suculenta dos meus seios para ele e respondo, olhando em seus olhos:

— Conto, se nos disser onde escondeu a coleira que a *Mortícia* usa em você.

Um coro de "oh" eclode, Christopher cospe toda a bebida que estava em sua boca. Ben ri alto, e Rebecka disfarça sua risada. Noah olha para mim ainda sorrindo:

— Você me paga, ruiva.

— Não vejo a hora, excelência – pisco para ele. As risadas cessam e percebo que os outros que estavam rindo agora estão olhando para nós sérios. — O que foi? – pergunto.

Eles balançam a cabeça e não dizem nada. Vou atender a uma das meninas que veio fazer um pedido e distraio-me novamente com as lembranças do rompante do juiz no sábado à noite em sua casa. Não vou mentir, eu adorei. E o fato de saber que tinha pessoas na casa me deixou ainda mais excitada. Aquele homem sabe o que fazer com uma mulher. Quando a Carly o chamou, meu sangue gelou, mas não podia fazer muita coisa, o orgasmo deixou-me de pernas bambas.

Assim que ele subiu, ouvi ele falar que dormiria no quarto de hóspedes. Eu pensei em ir, mas como poderia? Ele é comprometido. Eu já fui traída, eu sei como dói. No domingo pela manhã, eu não tinha cara para tomar café na mesma mesa que ele e muito menos suportar aquela namoradinha me ofender. Inventei uma desculpa para Alyssa e saí de lá o mais rápido que pude. Naquela noite, mal dormi pensando em como o encararia no outro dia de trabalho. Mas Deus existe e tem pena de mim, nos três dias que se seguiram, ele teve reuniões fora da cidade.

Um dos clientes mais queridos do *Secret Garden*, o empresário Cole Knight, senta-se em um dos bancos do bar e tira-me das lembranças.

— Boa noite, senhorita Madison.

É impossível não sorrir com ele. Sua docilidade é cativante.

— Boa noite, meu cliente preferido. O que vai beber?

— Uma dose de Madison, pode ser? - ele fala mais sério que o habitual.

— Está pronto para isso? - ele acena que sim, e eu preparo um dos drinks que tem mais saída por aqui entre as mulheres. Eu o sirvo enquanto afrouxa a gravata. — Dia difícil, Cole?

— Muito - ele faz uma careta. — Está cada vez mais complicado manter segredo quando você quer gritar a verdade para o mundo.

Cole é gay e seu companheiro vem exigindo que ele se assuma de uma vez, mas as coisas não são simples assim, ele tem uma família muito religiosa, único homem de uma família de três mulheres. Seu pai cobra um herdeiro há tempos, e ele vem aqui para disfarçar suas noitadas. Seu namorado frequenta o clube também, Aidan é ainda mais querido que Cole.

— Não está na hora de pensar em vocês, Cole? – seguro sua mão.

— Não sei, Mad – ele baixa a cabeça. — Não sei.

Dou a volta no balcão e o abraço.

— Quando precisar, saiba que tem uma amiga. Basta chamar, ok?

— O que está acontecendo aqui? – Noah esbraveja alto. Viro-me para ele.

— Nada, juiz Lancaster.

Para me proteger, Cole coloca-se à minha frente.

— Algum problema, Noah?

— Há, sim – ele aproxima-se. — Ela é funcionária aqui, não pode simplesmente largar o serviço para satisfazer os seus caprichos, Knight.

— Rapazes, rapazes. Vamos ter calma – entro no meio dos dois e volto-me para Cole. — Ele está certo, aqui é o meu trabalho. Depois a gente se encontra, tudo bem? Sente-se, por favor, e beba em paz, você merece.

Rebecka chama-me.

— Mad, estou tendo problema com uma das meninas. Pode me ajudar?

— Estou indo – passo, esbarrando em Noah, mas não o olho. Que idiota! Por que não se enfia naquela sala privada e pronto? Não... não ele.

Vou para um dos camarins encontrar as dançarinas, essas meninas têm que aprender o valor da humildade. Todas as dançarinas do clube são profissionais. Apenas dançam, nada de sexo, pelo menos, não aqui no clube. Os números apresentados na casa são ensaiados e coreografados exaustivamente por um profissional. As strippers, dançarinas de pole dance e qualquer outra que dance, passam por uma rigorosa avaliação. São muito bem pagas e tratadas como estrelas, algumas têm uma vida de luxo.

Para acompanhantes, são selecionadas meninas tipo modelo, com ensino superior completo ou cursando. Elas são pagas somente para agradar aos clientes, sem sexo, mas quando rola alguma coisa, há lugares específicos dentro do clube para que eles fiquem à vontade. O preço quem faz são elas. O clube não se mete nas negociações sexuais de seus clientes. O ambiente é cedido e bancado pela mensalidade que os sócios pagam.

Rebecka não as alicia, elas vêm procurando por vagas, deixam fotos e currículos, os responsáveis a chamam para passarem por uma espécie de audição, onde elas falam um pouco sobre si. Há também as modelos que procuram Rebecka para serem acompanhantes de luxo. Sabe quando vemos aqueles caras feios posando ao lado de lindas modelos? Pois é, eles pagam uma pequena fortuna para isso. Sei que Rebecka as envia para serem somente acompanhantes, mas, se rola sexo, ela prefere não ficar sabendo. Acredito que, assim, elas tiram algum por fora, o que explicaria o fato de ter um monte delas batendo à porta do clube todo dia.

Sem sombras de dúvidas, as dançarinas são as que dão mais problemas. Seus superegos têm que ser constantemente amaciados, senão nunca estarão satisfeitas e darão chiliques. Acredito que o fato delas serem muito assediadas e desejadas enquanto dançam faz elas pensarem que podem tudo. Mas, adivinhem, não podem!

Vou em sentido à gritaria. Chegando no camarim dois, vejo Selena, uma loira platinada com lentes de contato violeta e roupas da *Frozen*. Tem gosto para tudo nessa vida.

— Qual é o problema, Selena? – pergunto sem muita paciência.

— O problema é que estou ganhando muito pouco. Meu talento não pode ser desperdiçado assim, sou uma diva do striptease, Madison. Camarim dois? Sou a fonte mais rentável desse clube, mereço um lugar exclusivo com duas pessoas trabalhando para o meu bem-estar.

Senhor amado, até onde vai a loucura das pessoas? A tinta deve ter feito mal para essa criatura. Aqui não existe classificação e, se existisse, ela nem estaria no dois, talvez no cinco ou no dez. Minha vontade é demitir, mas, antes que eu faça alguma coisa, levanto um dedo, pedindo um minuto, e vou até Rebecka.

Precisamos da Selena, Becka? Porque ela vem dando problemas há tempos. Acho que está na hora de colocá-la na reserva para que aprenda a lição da humildade.

— Ela é boa no que faz, não queria perdê-la, Mad. Mas se você acha que devemos dar um gelo, peço para Debby substitui-la.

— Onde vocês encontram essas meninas problemáticas? - pergunto.

— Infelizmente, as problemáticas, geralmente, são as melhores - Rebecka responde sorrindo.

Volto para o camarim e a ouço gritar sobre o champanhe quente. Haja paciência, e o resto da que eu tinha Noah fez questão de esgotar. Vejo a assistente secar a roupa, porque a louca da *Frozen* surtou e jogou a bebida na garota.

— Você está demitida, Selena - falo sem pensar muito. Viro as costas e encaminho-me para a porta.

— Você não pode me demitir. Não passa de uma garçonete.

— Verdade. E você não passa de uma mulher iludida, achando que todos devem servi-la, porque é a diva dos tarados, viciados em desenhos animados. Trata os outros com arrogância e mediocridade. Definitivamente, não precisamos de gente como você por aqui, Selena. Aliás, ninguém precisa de pessoas como você! Se toca, porque está ficando feio. Está demitida e ponto final.

Ela começa a chorar. Haja paciência.

— Estou passando por dias difíceis, Mad. Preciso desse emprego.

— Quanto tempo dura esse período difícil? Porque não é a primeira vez e nem a segunda que você dá esses seus chiliques insanos. Se precisa do emprego, pare de agir como uma vaca louca e comporte-se. O que você faria se eu jogasse uma taça de champanhe nessa sua carinha? Tenho certeza de que não gostaria. Peça desculpas a sua camareira. Diva que é diva não faz esse papel de ridícula. De agora em diante, será assim: surtou, ficará sem camarim.

Viro e saio. Eu não costumo lidar com os acontecimentos assim. Converso, procuro entender as frustrações para depois decidir a forma correta de lidar com a situação. Mas, nesses últimos dias, ando sem paciência, não estou sabendo lidar com as situações corriqueiras, principalmente, com o que aconteceu, só de pensar meu corpo aquece e espera por ele. O problema é que o juiz é comprometido. Vou para a sala de descanso dos funcionários que está vazia a uma hora dessas. Sento-me no canto para pensar.

Noah é comprometido com Carly, tenho que me afastar. No gabinete, serei o mais profissional possível, evitarei contato. As duas semanas de Harriet estão esgotando, daqui a dois dias, ela estará de volta. Talvez, envie-me para a sala de protocolo. Pego meu celular no bolso e procuro, na minha lista de contatos, alguém que possa me satisfazer e fazer com que eu esqueça essa loucura com Noah.

Lembro daquele amigo do Cole. Fomos apresentados em um jantar na casa dele, é o único que sabe sobre a opção de Cole e aceita numa boa. O nome dele é Michael, ele deu seu telefone, mas nunca retornei. Talvez seja o momento, disco o seu número rapidamente. Dois toques depois, ele atende.

— Michael?

— Não acredito que a ruiva mais sexy que já conheci está me ligando. Eu já havia perdido as esperanças.

— Obrigada pelo "ruiva sexy" - falo, rindo. — Minha vida anda corrida. Como você está?

— Melhor agora. Mas ficarei muito melhor quando resolver jantar comigo.

A voz dele é grave, do tipo locutor de rádio. Olho para o meu relógio, uma hora da manhã. Quem sabe eu não conquisto o bofe para falar no meu ouvido? Limpo a garganta e faço minha melhor voz, tom baixo, falando pausadamente. Os homens adoram ligações com voz de telessexo.

— Está a fim de me encontrar agora?

— Sim - pelo seu tom, deve estar sorrindo.

— Perfeito - passo o endereço, uma quadra antes do clube, e combinados de nos ver em vinte minutos. Tenho que correr para avisar a Becka, que é minha cúmplice nesses meus encontros furtivos.

Encontro Ramon no caminho e passo algumas coisas referentes ao nosso estoque. Também deixo algumas instruções para a menina que auxilia as camareiras das divas megalomaníacas. Encontro Becka conversando com Chris.

— Se importa se eu sair agora? - nós duas nos entendemos somente pelo olhar. Fomos desenvolvendo isso com o passar do tempo.

— Claro - ela fala com estranheza e isso chama a minha atenção.

— Se tiver problema, Becka, eu desmarco... - digo com sinceridade.

— Não há problema, é só que... – ela balança a cabeça— Deixa para lá. Vá e divirta-se.

— Quem vai se divertir? – ouço aquela maldita voz logo atrás de mim. Mas que inferno! Deve ser castigo. Deus deve estar me punindo por ter sido Maria Madalena dando para os escribas no templo. Só pode ser. Olho suplicante para Rebecka.

— Pode ir, Mad. Nos falamos amanhã.

Saio sem fazer contato com ele e Chris. Vou em sentido ao vestiário para trocar de roupa. Minha roupa não é para encontro, mas vai essa mesmo. Fico com a saia e coloco meu top preto e a jaqueta de couro. Solto meus cabelos, dou uma ajeitada básica, um batom, uma caprichada no rímel e pronto!

Saio pela porta dos fundos e vou em direção ao ponto de encontro. Chegando lá, avisto Michael esperando-me encostado em seu carro. Ele é um homem muito bonito, cabelos pretos curtos, estilo bagunçado, olhos castanho-escuro, uma boca muito bem desenhada. Ele é um pouco mais alto que eu, talvez um e setenta e cinco, por aí. Magro, mas sempre elegante. Logo que ele me vê, sorri e vem ao meu encontro, dando-me um beijo no rosto.

— Estou feliz por ter me ligado, Madison.

— É sempre um prazer te encontrar, Michael – falo enquanto retribuo o beijo.

Ouvimos um carro parar bruscamente ao nosso lado, assustando-nos.

— Madison?

— Está de brincadeira, não é? – falo com Deus, olhando para o céu. Viro-me para encarar o filho da puta que agora me persegue. — Eu não acredito.

Noah aproxima-se, e eu dou um passo mais para perto de Michael, que passa seu braço pela minha cintura e fala:

— Algum problema, gatinha?

— Não. Só não estou acostumada a encontrar o meu chefe em todos os lugares – sorrio sem graça.

Ben, que provavelmente viu a cena de longe, para o carro e se coloca ao lado de Noah.

— O que está acontecendo aqui?

Sério? É a reunião do clube do bolinha no meu encontro?

— Nada. Apenas estou em um encontro – falo, passando a mão pelo rosto de Michael e olhando para Noah. Eu não sei o que acontece comigo quando esse homem está por perto. Já sou ousada por natureza, mas, perto de Noah, eu me torno selvagem. Sei lá.

— Deixe-me ver se entendi, – seu tom de voz, não é bom— você saiu no meio do seu turno por que tinha um encontro?

— Sim – viro-me para Michael. — Um belo encontro, por sinal – o beijo com gosto, um beijo digno de cinema, com língua, calor e luxúria.

Ouço Ben falando para Noah se controlar e irem embora. Eu queria olhar, mas não ia correr o risco do animal descobrir que eu só estava fazendo aquilo para fugir dele. Depois que eles se foram, eu separei minha boca da dele.

— Desculpe-me por isso.

— Não se desculpe. Foi um prazer ajudá-la – ele fala, sorrindo. — Está com fome? Quer comer algo?

— Quero, sim.

Fomos a um restaurante não muito longe dali. Comemos, conversamos e nem por um minuto tirei aquele desgraçado da minha cabeça. Amanhã, terei que encará-lo no gabinete e como será? Com toda certeza, jogará na minha cara que sou uma péssima profissional. Saímos de lá tarde, peguei um táxi e fui para casa.

Minha casa é meu refúgio, poucas pessoas sabem que moro aqui, Rebecka é uma delas. Não costumo receber visitas e nem faço questão.

Ouço barulhos e abro os olhos, viro-me para ver a hora no celular e não acredito no que vejo: Merda! Merda! Merda! Estou atrasada.

Já eram dez e quarenta e cinco, até eu me arrumar e chegar lá será por volta das onze e meia. Merda! Tento recordar a agenda dele, mas tudo indica que ele estará no gabinete agora pela manha. Noah é uma das pessoas mais pontuais que conheço. Ah, não. Ele vai encher meu saco. Corro pelas ruas de salto alto, parecendo uma maluca, esqueci até de pentear o cabelo.

Entro no escritório e dou de cara com aquele sorriso irritante da Robbie. No começo, aquele sorriso me confortava, mas, hoje, irrita-me.

— O juiz já chegou?

Seu sorriso some. Isso não é bom, Madison. Nada bom.

— Você sabe que ele costuma chegar antes do horário e já perguntou sobre você várias vezes. Tentei ligar para o seu celular, mas você não atendeu.

Enquanto caço a merda do telefone na bolsa, ouço:

— Senhorita Harver, minha sala, agora!

Encaminho-me para sala dele rezando todas as orações que conheço e fazendo promessas descabidas, porque a coisa está tensa. Penso duas vezes antes de entrar. *Se quiser fugir, ruiva, essa é a hora!* Fico em pé, em frente a ele.

— Bom dia, senhor. Desculpe-me...

Ele está tirando o terno e dobra as mangas até o cotovelo, fazendo com que a minha atenção volte para o seu corpo.

— Guarde suas desculpas para si. Só um aviso, não permita que sua vida pessoal interfira no seu trabalho. Eu não posso demiti-la, mas posso transferi-la para um lugar mais adequado para terminar sua pena.

Um nó se forma na minha garganta, suor frio toma conta do meu corpo. Esse tom de voz dele somado ao olhar é simplesmente ameaçador. Ele não está para brincadeira e, sinceramente, eu não me atreveria a enfrentá-lo.

— Sim, senhor.

— Providencie meu almoço - olho para o relógio que fica na estante e vejo que são meio-dia e quinze. Merda!— Algum problema, senhorita Harver?

— Não, senhor.

— Então, por que ainda não foi?

Saio para minha sala em disparada. Excitada! Ele fica ainda mais gostoso quando está assim. Providencio e sirvo seu almoço na mesa de reunião, enquanto faço isso, ele ignora minha presença. Retiro-me da sua sala e vou para minha repassar os compromissos que restam. Depois de mais ou menos meia hora, ele abre a porta.

— Madison, você ficará até mais tarde. Eu tenho alguns papéis para você revisar e fazer marcações. Ligue para a Rebecka e avise que hoje você não irá ao clube. Se ela pode se dar ao luxo de dispensá-la no meio do expediente para se encontrar com alguém, poderá dispensá-la por algo útil.

— Sim, senhor - rapidamente, ligo para Rebecka. — Becka?

— Oi, Mad. O que me conta de novo? Como foi seu encontro ontem?

— Menina, nem te conto. Noah e Ben passaram na hora que eu estava com o cara e pararam o carro...

— Não... - tenho a impressão de que ela está sorrindo. — E aí?

— Aí que o todo poderoso Lancaster me questionou sobre ter saído antes do clube para me encontrar com alguém.

— Isso não faz o tipo do Noah. O que está acontecendo com ele? Ontem, quando eu disse que você iria embora mais cedo por causa de um compromisso, ele simplesmente mudou de humor.

— Tem mais - falo.

— Mais?

— Perdi o horário e cheguei aqui muito tarde. Agora, tenho que compensar as horas trabalhando. Ele disse para que eu ligasse para dizer que não irei ao clube hoje, que, se você pode me dispensar no meio do expediente para sair com alguém, pode dispensar para algo mais útil.

— Sério? Estou passada com Noah. Tudo bem, mas nós conversaremos depois. Beijos.

— Beijos - desligo o telefone e volto para a tela do computador para encaminhar alguns e-mails.

No meio da tarde, ele grita meu nome. Telefone para que, não é? Vou até ele.

— Estou com muita dor de cabeça, vou trabalhar na cobertura. Pelo menos, lá há silêncio.

Ele se levanta, pega o terno e sai com a pasta. E eu fico aqui, com cara de estátua. Homens são muito complicados, se está indo embora, por que me mandou ficar até mais tarde? Organizo a mesa dele e volto para minha sala. As horas passam, está perto do fim do expediente e vou para minha tarefa de final de dia, ir em cada sala pegar um relatório. O telefone toca.

— Madison, quero você na cobertura em quinze minutos com aquelas pastas que estão em cima da mesa de reuniões - ele desliga sem me dar a chance de perguntar: que porra de cobertura é essa?

Finalizo minhas coisas, pegos as benditas pastas e vou até Robbie na recepção.

— Você sabe onde fica a cobertura do juiz Lancaster, Robbie?

— Por que você quer saber? - aquele sorriso irritante corta seu rosto de orelha a orelha novamente. Dai-me paciência, Cristo.

— Porque a criatura acabou de me ligar pedindo para levar essas pastas lá. O problema é que não sei onde é.

— Não fica muito longe daqui - ela fala enquanto escreve em um papel e entrega-me.

— Obrigada - aceno e corro para atender o juiz.

Olho para o endereço e sigo meu caminho. Depois de caminhar por alguns minutos, vou até a recepção do prédio. Um senhor muito simpático me atende.

— Em que posso ajuda-lá, senhorita?

— Eu sou assistente do juiz Lancaster. Acredito que ele esteja me esperando.

Ele verifica alguns pequenos papéis que estão em sua mesa.

— Madison Harver?

— A própria - falo, sorrindo, e ele retribui meu sorriso.

— Pode subir.

Pisco para ele e me vou. Entro no elevador e vou xingando aquele inútil em pensamento. Bastardo. Por que simplesmente não me liberou? Até parece que está me castigando por alguma coisa. Bom, ele está me punindo por bater em alguém. As portas do elevador abrem-se e dou de cara com portas duplas de uma madeira escura, toda esculpida. Ok, o cara não é de brincadeira.

Aperto a campainha, e Noah abre a porta com a camisa aberta até o meio do peito.

— Entre.

Seco a minha saliva que, provavelmente, está escorrendo, endireito-me e passo por ele, esbarrando, lógico, não sou de ferro. O lugar é tão deslumbrante quanto o seu dono. As paredes que dividem os ambientes são todas em vidro. Daqui, de onde estou, posso ver outros tantos ambientes e a cidade logo abaixo, porque as paredes da sala também são de vidro.

A decoração é em preto e branco, muito clean. Os móveis são dispostos de uma maneira em que sobra bastante espaço pelos cômodos. Noah passa por mim e o acompanho até o escritório, que é tão bonito quanto o resto do imóvel.

— Seu apartamento é lindo.

— Obrigado – ele aponta para alguns papéis. — Preciso que marque essas informações, desse dia e dessa hora, para que eu cruze com as informações que já tenho no processo. A primeira parte está aqui, a segunda, está nessas pastas que você trouxe.

Ele puxa uma cadeira para mim e, antes de sentar, tiro meu tailleur, coloco a camisa por fora e sento. Abro a primeira pasta e começo a fazer as marcações. O perfume dele toma conta do ambiente, levanto o olhar para analisá-lo. Concentrado é ainda mais bonito. Ele tem a mania de colocar a ponta dos óculos na boca, fazendo-me desejar ser a porcaria do objeto. Minha barriga resolve cantar *Sinatra*. Ninguém merece a vergonha. Ele levanta seu olhar para mim.

— Você está com fome – percebo que não foi uma pergunta, mas aceno que sim, e ele, prontamente, liga para algum lugar e encomenda comida para um batalhão.

Voltamos para nossa ocupação e, mais uma vez, perco-me na beleza dele. O tempo passa, as imagens da piscina e as lembranças dos seus beijos invadem minha cabeça, meu corpo desperta para o pecado. Nossos olhares encontram-se e nos perdemos um nas profundezas do outro. Noah coloca sua cadeira para trás e a campainha toca. Ele fala já se levantando:

— Deve ser a comida.

Meu Deus, eu nunca imaginei que um juiz pudesse ser tão sexy. Na televisão, eu só via aqueles gordos de cabelos brancos. Ele grita por mim de algum lugar desse apartamento, tirando-me dos meus loucos pensamentos. Vou seguindo o barulho das sacolas até entrar em uma cozinha impecável. A bancada estava cheia de comida.

— Tudo isso só para nós dois ou tem mais alguém?

— Só para nós dois. Sente-se e sirva-se. Eu não sabia o que você gostava, então, pedi de tudo um pouco.

— O cheiro está delicioso - sirvo-me e sento de frente para ele.

— Posso te fazer uma pergunta, Madison?

— Claro que sim...

Ele fala concentrado em sua comida.

— Por que você é conselheira de mulheres desesperadas?

— Apelido carinhoso que me deram. Sou apenas aquela amiga que ajuda as meninas a enxergarem algumas coisas.

— Que tipo de coisa?

— Coisas do tipo, você pode ser feliz sem ter que casar. Muitas mulheres são criadas em um universo em que precisam de alguém que as faça felizes, caso contrário, serão infelizes. Talvez por uma cultura machista de muitos séculos atrás em que a mulher tem que ser dependente do homem em todos os sentidos...

— Isso soa muito feminista.

— Talvez. Mas eu só quero mostrar a elas que, antes de serem felizes com alguém, elas têm que ser felizes consigo mesmas, romper tabus que são pregados, não se deixar levar por pré-conceitos tolos. Quem sabe, assim, não encontrem seus príncipes encantados.

— Príncipes encantados – ele fala, rindo. — Não acha que pregar a existência do príncipe encantado vai contra o que você tenta provar?

— Não... – respiro fundo.

— Não existem homens perfeitos, Madison.

— Príncipe encantado tem mais a ver com resgate do que com perfeição. Resgatam de uma torre alta, da bruxa má, dos sonos eternos e, muitas vezes, resgatam delas mesmas – essa última parte, falo mais para mim do que explico para ele.

— Você está esperando seu príncipe? – seu sorriso é lindo e sua boca é perfeita.

— Não. Eu sou aquela pequena parcela que gosta de se divertir com os sapos.

Ele ri alto.

— Você ajuda as mulheres a mudarem o visual, essas coisas?

— Quando necessário, sim. Outras vezes, apresento coisas que elas têm curiosidade, mas não tem coragem de aproximar-se...

— Como o que, por exemplo?

— Como sexy shops, por exemplo. Explico a elas que sexo é vida, que dar prazer a si mesma quando sozinhas facilita chegar ao orgasmo quando estão acompanhadas.

Levo meu prato até a pia e o lavo. Noah encosta em mim e coloca seu prato na pia. Sinto suas mãos passearem pelas laterais do meu corpo, e eu tento, bravamente, continuar a lavar os pratos. Ele fala em meu ouvido:

— Você é muito gostosa...

Minha respiração acelera, ele coloca meu cabelo de lado e passa seu nariz pelo meu pescoço, depois beija, morde e chupa, fazendo-me gemer. Ele pressiona-me contra a pia, e sinto sua ereção. O prato escapa da minha mão e volto à realidade.

— Não! – tento sair do seu aperto. — Eu não quero que você me toque.

Ele sorri e levanta as mãos.

— Quer, sim. Mas não vou insistir – que pena!

Terminamos de ajeitar as coisas na cozinha, voltamos para o escritório da cobertura e nos afundamos novamente nos dados. Não sei quanto tempo se passou, mas eu estava dolorida. Conseguimos desenvolver uma nova faceta para o julgamento e fiquei surpresa por ter gostado muito de participar disso.

Não é à toa que Noah é um juiz aclamado, seu senso de justiça é muito afinado, sua percepção é aguçada. O seu ideal de um mundo melhor é muito vívido nos casos em que ele é responsável. Ele teve paciência de me explicar o porquê de cada uma de suas vertentes. Seu caráter é imaculado. Fiquei encantada com seu perfil jurídico. Eu já o achava bonito, agora, o acho perfeito.

Mexo meu pescoço de um lado para o outro.

— Está cansada. Paramos por aqui hoje.

Levanto e começo a organizar as anotações.

— Posso te pedir uma coisa, Noah?

Ele olha-me sério.

— Pode...

— Posso te auxiliar novamente em um próximo caso?

— Interessou? – ele sorri.

— Muito – sorrio de volta.

— Sempre estou estudando casos. Ao invés de ficar na sua sala, venha para minha. Pode ser? – aceno que sim. — Ótimo. Agora vamos. Vou levá-la para casa, senhorita Harver.

Descemos para garagem e, de longe, avisto seu carro, é lindo.

— Gostei do seu carro. Na verdade, amei, sou louca por velocidade.

— Brinquedo de criança grande – seu sorriso demonstra o quanto ele gosta daquilo.

Entramos no carro e saímos em direção a cidade. De repente, a música *Into my life* do Coly Hay soa pelos altos falantes e delicio-me com boa música. A sensação de formigamento pelo meu corpo ainda é presente. Na cozinha, tive que me chutar para acordar para vida, ele é comprometido. Ele estaciona o carro em frente à minha morada.

— Como você sabia? – pergunto.

— Todos que trabalham para mim são investigados – ele faz uma careta. — Rotina.

— Obrigada pela carona, excelência – coloco a mão na maçaneta do carro e sinto um puxão. Quando percebo, minha boca já está na de Noah. Ele puxa meus cabelos da nuca, levando nosso beijo ao seu ritmo carnal. Meu corpo aquece na esperança de sentir suas mãos novamente. Ele separa sua boca da minha.

— Boa noite, Madison.

— Boa noite, Noah – saio do carro e passo a língua pelos meus lábios inchados. *Não lavo a boca nunca mais!*

Capítulo 9
Madison

Aquele beijo do Noah ontem à noite mexeu com algo desconhecido dentro de mim. Mal preguei os olhos com um sorriso bobo nos lábios, lembrando de cada detalhe dos nossos arroubos adolescentes. Primeiro, em sua casa, jogou-me na parede literalmente e fez com que eu tivesse um dos maiores orgasmos da minha vida. E agora, no carro, um beijo para fazer qualquer mocinha sentir-se quente.

Acho que nunca estive tão adiantada para alguma coisa, muito menos para o trabalho. Mas ansiedade me define no momento. Escolho minha roupa cuidadosamente, uma saia lápis preta de couro abaixo do joelho, uma fenda que inicia no meio da coxa direita e vai até o final do comprimento com um zíper para controlar o grau de sensualidade. Uma blusa preta de alças, decote pronunciado em renda rosa e meu tailleur que, claro, faz parte do uniforme que devo usar.

Dispensei as botas e fiquei com um *scarpin* preto com rosa. E, com meus cabelos soltos ao vento, vou de encontro ao meu trabalho. Eu sei o que estão pensando: Ela fez tudo isso por causa dele! Bom, eu não tenho culpa se no meu trabalho há um juiz lindo e loiro dando sopa. Chamo um táxi na intenção de chegar fresquinha, bela e ruiva no gabinete.

Entro no escritório e tudo está em silêncio, Robbie e muitos dos funcionários ainda não chegaram, até porque estou quase uma hora adiantada. Vou para minha sala, deixo minhas coisas e dirijo-me para sala do Noah para organizar sua mesa. Um arrepio percorre meu corpo. Viro-me e vejo aquele homem abrindo seu terno com um sorriso de canto ameaçador.

— Bom dia, excelência – falo em um sussurro.

Noah vem em minha direção sério e, sem dizer palavra alguma, assalta minha boca em um beijo arrebatador. Passa um braço pela minha cintura e puxa-me para si. A outra mão passeia até a minha nuca, e ele puxa meus cabelos para ditar o ritmo. Esse homem tem um charme devastador, uma cara de anjo e seu beijo é puro pecado.

Quando separa seus lábios dos meus, encara-me com aquele olhar poderoso.

— Bom dia, senhorita Harver.

— Esse é um jeito muito bom de começar o dia – sorrio.

Noah olha-me de cima a baixo.

— Conheço um jeito melhor.

Ele me pega pela cintura e coloca-me em cima da sua mesa, puxa minha saia para cima e se coloca entre as minhas pernas. Suas mãos parecem ter vida própria e movem minha blusa para baixo, fazendo com que meus seios fiquem expostos. Sua boca viaja pelo meu pescoço, parando em meus mamilos, enquanto sugava um, beliscava o outro.

— Noah... – sussurro em seu ouvido. E, como se tivesse acionado um interruptor, ele fica ainda mais faminto. Desce-me da mesa e me vira.

— Coloque as mãos na mesa – acato sem perguntas. Ele sobe minha saia, deixando minha pele exposta. Acaricia minha bunda, contorna minha calcinha com os dedos e me dá um tapa forte. — Sua pele branca fica linda com a marca da minha mão. E essa sua bunda... – Noah aproxima-se e fala em meu ouvido— sua bunda é perfeita, tanto que dá vontade de comê-la.

Um calafrio de antecipação passa por mim. Um misto de sensações titubeia pelo meu corpo com a declaração desse homem. Antes que os pensamentos coerentes tomassem conta da minha mente, ele volta a posicionar-me de frente para ele e beija-me longa e ternamente. Meu coração dá um salto triplo carpado e a imagem de sua namorada surge em minha cabeça. Obrigada, realidade. Sempre uma cadela comigo.

Noah olha-me com preocupação já se afastando.

— Algum problema, Madison?

— Alguém pode chegar e nos pegar assim – balanço a cabeça e falo, arrumando a blusa e descendo a saia.

— Verdade – ele passa a mão no cabelo. — Venho lutando com meu autocontrole há muito tempo quando se trata de você.

A sua afirmação deixa-me feliz e... culpada. Vou para minha sala ajeitar-me para iniciar o dia de trabalho. Peguei o costume de passar em cada sala para desejar um bom dia a todos, fiz amizades com muitos e despertei a ira de outros que, provavelmente, queriam sentar na cadeira da Harriet ou no colo do juiz. Vai saber... Providencio o café para Noah e entrego-lhe os papéis que ficaram comigo ontem. Chamo a atenção dele para uma marcação.

— Você tem que vir aqui me mostrar – fico parada o olhando, pensando se devo ir ou não. Aquele sorriso perverso aparece novamente. — Eu não vou agarrá-la, senhorita Harver, a não ser que você queira, daí, terá que me pedir.

Reviro os olhos e vou até ele.

— Está vendo a disparidade entre essas duas informações?

— Como deixamos passar? Isso faz toda diferença – ele fala concentrado nas anotações e passando a mão pela minha perna.

— Devia ser a hora que você estava tentando me comer – falo séria.

Noah cai na risada.

— Para começo de conversa, você é muito apetitosa e, por fim, você gostou daquilo mais que eu.

— Convencido – reviro os olhos.

— Sou apenas modesto – responde ele.

Afasto-me e ele me dá um tapa na bunda. Coloco uma das mãos na cintura.

— Nunca o ensinaram que não se deve colocar a mão na comida. Agora terá que comer – sem cerimônia, Noah levanta-se e se aproxima. Apresso meu passo para minha sala e falo de longe: — Era brincadeira!

— Nunca a ensinaram que não deve brincar com coisa séria? – Ouço antes de fechar a porta.

A manhã passa voando. Quando penso em sair para almoçar, a porta da minha sala abre-se e Noah entra.

— Quer almoçar comigo?

— Depende – cruzo os braços.

— Depende do que, Madison? – ele recosta-se no batente da porta.

— Depende se é um almoço de verdade ou só uma desculpa para ficar me alisando. Posso processá-lo por assédio, sabia?

— Você não me processaria.

— Tem certeza? – pergunto sorrindo.

— Se você me acusar de assédio, não poderei mais tocá-la. E como nós dois bem sabemos, você adora meus toques.

— Quem disse esse absurdo? – finjo indignação.

Enquanto ele caminha de volta para sua sala, fala:

— Seu orgasmo e seus gemidos – engasgo-me e ele continua: — Antes de sair, reserve uma mesa privada para dois no Di´Napole.

Disco rapidamente e não tenho problemas em reservar a mesa, porque o juiz Lancaster é uma autoridade muito bem quista pela sociedade. Aff! Para que tanta perfeição em uma pessoa só? As pessoas falam que ninguém é perfeito, na minha visão, ele é, só que perfeição enjoa. Ah, sim, a mesa não é privada, fica no centro do salão.

Fomos em direção à garagem da Corte e entramos em seu possante esportivo, um Porsche.

— Meu sonho sempre foi ter um carro assim... – falo sem pensar.

— Pelo tanto de mulheres desesperadas que existem no mundo, você não conseguiu comprar um desses ainda? Então, está cobrando barato demais – o idiota ri.

— Eu não costumo cobrar. Elas que insistem em me gratificar – falo sem graça.

— Desculpe, Madison. Eu não consigo entender o que você realmente faz. Para mim, você é uma espécie de terapeuta do amor, que ajuda essas loucas encalhadas a conquistarem homens, como naquele filme do Will Smith.

— Não é bem assim – respondo.

— Lembro-me daquela menina do *Secret Garden*, aquela que casou com o escroto do Isaac. Todos sabem que foi a responsável por isso. Porra, eu te vi no casamento deles, ouvi ela te agradecendo em público.

A palavra charlatã vem ao meu encontro e já me arrependi de ter aceitado almoçar com ele. Respiro fundo e respondo:

— Nicki amou Isaac desde o momento em que colocou os olhos nele. O problema é que o cara era um egoísta de marca maior, trazia as dondocas da *high society* para o clube com a intenção de mostrar para Nicki que ele podia tudo. E ela sofria muito. Isso partiu meu coração e tentei ajudá-la da minha maneira. Ela precisava entender que não dependia dele para ser feliz, que migalhas não podem satisfazer, que jamais deveria se rebaixar para tentar ser o que o outro quer e que mulher forte é mulher que tem amor próprio...

— Isso soa mais como vingança pessoal... - Noah fala perdido em pensamentos. Eu sei que ele tem conhecimento da minha história, se mandou investigar, deve saber que fui uma trouxa traída, a ovelha negra da família e expulsa de uma cidade. Por algum motivo, sinto-me pequena, uma farsa, charlatã... — Lembro que ela saiu com o Ben algumas vezes. Achei que fazia parte do plano de ciúmes - ele continua nesse raciocínio. Esse almoço será uma merda.

Respondo com veemência:

— Nicki saiu com Ben, porque quis sair. Ele jamais faria parte de algum plano meu. Isaac fez questão de destruir a autoestima dela e sair com Benjamin a deixou mais confiante. Isso não teve nada a ver comigo, eu queria matar os dois quando soube.

Chegamos ao restaurante para comer, mas, para mim, o almoço já tinha terminado há muito tempo. Sentamos à mesa reservada, e ele olha para mim.

— O que aconteceu com a privacidade que pedi?

— Não foi possível - dou de ombros e falo sem olhar para ele.

— Voltando ao assunto, você é uma militante do movimento feminista, mas se contrapõe quando fala em príncipes encantados.

— Ai, ai... - enquanto arrumo o guardanapo em meu colo, respondo. — Eu não sou militante de movimento nenhum - arrumo meu cabelo. — Você prefere uma mulher segura, com atitude ou uma bonita, toda cheia de neuras, carente?

— Não há nada mais sexy do que uma mulher com atitude.

— Viu? - faço um gesto com a mão. — É isso aí, é justamente aí que entro. Ajudo a florescer essa fortaleza que há dentro delas. Somente isso.

O garçom se aproxima da mesa e nos entrega o cardápio. Noah o olha, balançando a cabeça. Eu daria tudo para saber seus pensamentos.

— Estou tentando entender... - ele volta a falar perdido em seus pensamentos.

Pedimos nossos pratos; ele, uma bela massa cheia de molho e carnes, e eu, uma salada. Minha fome acabou no momento em que começamos esse assunto novamente. Ele olha para mim com uma sobrancelha arqueada.

— Só comerá isso? - aceno que sim. Não vou falar que toda essa conversa tirou minha fome. Preparo-me para outra bateria de perguntas do gostosão e, do nada, ele segue por outro caminho— E sua família, por que vocês são distantes?

Agora minha fome se esvaiu de vez. Levanto meu rosto e dou de cara com aquele olhar penetrante esperando por uma resposta. Hoje é o dia.

— Como você deve saber, minha família deserdou-me por não ser compatível com a prole. Tipo *o Patinho Feio*.

— Por quê? - que insistente!

— Eu, como muitas, fui criada em um lugar onde o casamento é o maior acontecimento na vida de uma mulher. Segundo a tradição, temos que passar anos aperfeiçoando a técnica da esposa perfeita. Meu aperfeiçoamento foi até o dia em que encontrei meu ex-noivo com a cadela da prima dele na cama - olho-o e falo com deboche. — Mas isso você já deve saber. As pessoas me culpavam por eu não ter sido boa o suficiente para levar o casamento adiante; outras, diziam que mulher que é mulher aguenta calada. Então, surtei e as pessoas não aceitaram muito bem. Fui a uma reunião onde as fofoqueiras estavam reunidas para rezar, falei algumas verdades e saí. Depois, soltei a verdade na casa dos meus pais, que não gostaram nem um pouquinho e me deserdaram.

— Que tipo de verdade faria uma família excluir um de seus membros? - a curiosidade não tem fim.

A nossa comida é servida.

— Na verdade, meus pais são aquele tipo de pessoa que se preocupa demais com o que os outros irão dizer, as verdades das tiazinhas do clube da fofoca despertaram a ira da minha mãe, já que não estava sendo aceita por ter uma filha "virada".

— Sinto muito, Madison - ele sorri e vejo compaixão em seus olhos. — Eles não sabem o que perderam.

— Dispenso sua pena. Aliás, dispenso a compaixão de todos.

Como a minha salada o mais rápido que posso. Toda essa conversa me deixou enjoada e com vontade de ir para casa me esconder. Sinto falta da minha família, principalmente, do meu pai. Muitas vezes, já me culpei por tudo o que aconteceu, pensei outras tantas em pedir perdão. Esse vazio dói tanto...

— Madison? – Noah está me olhando com preocupação. — Eu não queria que você ficasse mal. Desculpe por tocar nesse assunto, mas é que você é diferente de tudo o que conheci. Tenho curiosidades a seu respeito...

Sorrio sem graça.

— Tudo bem. Acho que temos que nos apressar, você tem uma reunião marcada com os advogados do caso Lester daqui a pouco.

Comemos em silêncio e, assim que possível, saímos do restaurante. No instante em que ele estaciona na garagem, vira-se para mim.

— Eu sei que família é um assunto delicado para você e, mais uma vez, peço desculpas. Mas você me chama a atenção de várias formas e queria saber um pouco mais. Você sempre pareceu inatingível, forte – ele passa a mão pelo meu rosto e me dá um selinho nos lábios. — Você é uma força da natureza, Madison.

Aquele gesto e aquelas palavras acabaram comigo. Eu preciso manter distância desse homem... Eu preciso, mas não quero. Repito várias vezes para mim que ele é comprometido e, ainda assim, basta olhá-lo e já o desejo novamente. Ardentemente. Merda!

Volto para minha sala e passo o resto da tarde em frente ao computador. Tentei ocupar minha cabeça inclusive com coisas de outro departamento, fiz tudo o que podia fazer, até colocar selo em cartas. Assim que o relógio apontou cinco horas, fui até Robbie.

— Poderia me fazer um favor?

— Claro que sim.

— E-eu... – fiz cara de coitada e comecei minha jogada. — Não estou muito bem. Poderia fechar o gabinete para mim?

— Não precisava nem pedir, Mad. Mas você ficará bem? Quer que eu chame alguém? – Robbie fala com preocupação.

— Só preciso descansar – falo já saindo. Minha consciência pesou por mentir para ela. o pior é que estou mal mesmo. Falar da minha família dói muito.

Saio dali com lágrimas nos olhos e vou direto para o clube. Quando estou chegando, vejo novamente aquela menina da casa amarela sentada na rua, olhando para o nada. Ela daria uma excelente modelo, não é todo dia que rostos como aquele aparecem. E, como da primeira vez, um senhor a chama, e ela vai. Entro no clube e vou para o vestiário, troco de roupa, vou conferir as geladeiras e o estoque.

— Mad, a senhora Lamarque está te chamando – uma das meninas fala.

Aceno e vou ao encontro de Rebecka. Bato à porta do escritório e entro.

— Queria falar comigo, Becka?

Muitas vezes, Rebecka Lamarque me surpreende com a sua beleza. Ela é mais ou menos da minha altura, cabelos longos, superlisos e pretos. Seus olhos são verdes, quase cinza. Seu corpo é bem tornado, com curvas exuberantes e sua elegância é fora do sério.

— Queria, não. Quero! Sente-se. Como estão indo as coisas no gabinete do juiz Noah Lancaster?

— Está tudo tranquilo, me adaptei bem às pessoas e ao ambiente de trabalho...

— Ofendeu-me agora – ela adota uma postura ereta e fica séria. — Achei que éramos amigas, Madison.

— E somos... – isso fez meu coração apertar.

— O que está acontecendo entre você e Noah? – ela fala enquanto se levanta, dá a volta na mesa e escora-se nela, de frente para mim.

— Nada – faço minha melhor cara de paisagem. — Por quê?

— Vocês dois acham que enganam quem? Por que Noah tem frequentado o clube todos os dias? Por que ele anda com aquele sorriso bobo no rosto? Por que você anda sorrindo? Você nunca sorri. Coincidência?

— Sim, é coincidência. Sobre o juiz vir para cá todos os dias, bom, ele tem Carly em casa, deve estar fugindo da patroa. Se me der licença, tenho que terminar de conferir o estoque da cervejaria – saio e fecho a porta, ouvindo o riso dela.

Lá para as tantas da noite, vejo Noah chegar com Christopher, e vão direto para a sala privada. Fico um pouquinho desapontada, já estava me acostumando com a ideia deles sentarem aqui no bar para que eu os servisse.

Ramon vem para a frente.

— Eles querem as meninas da massagem completa.

— Sério? – que decepção. — Vou providenciar, Ramon.

Sei a preferência de cada um deles por aqui. Encontro as meninas, e elas ficam mais que eufóricas em servi-los. Sebosas. Volto para o bar com um mau humor de cão. Logo, Ben senta-se à minha frente e falo com ironia:

— Não vai para sala privada receber massagens com seus amiguinhos?

— Calma, mulher. Por que a raiva? – ele pergunta, rindo.

— Não estou com raiva... – respondo com grosseria.

— Então por que você está destruindo o gelo?

Na hora, me dou conta de que estou batendo com o picador de gelo em um gelo que já é picado. Jogo aquilo dentro da pia com mais força do que deveria, ele rebate no alumínio e volta na minha mão, cortando-a.

— Merda! Merda! Merda!

Ramon e Benjamin se colocam ao meu lado. Ramon alcança uma toalha para enrolar na ferida, Ben me pega pelo braço e leva-me até a merda da sala privada.

— Fique aqui que vou buscar um kit de primeiros socorros.

A sala privada tem isolamento acústico e vários ambientes dentro dela. É um lugar esplendoroso composto por sofás pretos de couro, um bar no canto repleto de bebidas, banquetas vermelhas para contrastar com a predominância do preto.

Ouço gemidos vindo de um daqueles ambientes e fico curiosa. Caminho com cuidado para não ser vista até chegar em frente a um daqueles ambientes. Dentro, vejo uma cama e, nela, Chris está deitado nu e a menina, também nua, alisa seu pau. Eu não sabia que a Rebecka permitia isso aqui dentro e muito menos que o pau do Chris era desse tamanho. Chocada! Eu sei que eles costumam pegar garotas e levar a um dos quartos. Às vezes, esqueço que esses caras são quase donos disso aqui.

Um pensamento passa por mim, Noah está fazendo a mesma coisa em outra sala. Meu estômago embrulha e, no momento em que viro para sair dali, trombo em Ben, ele deixa a caixa cair no chão, fazendo um barulho enorme, a toalha enrolada na minha mão cai também. Logo, Chris aparece de toalha em uma porta e Noah, só de calça em outra. Aquilo mexeu comigo mais do que deveria. Olho suplicante para Ben e falo:

— Tire-me daqui, por favor.

Ele pega a toalha que está na mão da menina que está atendendo Noah.

— Enrole sua mão aqui, rápido.

— Não mesmo. Eu não vou colocar isso tudo sujo de pau na minha mão – estou revoltada. Era só o que faltava, usar uma toalha suja de pica untada na minha mão. Já estava indo em direção à porta.

— Isso não para de sangrar, Madison. Vamos ao hospital – ele aparece, desdobra uma toalha e coloca na minha mão.

Noah e Chris aproximam-se e perguntam o que aconteceu, e dou um passo para atrás. Benjamin, por graça divina, entende que tenho que sair dali e puxa-me com ele. Assim que saio do clube, respiro e a dor da mão surge para clarear meus pensamentos sobre Noah.

— O que está acontecendo, Madison? – pergunta Ben.

— Estou com a mão cortada e isso dói – respondo, olhando para fora.

Nesse momento, o telefone toca, e Ben atende pelo sistema do carro.

— Fala, Becka.

— Ben, como está a Madison? – Rebecka pergunta.

— Ela está bem. Só acho que está saindo sangue demais.

Ouvimos vozes ao fundo, queriam saber para onde Ben estava me levando. Rebecka volta a falar conosco:

— Para onde você está a levando, Benjamin?

Olho para ele apreensiva.

— Becka, chegamos no hospital. Assim que ela for atendida, retorno a ligação – antes que ela pudesse responder, ele desliga e volta-se para mim. — O que está acontecendo, Madison?

Ele estaciona o carro, e saímos em direção à emergência, e eu dou graças a Deus. Olho minha roupa e fico assustada com o sangue nela, o corte não foi tão fundo assim, foi? Uma enfermeira logo me encaminha para um médico e, em seguida, para a sala de sutura. Resultado, rompi uma veia, levei cinco pontos e ganhei uma mão enfaixada.

Em menos de uma hora, já estávamos no carro para irmos embora, dei meu endereço e fechei os olhos. No caminho, fingi que estava dormindo para que Ben não me pressionasse sobre o que está acontecendo. Como vou responder a uma coisa que nem sei? Eu não sei o que está acontecendo, eu olho aquele juiz dos infernos e o calor já sobe, aí ele me olha e, pelo jeito, sobe fogo lá também. Resultado, nós dois acabamos nos enroscando até que uma das partes, no caso eu, esteja perto de um orgasmo ou tenha um. Tem como explicar?

Ele para o carro em frente à minha casa e me chama com delicadeza.

— Mad, já chegamos, princesa.

— Obrigada por tudo, Ben - beijo seu rosto. — Até amanhã.

Ele entrega-me seu cartão.

— Qualquer coisa e em qualquer horário. Entendeu?

Sorrio. Ele fica ainda mais lindo sério.

— Se eu precisar, prometo que ligarei.

Saio do carro, e ele espera que eu entre para partir. Na correria, deixei minha bolsa com todas as minhas coisas dentro lá no clube. Droga! Sem ter o que fazer e com os medicamentos que o médico me deu começando a fazer efeito, troco de roupa, deito e apago.

Acordo com alguém batendo à porta insistentemente. Levanto sem a menor vontade, coloco o roupão e vou atender a merda da porta. Abro-a e encontro Noah mais lindo do que nunca com um terno azul-marinho e camisa branca. Dou um passo para trás, e ele entra.

— Estou atrasada? - pergunto.

— Não. Eu passei aqui mais cedo porque fiquei preocupado - ele emoldura meu rosto com suas mãos. — Está tudo bem? Mal preguei os olhos preocupado com você, e Carly também não parava de incomodar.

Saio de seu toque e vou para o banheiro. Olho-me no espelho e vejo a beleza das trevas refletida. Entro debaixo do chuveiro, tomando cuidado para não molhar o curativo. O médico disse que, ao final das vinte e quatro horas, eu poderei desfazer-me dele. Levo o tempo que preciso para lavar minha alma e esfriar meu corpo de seu toque.

Sinto a presença de alguém e olho para trás, encontro Noah sem camisa, vindo em direção ao box. Ele abre a porta de vidro e fala:

— Deixe-me lavá-la, por favor, Madison?

Viro-me, coloco minhas mãos na parede para escorar-me e dou a permissão que ele precisa. Eu deveria sentir vergonha por estar nua, mas nunca tive ninguém que se importasse comigo o suficiente a ponto de molhar suas roupas de trabalho só para me lavar.

Noah lava-me em silêncio, apenas acaricia a minha pele, nada sexual. E eu desfruto do cuidado e carinho de alguém. Assim que termina, beija meu ombro e estende-me a toalha.

Saio, seco-me e vou para o quarto. Pego minha roupa íntima de algodão, uma calça jeans e uma camisa azul. Opto por uma rasteirinha e só passo os dedos pelos cabelos, gosto do ar de bagunçado. Encontro Noah terminando de abotoar sua camisa.

— Estou pronta.

Ele vem até mim.

— Eu preciso saber como você está, Madison. Ouviu a parte em que eu disse que não dormi?

— Sim, e você seguiu dizendo que a Mortícia não parou de incomodar – falo com deboche.

Ele passa as mãos pelos cabelos que, até o momento, estavam arrumados.

— Minha relação com a Carly está um inferno...

— Ok. Vamos – levanto a mão machucada na intenção de fazê-lo parar com aquela balela.

Noah pressiona-me contra a parede.

— Você é meu refúgio. Dá para entender isso? – aceno que sim ao ver a sinceridade em seus olhos. Ele toma minha boca em um beijo tranquilo e delicioso. — Você está bem? Acha que pode trabalhar hoje?

— Estou melhor agora.

Ele beija-me mais uma vez, e vamos para o trabalho. Durante o trajeto, ele não deixou de segurar minha mão. Por mais que ele seja arrogante e, muitas vezes, estúpido, adoro estar com Noah. Eu sei que tem Carly e não quero ser a outra, mas tê-lo aqui, pertinho, é tão bom. Assim que entramos em sua sala, ele veste sua toga e fala:

— Tenho o dia cheio de audiências hoje – vou até ele, ajudo-o a fechar a vestimenta, e ele continua: — Se você se sentir mal, peça ao motorista do gabinete levá-la.

— Ok, senhor juiz – Noah beija-me com desejo. Esse é o tipo de incentivo que os trabalhadores deveriam ter.

— Até mais tarde, ruiva.

Depois que ele sai, vou para a minha sala, a fim de iniciar os trabalhos. Vou em cada sala distribuindo a lista de prioridades, organizo a mesa do juiz, dou alguns telefonemas e atendo algumas pessoas. Minha mão incomoda, os pontos estão doendo e preciso de um café. Levanto-me para ir à cafeteria perto da Corte, passo pela Robbie.

— Estou indo buscar um café. Quer alguma coisa?

— Não, obrigada – ela e seu sorriso luminoso.

Hoje está frio. O ar gelado bate em meu rosto, fazendo minha pele arder. Entro no ambiente quentinho da cafeteria e vou para a fila fazer meu pedido. Fico atrás de duas mulheres que estão em uma conversa intensa.

— Ela está saindo com ele. Eu a avisei que sair com o chefe não dá certo. Ele é casado, nunca vai deixar a esposa para ficar com ela. Até porque, venhamos e convenhamos, nenhum homem ficará com uma mulher que trai – diz a loira platinada.

— Ele fala para a secretária que está com problemas em casa, que ela é seu porto seguro para suportar tudo, que dará um fim na relação desgastada, mas, no final, ficará com as duas, o sagrado matrimônio em casa e a puta do escritório. É o que todo homem sonha... – complementa a loira com cabelo manchado.

Aquilo foi um tapa na minha cara. Minha garganta fecha e tenho dificuldade para respirar. Tento tirar o cachecol do meu pescoço, mas não consigo, acho que está amarrado. Saio rapidamente da cafeteria e vou em sentido ao parque do outro lado da rua. Respiro fundo algumas vezes, levanto o rosto para que o ar gelado penetre-me e abafe essa sensação estranha.

Sento em um dos bancos e olho as pessoas que passam por mim. E a conversa das mulheres na cafeteria retorna a minha cabeça, "*ele tem o sagrado matrimônio em casa e a puta do escritório...*". Deus, por mais que eu lutasse para não ser uma puta, acabei enrolada na minha própria teia. Eu sei o quanto dói ter uma terceira pessoa em um relacionamento, passei por isso, fiquei dias na cama tentando entender onde errei. E, hoje, estou aqui, sendo a outra.

Sempre tive nojo de homens assim. Sempre os considerei covardes por enganarem duas pessoas simultaneamente, o problema é que, no meu caso, sei que existe alguém. Defendi que as mulheres não precisam passar por esse tipo de situação, não há amor que resista a isso. Olho ao meu redor e tenho a impressão de que estão apontando para mim e rindo, os fantasmas voltam a me atormentar. Fecho os olhos e balanço a cabeça para organizar os pensamentos. Nunca me importei que apontassem para mim e não vou começar agora.

Volto para o gabinete, deixo tudo encaminhado porque pretendo ir para casa. Ligo para o restaurante e encomendo o almoço do Noah, passo algumas coisas para Robbie, aviso-a de que não estou bem e mostro a minha mão. Pego minhas coisas e vou para casa, minha fortaleza.

Assim que chego, tiro a roupa, coloco um agasalho e deito no sofá. Os beijos e os toques de Noah invadem minha cabeça. Ainda posso sentir seu cheiro. As palavras dele, *"você é meu refúgio"*, voltam para me importunar. Eu não quero ser refúgio de alguém que tenha outra pessoa. Sinceramente, eu nem quero um compromisso, não quero nada, quero apenas minha vida devassa novamente, em que saio com quem quero por apenas uma noite.

É isso mesmo! Chega de pegadas no escritório e em qualquer lugar, chega de ajudar o chefe no apartamento dele, chega de Noah. Amanhã cedo, ligarei para Harriet para confirmar sua volta e implorar para que ela me mande para outro lugar para terminar a merda da minha pena. Adormeço com um sorriso de vitória.

Capítulo 10
Madison

Acordo com o telefone tocando. Apalpo na esperança de alcançar o telefone fixo que está na mesinha de cabeceira infernizando minha vida a essa hora.

— Alô.

— Oi, Mad. É o Ben. Como está se sentindo?

— Estou bem.

— Eu preciso de um favor, Madison.

— Diga - isso não é hora de favores.

— Tenho um evento para ir amanhã à noite. E gostaria que você me acompanhasse.

— Convide a Alyssa, Ben.

— Ela não poderá. Por favor, Mad.

Tem como negar alguma coisa para esse homem lindo, pedindo desse jeitinho? Claro que não.

— Ok. Que tipo de roupa?

— *Black tie*. Eu passo para pegá-la entre sete e meia e oito horas. Tenho uma audiência preliminar às seis, provavelmente, sairei de lá seis e quarenta.

— Você ficará me devendo, Benjamin.

— Será um prazer compensar - ele fala, rindo. — Beijos, Mad. Até amanhã.

— Beijo, doutor Graham.

Vou até meu armário ver o que disponho para essa festa. Tenho roupa para cada ocasião que uma pessoa precise ir. Não que eu vá em algum lugar, mas gosto de estar sempre preparada. Comprei alguns vestidos para ir com Ben a esses eventos, mas nenhum de gala e esse de amanhã é *black tie*.

Olho para o relógio e vejo que é tarde da noite. Esqueci de ligar para a Rebecka para avisar que me dei folga. Volto para a sala para usar o telefone. Preciso dar um jeito de buscar minha bolsa no clube. Disco o número rapidamente.

— *Secret Garden*, boa noite - uma voz masculina atende. De quem é essa voz poderosa?

— Oi. Eu gostaria de falar com a Rebecka Lamarque.

— Telefone errado, moça - esqueço a discrição com nomes. Droga!

— Seja quem for, eu sou a Madison, *barwoman* do *Secret Garden*. Preciso falar com a Becka.

— Oi, Mad! - Jesus! Desmunhecou de vez. — É o Pierre.

— Pierre, de onde saiu aquela voz? - ele é um dos dançarinos de pole dance. Sim, há homens que gostam de vê-lo dançando junto com as meninas.

— Saiu do útero, minha filha - ele fala, rindo. — Irei transferir para a poderosa - mais gay impossível.

A música do ramal me impressiona com uma batida sexy e pesada.

— Oi, Madison - Becka atende. — Onde você se meteu, menina? Quer me matar do coração? Estou há horas tentando ligar para o seu celular.

— Minha bolsa com o meu telefone está aí no clube desde ontem. E hoje não passei muito bem...

— O que anda acontecendo, Madison? - ela pergunta preocupada.

— Nada. Quero pedir desculpas por hoje. Saí do escritório mais cedo, mas acabei pegando no sono. Rebecka, você me conhece, sabe que não sou relapsa com o meu trabalho...

— Calma. Noah esteve aqui e disse que você não devia estar bem. Só que ele estava bem preocupado com você também, acho que, somando suas férias e as folgas que nunca tirou, você tem mais de dois meses.

— Preciso de outro favor. Ben me pediu para acompanhá-lo a um evento amanhã...

— Eu sei. Você está liberada – ela me interrompe. Eu vou matar o Benjamin!

— Obrigada. Outra coisa, eu preciso de um vestido e sei que tem uma amiga que...

— Vou no atelier amanhã. Quer ir comigo?

— Vai me deixar responder dessa vez? – pergunto rindo. Só estou estranhando o fato dela parecer agitada, Rebecka não é assim. — O que está acontecendo, Becka?

— Estou ansiosa. Deixe para lá. Nos vemos amanhã. Passo aí por volta das dez horas. Ok?

— Ok. Obrigada, Becka. Por favor, não esqueça de trazer minha bolsa.

— Ok. Beijos, Mad. Cuide-se.

Rebecka é muito especial, iluminada. Uma daquelas pessoas que tem colo para quem quiser, mas também não falta dar um bom puxão de orelha quando necessário.

Vou até a geladeira e caço alguma coisa para comer. Não acho nada porque não vou ao mercado há dias. Pego o telefone e disco para um restaurante chinês aqui perto. Enquanto espero a minha comida chegar, vou até o quarto e ligo o computador. Acesso o Google e digito *Juiz Noah Lancaster*.

Aparecem várias imagens dele, sempre imponente. Há uma que me chama atenção, uma foto de família: Alyssa adolescente, magrela, com cara de *nerd*. Rio ao ver como o tempo a beneficiou, ela já era bonita, hoje, é uma linda mulher, só não se deu conta, ainda. Sua mãe era deslumbrante, seu pai e Noah estavam lado a lado, pai olhando para o filho e ambos sorrindo. Lindos, a família perfeita.

Há também fotos dele com os outros, incontestavelmente, lindos. Benjamin, Christopher, Rebecka e Roger. Fotos do funeral dos seus pais e do Roger aparecem. A imagem da devastação de Aly corta meu coração. Noah amparando-a e também destruído faz meus olhos umedecerem. Logo despontam as imagens de Noah sendo recebido por chefes de Estado, recebendo uma homenagem do Presidente dos Estados Unidos por sua política contra a violência. E, por fim, as imagens dele com Carly. Caio na besteira de abrir e a manchete é: *O ilustre juiz Noah Lancaster e sua noiva Carly Porter mais apaixonados que nunca. Dessa vez, ele vai até o altar...*

A campainha toca e desligo o computador rapidamente. Pego a comida e sento no sofá, olhando para o nada. Sou bem resolvida em relação a homens, eles são para o meu prazer, nada mais que isso. Não quero relacionamentos, aproximações, nada... somente sexo. Essa coisa, seja o que for, que tive com o juiz acabou. Já passei por cima de duas regras minhas por causa dele. A primeira, envolver-me com pessoa comprometida. E segunda, "*onde se ganha o pão, não se come a carne*".

Termino de comer, jogo as caixas no lixo e vou fazer minha higiene para dormir. Deito de barriga para cima e fico contemplando o teto. Meus pensamentos se desvencilham de minhas rédeas e vão para Noah. As lembranças daquela noite em sua casa voltam e meu corpo acorda, querendo-o mais uma vez. Adormeço com um pensamento, *nenhum homem mexeu comigo quanto Noah Lancaster.*

Rebecka não só me levou para escolher um vestido, mas também insistiu que fôssemos ao salão, onde perdi boa parte do meu dia. Olhando para o meu espelho, tenho que concordar que foi a melhor escolha. Acho-me interessante, mas, hoje, estou deslumbrante. O vestido longo verde-esmeralda parece que foi confeccionado no meu corpo. Ele aparenta ser frente única com um generoso decote, mas, na verdade, possui aquele tecido transparente que assemelha-se à pele. Quem olha tem a impressão de que o vestido está perfeito, por mágica. O modelo é todo aberto nas costas, a cintura é bordada com pedrarias em azul, verde e branco, formando uma espécie de cinto que, quando chega às costas, sobe, dando a impressão de uma tribal.

A sandália é alta, com tiras finas e trabalhadas e o salto finíssimo, também verde. A maquiagem é uma história à parte, quando vi a louca da maquiadora com aquelas sombras dignas dos desfiles do dia de Ação de Graças, surtei. Ela pediu uma chance, caso eu não aprovasse, ela retiraria tudo. Depois de horas... Ok. Foi exagero. Depois de algum tempo, ela mostrou sua obra de arte, e eu amei. A sombra degradê começa com dourado e termina em verde, o Blush é discreto. A composição realçou meus olhos e o batom vermelho deixou tudo ainda mais bonito.

Meus cabelos foram arrumados em uma trança *espinha de peixe* lateral. Como meus fios são longos, a trança foi uma excelente escolha, fora o luxo que ficou. As joias se resumem a um par de brincos exuberantes, três folhas douradas que se misturam com uma pedra de esmeralda e uma pulseira delicada seguindo a mesma linha. Dou uma volta em frente ao espelho para ver o caimento do vestido e sinto-me uma princesa. A campainha toca, interrompendo minha admiração narcisista.

Pego minha pequena bolsa e desço as escadas para encontrar Benjamin Graham mais charmoso que nunca escorado em seu carro, esperando-me. Esse homem com barba por fazer é ainda mais bonito e é surpreendente o fato dele não ter feito a barba. Ele assobia e vem ao meu encontro.

— Você conseguiu ficar ainda mais linda - beija minha mão. — Boa noite, senhorita Madison.

Faço um gesto de reverência, como a nobreza.

— Boa noite, senhor Graham.

Ele abre a porta do seu carro, e entro. No caminho, vou mexendo no meu celular, vejo meus e-mails e as mensagens que não pude responder. Levanto a cabeça, o trajeto que Ben está fazendo já é conhecido.

— Onde estamos indo? - pergunto já sabendo a resposta.

— Estamos indo à casa do Noah.

— Isso eu sei. Só quero saber o que faremos lá?

— Comemoração do aniversário da Carly - ele fala com cautela.

E eu surto.

— O quê? Enlouqueceu? - começo a mexer as mãos nervosamente. — Por que não me disse antes, Benjamin?

— Se eu dissesse, você viria?

— Lógico que não! Aquela cadela não vai me deixar passar da porta.

Antes que eu pudesse continuar com meu chilique, Ben estacionou em frente à casa de Noah. Ele mora em uma mansão clássica, enorme, espaço o suficiente para abrigar um pequeno vilarejo. O manobrista pega o carro, e Benjamin estende-me o braço.

— Vamos, ruiva – ele fala, sorrindo.

— Minha vontade é te matar.

Uma moça muito simpática nos recepciona.

— Boa noite, poderiam me dar o convite?

Ben retira um envelope vermelho do bolso interno e entrega a moça que pisca seus longos cílios postiços para ele. Benjamin, mais que solícito, sorri e pisca para a moça que quase desmaia. O ambiente estava todo enfeitado com rosas vermelhas. É muita paixão para um ser só!

Assim que entramos no hall, já vimos as duas escadas que contornam a primeira sala, com corrimão de ferro trabalhado. O lugar é gigantesco e muito bonito, quem a decorou tem muito bom gosto. Pensando bem, não deve ter sido a Carly. Caminhamos até o jardim, onde há uma grande tenda branca montada e a decoração extravagante continua.

— Tão brega quanto a dona da festa – Ben fala fazendo uma careta.

— Seu amigo caprichou na comemoração da Mortícia.

Ele ri.

— Se conheço o meu amigo, ele não fez nada, apenas está de corpo presente.

A primeira pessoa que encontramos é Alyssa, mais desanimada que o Benjamin. Nem parece que é uma festa. Ela está com um vestido bonito, comportado, mas elegante, mas a cor a apagou: rosa-pálido para uma pele branca quase transparente não combina. Ela nos abraça com alívio.

— Achei que não viriam mais. Estava pensando seriamente em sumir – ela fala, ajeitando seus óculos rosa *pink*.

Christopher e Rebecka também aparecem. Ela está divina no vestido longo preto com decote canoa, em renda, maquiagem esfumada e batom vermelho. Chris é elegante por natureza e, com aquele *smoking*, ficou comestível. Ele é o primeiro a me cumprimentar.

— Essa ruiva vai me causar um infarto a qualquer hora - ele beija meu rosto. — E esse perfume...

Conversamos ali durante um tempo, discutimos a anatomia do *corpo humano da galinha*. Sim, isso aí. Não falamos nada com nada. Entretanto, uma senhora uniformizada passa por nós, e Benjamin a intercepta.

— Dona Martha, fizeram a senhora colocar isso? - ele passa um braço pelos ombros dela. — Essa é Madison, a ruiva que anda tirando o nosso sono. E que, como você, prefere Noah a nós.

Ela ri com gosto e dá um leve tapa em seu peito.

— Menino bobo - ela vem e me abraça. — Já conheço a Madison. Esteve algumas vezes aqui com a menina Aly.

— Bom saber que os serviçais estão se divertindo na minha festa - Carly aparece com um vestido azul *cheguei*. Toda exagerada como a festa dela. — Não lembro de tê-la convidado, Madison.

Movimento-me para sair. Eu sabia que isso não daria certo. Benjamin passa seu braço pela minha cintura e Rebecka coloca-se ao meu lado.

— Ela é minha acompanhante, Carly. Mais respeito - Ben volta-se para Martha, que ele ainda segura pelo braço. — O escritório está pronto para nós?

Quando a senhora abriu a boca para responder, a Mortícia se manifestou furiosa:

— Se quer privacidade, Benjamin, vá para o bordel onde ela trabalha.

Ela vira as costas e se vai. Os meninos estão vermelhos, Chris tenta afrouxar a gravata, Rebecka está com as mãos fechadas. Alyssa, visivelmente nervosa, é a primeira a falar.

— Desculpem a louca da Carly. Becka, eu sei que você nos diz para não contar essas coisas a Noah, mas está ficando cada vez mais complicado.

— Vocês têm que entender que há certas coisas que a gente precisa descobrir por conta própria, enxergar com os próprios olhos. Um dia, ele verá e acho que esse dia não está tão longe assim.

Chris balança a cabeça e olha o líquido dourado do seu copo rodopiar.

— Não sei. Noah acha que ela está passando por um período difícil. Acredita que, mais cedo ou mais tarde, ela voltará ao normal...

— Outro dia, ele nos contou que eles não transam há muito tempo, que tem dormido no quarto de hóspedes - Ben fala.

A conversa das mulheres na cafeteria volta, mais uma vez, para me assombrar, *"o sagrado matrimônio em casa e a puta no escritório"*. Um garçom passa por mim carregando uma bandeja com taças de champanhe. Pego uma e viro de uma vez só. Troco a vazia pela cheia e volto minha atenção para o grupo que está olhando-me atentamente.

— O que foi? Estava com sede.

Noah aparece com um copo de whisky. Assim que percebe minha presença, sorri, e eu derreto. Mulher é um bicho idiota mesmo. A imagem daquele homem grande, moldado em um *smoking* feito sob medida, com um olhar intenso e um sorriso de canto perigoso é de fazer qualquer mulher, mesmos as freiras, se arrepiarem.

— Boa noite, Benjamin. Achei que tinha desistido de vir - ele beija meu rosto demoradamente. — Boa noite, senhorita Harver. Você está magnífica. Como está a mão?

Levanto-a e todos olham os pontos na lateral da mão.

— Estou bem.

— Não sabia que bebia whisky, Noah – Rebecka indaga.

Ele faz uma careta e olha para o copo.

— Não sou um admirador. Mas, segundo a Carly, nada de cervejas.

Todos entreolham-se, acredito que queiram falar alguma coisa. Se o conheço bem, ele não aceitaria que falassem mal da namorada logo hoje, que é o aniversário dela. Alyssa me pega pelo braço para circularmos pelo ambiente. Os convidados eram basicamente socialites, herdeiros e políticos. Engraçado, isso não parece fazer o tipo de Noah. Talvez eu não o conheça tanto assim.

Alguém chama Alyssa, e eu continuo a caminhar por entre os convidados para achar Rebecka. Entro na sala, muitas pessoas conversam. Sinto alguém tocar em meu braço e logo sou puxada para o escritório. Antes que eu possa esboçar qualquer reação, Noah beija-me.

— Estava louco para beijá-la – afasto-me dele. — O que foi, Madison?

— Não foi nada, Noah. Só não acho certo fazer esse tipo de coisa.

— Eu estava pensando em nos encontrarmos...

Levanto a mão, parando-o.

— Isso não vai acontecer mais. Por sua causa, já quebrei duas promessas que fiz a mim mesma: envolver-me com pessoas comprometidas e não sair com clientes do clube – ele dá um passo em minha direção, e eu dou um passo para trás. — Sabe, há pouco tempo ouvi uma conversa sobre esse tipo de... relacionamento, em que o cara tem uma mulher em casa e a puta no escritório...

Ele me corta:

— Você não é...

— Não sou mesmo. Posso ser libertina, depravada, mas não puta. Puta é aquela que sai com homem comprometido e sabe de seu relacionamento. Eu não sou assim, Noah, eu não quero ser assim, porque a traição dói demais. Acredite em mim, já estive do outro lado.

Ele passa a mão pelo cabelo.

— Eu a quero, Madison.

— Você não quer a mim, você quer somente sexo. Segundo os comentários, isso tem sido artigo de luxo para você. Como eu já imaginava, a Mortícia não anda liberando o Primo Which. Eu nem sou mulher de relacionamentos, não quero um. Mas também não vou atrapalhar a história de ninguém. Não sou vagabunda a ponto de me meter na história de alguém.

Caminho até a janela e passo a mão pelo pescoço, agoniada. Sinto sua presença e sei que ele está se aproximando. Suas mãos correm a lateral do meu corpo, que reconhece seu toque.

— Não fuja de mim, Madison...

Por mais que eu não quisesse, sou obrigada. Minha consciência pesa demais com essa situação e prefiro uma consciência limpa a estar satisfeita à custa do sofrimento dos outros. Mesmo que esse *outro* seja a cadela da Carly.

Ele puxa meu corpo para o dele, com seu peito ficando nas minhas costas. Deito minha cabeça em seu ombro, e ele acaricia meu pescoço com seu nariz. Aproveito cada segundo disso, porque será a última vez que ele me tocará. Noah faz uma trilha de beijos pelo meu pescoço, alternando com pequenas e leves mordidas. Fazendo-me desejosa, cruelmente desejosa por ele.

— É a cena mais bonita que já vi na minha vida – nos assustamos com a voz de Benjamin que entra com Alyssa em seu encalço. — Eu sabia que estava rolando alguma coisa entre vocês.

— Carly está te procurando, Noah – Aly vai até ele e limpa sua boca. — Vá encontrá-la antes que ela...

— O que está acontecendo aqui? – Carly aparece. — Noah, o que está acontecendo aqui?

— Cansamos daquele carnaval lá fora. Viemos dar um tempo aqui – ele responde sem tirar os olhos de mim.

Ela o abraça.

— Está na hora do bolo, amor. Venha comigo.

Ele assente para ela e faz um gesto, pedindo um minuto e volta-se para mim.

— Tem certeza, Madison? – aceno que sim, e ele continua. — Adeus, senhorita Harver.

— Adeus, excelência.

Assim que o casal sai, os dois remanescentes ficam olhando para mim, provavelmente, esperando alguma explicação. Viro-me para a janela novamente e contemplo o jardim frontal iluminado. Aquele adeus é figurativo, nos veremos todos os dias. O adeus foi para seus toques, seus beijos... E, por mais que me doa, o ponto final era necessário.

Eu já vi algumas histórias assim, se eu ceder, ele continuará a traí-la, e eu serei a puta que sempre abominei. Se ele mexe comigo? Mexe. O cara é a personificação da luxúria. Por mais que eu seja liberal, a traição é meu limite.

— Está tudo bem, Mad? – a doce voz de Alyssa interrompe minha lástima.

— Estou. Vamos comer bolo? – falo, sorrindo.

Ben assente e fala:

— Tem gente para tudo nessa vida. Eu não como, só a má vontade da Carly pode intoxicar uma cidade inteira.

Saímos rindo do escritório e fomos em direção à tenda onde estavam cantando os parabéns. Coloco-me entre Benjamin e Rebecka para ver Carly assoprar a vela de um bolo gigantesco. Logo depois, Noah lhe entrega um estojo azul, ela abre e faz cara de surpresa. Então, abraça-o e limpa as lágrimas de emoção. Será que as lágrimas são verdadeiras? Balanço a cabeça para afastar os pensamentos descabidos.

Carly direciona o estojo para os convidados verem um conjunto com brincos, colar e anel de ouro branco com diamantes rosa. Pela ovação das pessoas, devia ser um presente caríssimo. Sinto alguém me observar e olho para os lados até encontrar Noah encarando-me.

— Se eu tinha dúvidas de que Noah amava, agora nao tenho mais – Rebecka fala para nós. — Porque aquelas joias custam, no mínimo, um milhão de dólares.

Benjamin se engasga, e Alyssa o ajuda, dando pequenas batidas em suas costas.

— O quê? – Chris pergunta horrorizado. — Um milhão de dólares para aquela mulher? Internem o Noah!

Um senhor baixo e sorridente demais pergunta em voz alta:

— Quando você fará minha filha uma mulher direita, Noah?

Benjamin não perde a oportunidade:

— Se ele tiver juízo, nunca!

Todos riem, e Carly olha para nossa direção com ódio. Acho que já está na hora de ir embora. Viro-me para sair, noto Ben e Alyssa me observando. Eu pude ler o lamento nos olhos dela e compreensão nos olhos dele. Graças a Deus, ninguém pode ler o que se passa dentro de mim. Chris e Becka assistem a cena, depois encaram-me, entendendo. Rebecka coloca a mão na boca.

— O que foi? – olho a minha roupa para ver se há algo de errado.

— Desconfiava que havia algo entre os dois. Era só falar na ruiva que o humor dele mudava. Outro dia, o filho da puta queria me esmurrar porque falei que, na cama, Madison seria uma loucura – Christopher estende a mão para mim. — Homens pensam esse tipo de coisa, princesa. Mesmo das amigas.

Passo a mão pela minha trança, ajeito o vestido e percebo que ainda estão olhando para mim. Pelo jeito, as pessoas conseguem me ler. Vou em direção ao estacionamento, e eles me seguem. Minha intenção é falar e ir embora.

— Noah e eu nos pegamos umas duas ou três vezes no gabinete e uma vez aqui faço um olhar de desculpas para Alyssa. — O dia em que seu irmão foi para os Hamptons e eu dormi aqui, desci para tomar água, ele estava perambulando pela casa e acabamos nos beijando.

Christopher e Benjamin se olham e começam a rir, Rebecka passa o braço pelo meu ombro, e Aly sorri. Ben toma a frente.

— É a confirmação de que os *"opostos se atraem"*. Alyssa viu o casal entrar no escritório e, em seguida, a "Cardela" perguntou de Noah. Quando entramos no lugar, vimos os dois abraçados. Cara, parecia cena de novela.

Reviro os olhos.

— Menos, Benjamin. Por favor, sem perguntas, sem comentários. Acabou! Esse negócio de ficarmos nos pegando acabou.

— Por isso o adeus? – Alyssa pergunta.

Apenas aceno que sim. Tenho medo de abrir a boca e sair o que não deve. Há coisas que devemos deixar ocultas para que não se tornem reais.

Capítulo 11
NOAH

A semana passou em um piscar de olhos, mas o meu humor não é mais o mesmo desde sábado, desde aquela festa absurda, desde as joias extravagantes, desde o "adeus" da Madison. Por mais que eu repetisse que ela era só mais uma, tinha certeza de que aquela ruiva dos infernos era única.

Eu nem lembrava mais sobre a festa, combinamos isso há dois meses atrás. No sábado pela manhã, acordei com barulhos desconhecidos, quando desci as escadas, vi um exército de pessoas perambulando pela minha casa. *Que porra é essa?* Então, Martha lembrou-me do aniversário da Carly.

Eu não tenho saco para ficar no meio desse tanto de gente. Pedi a Martha que servisse meu café no escritório, assim que saciei-me, peguei minha pasta com alguns processos a serem estudados e fui para a cobertura. Desde a hora que levantei, liguei, insistentemente, para saber como Madison estava, mas ela não atendia.

Quando Carly veio falar comigo sobre a comemoração do seu aniversário, tinha deixado bem claro que não toleraria extravagâncias. Ela disse que não seria nada de mais, mas queria convidar algumas amigas e, por ela ter trabalhado muitos anos com o senador, sei que amizades não lhe faltavam. O orçamento era de vinte mil dólares com tudo incluído, achei justo e autorizei sua festa. O presente foi outra história, perguntei o que ela queria, disse que preferia comprar ao seu gosto, caso eu liberasse. Claro que liberei, uma coisa a menos para mim.

As faturas para pagar chegaram na segunda-feira pela manhã. Quando sentei para tomar café, veio a primeira bomba. O organizador da festa veio tomar café conosco e me entregou a fatura. Olhei para Carly achando aquilo estranho, porque, assim que ela me passou os valores, fiz uma transferência de trinta e dois mil para a conta dela. Poderia ter imprevistos, queria que ela ficasse despreocupada. Mas nada preparou-me para o baque de cento e dez mil dólares.

— Cem mil dólares, Carly?

— Cento e dez, excelência... - diz o organizador, pelo visto, não o ensinaram que corrigir as pessoas em público é falta de educação. Ele se encolhe com o meu olhar.

Volto-me para Carly.

— Você é assessora de um Senador e deve ganhar no mínimo oito mil dólares por mês. Um dia, conversamos sobre suas viagens e decidi lhe dar uma mesada de cinco mil, mas, se eu não estou enganado, recentemente, ela passou a oito. Então, quis um carro de luxo, eu dei. Quis um motorista, eu lhe dei. Quis mudar para essa casa, eu comprei. Mas ainda não está satisfeita? Que porra de festa é essa que custa cem mil dólares, Carly?

— O combinado incluía divulgação em mídias impressas e digitais – o organizador intrometido abre seu tablet e mostra algumas imagens, o que me deixa mais furiosos ainda.

— Para isso, bastava jogar as fotos no Facebook ou em uma dessas redes sociais. Quanto você tem na sua conta, Carly?

Ela olha-me apreensiva.

— Eu não sei.

A vontade dela de ajudar é mínima. Mas é impossível que eu não tenha poder para descobrir o saldo de uma conta. Pego meu celular, disco para o departamento de informática da Corte e ordeno que eles me passem o saldo das contas em nome dela. Em menos de cinco minutos, eu tinha o valor de mil dólares na única conta que ela possui.

— Vamos ao escritório, Carly.

Ela pede licença ao organizador e vai comigo até o cômodo. Assim que fecho a porta, questiono-a:

— Sempre fui muito generoso com você, dei-lhe tudo o que quis, viagens, joias, cheguei até comprar um apartamento para você em Washington. Eu sempre soube que era mais ambiciosa que eu, que sonhava alto, gostava do luxo. Mas tudo na vida tem limite. E eu não vou pagar por aquela festa cafona.

— Noah, por favor - lágrimas caem. — Eu não tenho como pagar, usei o dinheiro para outra coisa. E mais, pedi demissão há três meses. Não combina com a mulher de um juiz famoso como você ter uma esposa que trabalha para outros.

Ri.

— Como é? - faço as contas rapidamente para ver se o período combina com o tempo em que ela está em casa, mas não é compatível. — Além de ter essa ideia patética sobre ser minha mulher, o que mais você ficava fazendo na capital durante esses dois meses?

Ela dá de ombros.

— Compras, passeios, viagens...

Minha cabeça começa a doer. Se há uma coisa que não suporto, é a mentira. Vou até o bar, pego um copo e encho com whisky. Sento-me e penso antes de falar.

— Você sabe o tanto que abomino a mentira, a falta de educação e a arrogância. Você vem maltratando os empregados, desfazendo-se dos meus amigos, que são minha família, e agora mente. Vou pagar essa festa, porque sei que não tem como pagar, levando em consideração que seu pai faliu a empresa pela segunda vez.

Pego o talão de cheques e preencho.

— Obrigada, Noah. Você é um homem maravilhoso - ela fala, secando as lágrimas que nem caíram.

— Não confie nisso, Carly - falo com desprezo. Porque isso é a única coisa que posso dar no momento.

Saio em direção à sala onde o fodido do organizador está e entrego-lhe o cheque.

— Desculpe, excelência. Mas não aceitamos cheques.

Sorrio amargamente, engolindo minha raiva. Grito por Alyssa, para que ela desça e faça a porra da transferência para mim. Não espero, até porque estava atrasado. Desde quando comecei a trabalhar para jogar dinheiro fora? Meu pai sempre me ensinou que, se quer gastar, primeiro ganhe! Tanto eu quanto Aly sabemos exatamente o valor de cada dólar que ganhamos.

Assim que chego na minha sala, Harriet vem me recepcionar. E o idiota aqui com esperanças daquela ruiva desgraçada facilitar o meu dia. Como cheguei atrasado e tinhas várias audiências, nem conversamos. Não quis perguntar sobre a Madison, ela fez sua escolha, e eu não sou homem de ficar atrás de mulher.

Mas a minha segunda estava longe de acabar, assim que saí de uma das audiências no meio da tarde, fui para minha sala no intuito de descansar. Encontrei uma fatura de uma joalheira famosa no valor de um milhão e seiscentos e oitenta mil dólares. Naquele momento, uma dor de cabeça lancinante tomou conta de mim. Será que alguém tem consciência do quanto uma pessoa trabalha para ganhar esse valor?

Eu sou um homem muito rico, eu poderia pagar sem problema algum. O problema é que o dinheiro é meu! Trabalho duro, ser juiz de um lugar como Nova York não é fácil. Como advogado, ralei para caralho; como promotor, mais ainda. Virei dias e noites estudando processos com sentença desfavoráveis tentando revertê-las. A maioria dos meus finais de semana destinava-se a visitar programas sociais, famílias em situações vulneráveis na periferia. Graças ao grupo de investimentos que eu e os rapazes formamos, pudemos ganhar dinheiro na bolsa de valores e garantir o nosso sustento enquanto corríamos atrás dos nossos ideais. Passei por muita coisa para ver quase dois milhões de dólares escorrerem pelo ralo.

Liguei para o gerente da loja, que já me conhece, dar uma passada aqui após minha última audiência. E, enquanto passava de um julgamento a outro, fiz uma lista de tudo o que vou vender para ela aprender, esse relacionamento acabou aqui. Acredito que já deu tudo o que tinha que dar.

Estava com a cabeça tão cheia que esqueci de perguntar por Madison, mas tive a oportunidade de vê-la saindo da sala dos arquivos. Pensei em cumprimentá-la, mas ela deixou claro que quer distância e, se eu chegar muito perto, não poderei atendê-la. A desgraçada tem participado até dos meus sonhos loucos e, por vezes, já acordei gozando por causa dela.

No caminho para casa, ligo para Rebecka e peço para deixar uma das garotas da massagem à minha disposição.

Quero massagem completa, da última vez, não tirei nem calça e, por um momento, quis chamar Madison para fazer a porra da massagem, mudei de ideia no último minuto porque ela não gosta de abandonar o balcão. Hoje, quero tudo e é bom que a mulher saiba fazer garganta profunda.

Cheguei em casa e encontrei Carly ao telefone com uma de suas amigas. Tiro o aparelho do seu ouvido, desligo e devolvo.

— Que isso, amor?

Tiro minha gravata, meu terno e abro minha camisa. Sigo até a geladeira na cozinha, pego uma cerveja e volto para sala. Sento-me e encaro-a como se nunca tivesse a visto. Sinceramente, não tinha visto mesmo. A mulher que conheci não era essa que está à minha frente.

— Chegou a fatura das joias.

— Amor, eu sei que elas são um pouco caras. Mas você pode pagar.

Rio. Porque só rindo mesmo.

— Um pouco? Elas custam quase dois milhões de dólares, mulher.

— Eu sei e...

Levanto-me e vou até a porta de vidro que dá acesso ao jardim interno.

— Você tem duas opções, Carly. Paga ou devolve.

— NÃO! - ela grita e levanta nervosa. — Noah, não faça-me passar vergonha.

Vou até onde deixei minha pasta, abro-a e tiro um papel. Pego mais uma cerveja na cozinha e volto para a sala, entregando as anotações a ela.

— Pense bem, Carly. A joalheria já passou a fatura para o seu nome - ofereço mais um papel a ela. — O gerente disse que aceitam as peças de volta.

— Noah, você vai fazer isso comigo? Eu sou sua mulher, mereço um presente desses só por administrar essa casa.

Não me contenho e começo a gargalhar.

— Eu não sabia que você era humorista, Carly. Pena que mostrou esse lado tarde demais.

Suas lágrimas agora caem como cascatas. Há alguns dias, elas me comoveriam, não hoje.

— Seu amor por mim acabou? É isso?

— Não força, Carly. Sempre fomos muito claros sobre isso. Mas vamos acabar com esse circo de uma vez, estou cansado – sento-me no sofá. — Para pagar sua festa, o apartamento da capital será colocado à venda amanhã, você tem até o final da semana para desocupá-lo – ela abre a boca, mas quando me olha, desiste de falar. Boa garota. — Não vou deixá-la à mingua, pedi a corretora que mostrasse alguns imóveis dentro do valor que estipulei. É pequeno, mas acredito que você prefira algo pequeno a viver na rua. Você quer ficar com o carro?

Ela acena que sim, e eu continuo:

— Ficará com o carro, mas lembre-se, a partir de hoje, você é responsável pelos débitos dele. Pode ficar com as joias, sei que esse tipo de coisa é importante para você. Sua mesada já foi suspensa...

Carly ajoelha-se diante de mim com seus olhos e lábios inchados por causa do choro.

— Noah, você vai terminar comigo?

— Vamos ser sinceros um com o outro, gatinha? Até que demorou. Há alguns anos, conheci uma mulher que era tão dedicada ao trabalho quanto eu. Sua simplicidade e simpatia conquistaram-me. Durante um ano, tudo funcionou bem, tivemos bons momentos, até que ela começou a mudar... – levanto a mão. — Desculpe. Ela começou a mostrar quem realmente era. Importunou minha irmã a ponto dela beber e querer ir embora. Desfazia-se constantemente dos meus amigos, destilou seu veneno em cima da Madison e, por fim, torturava meus empregados.

— Noah...

— Isso já deu tudo o que tinha que dar.

Ela levanta furiosa.

— É aquela mulher, não é? Eu sabia que aquela puta...

— Chega! É por essas e outras que não dá mais. Acabei de citar uma lista e você tem coragem de culpar os outros - viro-me e vou em direção às escadas. — Martha e mais duas funcionárias a ajudarão com as coisas e o seu carro já está aqui em frente. Seja feliz, Carly.

Lembro-me de algo e volto.

— Nada de jornais, revistas, sites de fofocas. Seu eu souber que essa história virou novela, não esqueça que quem está afundada na lama é você. Então, só você tem a perder com exposição. Passe bem.

Fui para o quarto, tomei um banho, coloquei qualquer roupa e encaminhei-me para o clube. Quando saí, Carly estava fazendo drama, mas não tenho problema com coisas assim, pode bater o pé o quanto quiser, se eu falei que já era, já era!

Entro no clube e sigo direto para sala privada. Procurei rapidamente por Madison, mas ela não estava à vista. A menina já aguardava-me em um dos ambientes. Deito na mesa de massagem e as mãos delicadas começam a trabalhar em mim. Por um momento, distraio-me e minha cabeça é povoada por imagens da Madison na piscina, no gabinete, em minha casa. Merda! Meu pau logo acorda e, para acabar com a agonia, viro-me para que a menina trabalhe no lado certo.

Ela me lambuza de óleo, coisa desnecessária. Começa com o meu peito e braços, desce para os pés. Abro o olho e falo:

— Gatinha, vá direto ao ponto, por favor.

Ela abre um grande sorriso, e eu fecho meus olhos para aproveitar. Logo me dou conta de que sua boca está em mim. Isso é o paraíso. Sento-me para apreciar melhor. Seguro seu cabelo preso em um rabo de cavalo e dito o ritmo. Não é que a desgraçada faz a garganta profunda? Antes que eu goze, levanto e tiro a roupa dela. Seu corpo é bonito, nada de surpreendente, peitos pequenos, bunda pequena.

Sento-a na mesa de massagem, beijo seu pescoço, tomo um de seus pequenos seios na boca e desço meus dedos por sua abertura rosada e molhada pronta para me receber. Na mesinha ao lado, há uma caixa de preservativos, pego um e coloco sem perda de tempo.

— Está pronta para mim, gatinha?

— Sim...

Sem esperar, enterro-me nela, que geme alto. A altura da mesa é perfeita para que eu a foda assim. Ela enrola suas pernas na minha cintura e minhas estocadas ficam mais fortes e rápidas.

— Gostosa – pego ela e a caixa de camisinha e levo até a sala privada. Jogo-a no sofá e a viro de quatro, penetro-a novamente. Puxo-a para mim e belisco seus mamilos enquanto a fodo duro. Ela começa a contrair no meu pau e sei que está chegando ao orgasmo. Desço minha mão para seu clitóris, faço círculos com o meu indicador, e ela grita palavras incoerentes. Seguro com mais força, dou um tapa forte em sua sensível carne, e ela se desfaz no orgasmo.

Não diminuo meu ritmo, penetro-a ritmicamente, até que meu orgasmo venha rasgando e, em seguida, o que sai da minha boca não é, nem de longe, planejado.

— Madison...

A menina que estava em meus braços retesa o corpo em resposta. Com o pau duro novamente só de lembrar daquela desgraçada com cabelos cor de fogo, troco a camisinha rapidamente e a trago para cavalgar em mim.

Não costumo beijar a boca das meninas do clube com quem transo, isso fica íntimo demais. Mas tenho que consertar a cagada que fiz, chamando o nome de outra. Beijo sua boca carnuda com lascívia enquanto afundo-me nela.

— Isso, gatinha. Rebole para mim.

— Ah... ah... Por favor... – ela apenas geme e geme.

Penetro-a com mais força, segurando suas coxas firmemente. Meus dedos encontram a entrada da sua bunda, que lubrifico com a excitação dela e a penetro com um dedo, sincronizado com o ritmo do meu pau na sua boceta. A mulher vai à loucura e grita, começa a contrair em meu membro mais uma vez e vem em um orgasmo estrondoso, que até eu fiquei surdo. Continuo no meu ritmo até gozar novamente.

Saio de dentro dela, pego-a, e vamos ao banheiro. Ligo a ducha e a ajudo se lavar. O brilho em seu olhar indica que sua cabecinha de mulher está dizendo que é mais do que uma foda. Entrego a toalha a ela e a espero se secar. Voltamos ao ambiente em que iniciamos a massagem, e lhe entrego uma boa quantia em dinheiro dentro de um envelope. As meninas do clube são caras e algumas abrem mão de sair com outros para serem exclusivas, o que as tornam ainda mais caras quando estão conosco.

— Não, juiz Lancaster. Fiz com prazer... – não precisa ser gênio para saber o que se passa na cabeça dessa menina.

Beijo sua testa.

— Você fez um excelente trabalho e merece ser recompensada. Por favor, aceite meu presente.

Antes que ela possa responder, vou para o banheiro e fecho a porta. Tiro todo aquele óleo do meu corpo, visto-me e saio. Dirijo-me para o bar onde Christopher está bebendo. Busco a presença de Madison, mas não a encontro.

— E aí, conseguiu perder a virgindade novamente?

— O de sempre, Ramon. Quando gozei, até chorei emocionado.

Chris ri alto. Rebecka passa por nós.

— Podem acompanhar-me até o escritório? Ramon, assim que Benjamin chegar, peça que vá até minha sala.

Ramon acena, e nós a acompanhamos até lá. Entramos, sentamos nas cadeiras que ficam de frente para ela.

— Qual é o problema, Becka? – pergunto preocupado.

— Nada de mais. Primeiro, quero saber por que você chorou?

O infeliz do Christopher cai na risada.

— Noah terminou com a Carly e veio para o clube perder o cabaço. Cara, isso merece até uma comemoração.

Rebecka ajeita-se em sua cadeira, ficando ereta e cruza as mãos em cima da mesa.

— Está tudo bem? Desculpe me meter, mas é que você deu aquelas joias para ela, achei até que ia pedi-la em casamento.

Tomo um gole da minha cerveja e balanço a cabeça em negativo.

— Não dei, ela que comprou. Assim como a festa, autorizei e ela fez.

Nesse momento, Benjamin entra e senta-se na cadeira que está à minha esquerda, e eu continuo:

— Ela tinha me passado um orçamento inicial de vinte mil, só que o preço final ficou em cento e dez mil dólares. Mas o pior de tudo foram as joias, custaram quase dois milhões.

— Caralho! – Ben fala sem cerimônia.

— Ela pelo menos tem dinheiro para bancar parte disso ou você pagou tudo? – pergunta Chris.

— Ela fez achando que eu pagaria, mas não tolero esse tipo de atitude, somando a tudo o que vinha acontecendo, coloquei um ponto final. O apartamento que dei a ela será colocado à venda. Chamei o Mark, gerente da joalheria, e avisei que não pagaria. Como permitem uma compra nesse valor sem me consultar? Então fiquei sabendo que não foi a primeira compra dela que paguei sem saber – levanto a cerveja. — Pelo menos, agora, estou livre. Vamos ao que interessa, por que nos chamou aqui, Becka?

— Vou colocar Madison como gerente e quero a aprovação de vocês para colocá-la no conselho também.

Benjamin e Christopher concordam em uníssono, eu não. Eles ficam olhando-me e justifico:

— Ramon tem muito mais tempo de casa que ela, seria injusto.

— Eu a quero no conselho. Assim, ela poderá assumir o clube quando eu não estiver – diz Rebecka, levantando-se e escorando na mesa diante de mim. — Madison é indispensável para o clube, ainda mais se tratando das meninas.

— E onde está sua funcionária indispensável, Rebecka? – pergunto com sarcasmo.

— Madison tinha um compromisso – ela olha-me atentamente. — Algum problema?

Alguma coisa me diz que é melhor não perguntar que porra de compromisso é esse. Conversamos bastante e ficou decidido que a ruiva será a nova conselheira e se dedicará às meninas que trabalham aqui. Achei que me incomodaria com um estranho entrando nesse ciclo, mas não... E Madison também não é estranha. Se Roger estivesse vivo, com certeza, já teria colocado ela à frente do clube. Fiquei mais algum tempo no clube e voltei para casa.

Um barulho me traz para a realidade, me dou conta de que estou na sala de casa com uma cerveja quente na mão. Viro-me para o lado e vejo Aly.

— Oi, Noah.

Aponto o assento ao meu lado e ela se aproxima.

— Está bonita. Vai sair? – pergunto.

Ela sorri. Alyssa é linda, mesmo atrás desses óculos enormes, é possível ver sua beleza.

— Vou a uma boate com a Mad.

— Também vou sair com os caras e já estou me arrependendo antes de ir.

Ela ri.

— Nossa excelência vai sair sexta-feira à noite com os seus amigos? Isso é quase um milagre! – ela fala, rindo.

— Segundo Benjamin, vamos comemorar minha solteirice.

Alyssa beija meu rosto.

— Divirta-se. Você merece! Amanhã terá que me contar tudo. Até – fala minha irmãzinha, indo em direção à porta para uma noitada com aquela maluca da Madison.

Só em mencionar o nome da mulher, meu corpo se empolga. Não lembro de ter cismado com uma mulher durante toda minha vida, somente aquela ruiva. Na festa, ela disse o que ouviu de alguém, *"tem a mulher em casa e a puta no escritório"*. Aquilo me deixou extremamente nervoso, jamais pensei nela como uma puta. Existe uma atração inexplicável entre nós dois e não tinha como fugir daquilo, isso não a transforma em puta.

Quem disse aquela asneira para ela? Será que alguém soube de alguma coisa? Porque, para mim, não faz a menor diferença. Madison é o sonho de consumo de qualquer homem, corpo deliciosamente exuberante, olhar felino, boca perfeita e uma língua afiada...

Meu telefone toca.

— Vai vir ou não? - Chris fala.

Olho para o relógio. Faz muito tempo que não saio de casa a uma hora da manhã para ir à boates. Isso traz um sorriso ao meu rosto.

— Estou indo.

Vou até o quarto, pego uma camiseta preta gola em "v", porque, dentro desses locais, é quente para caramba e não estou a fim de sufocar. Pego o carro e jogo-me na estrada em velocidade alta. A essa hora, não tem ninguém por aqui, dá para acelerar.

Assim que chego à boate, dou o carro para o manobrista e entro. Sou escoltado até a área VIP da pista de dança, mais uma vantagem de ser quem sou. Encontro Chris e Ben conversando com algumas meninas, muito bonitas por sinal.

— Senhoritas, esse é Noah. Noah, essa é Juliet - uma loira de cabelos longos e sorriso tímido.

— Prazer, Juliet - beijo seu rosto, e Ben continua as apresentações.

— Essa é Kristin - uma linda negra com cabelo estiloso tipo *black power* e muito cheirosa. Beijo-a também. — Essa é Tracy - cabelos pretos, pele branca. Uma menina de sorriso doce e um olhar de fome.

Beijo-as e sento-me ao lado da menina de sorriso doce. Peço uma bebida e começamos a conversar. Benjamin disse que tinha acabado de conhecê-las e foi uma agradável surpresa. Voltei minha atenção a que estava do meu lado.

— Você é muito bonito, Noah.

— Obrigado. Você também é muito bonita – ela sorri e joga seu cabelo por cima do ombro. — Seu namorado deve ter ciúmes. Corro algum perigo?

Ela ri.

— Não. Sou solteira e muito feliz. Hoje, nós saímos para comemorar minha descoberta.

Olho para o lado, vejo Benjamin e a morena se pegando. Chris está conversando com a loira ao pé do ouvido e, pelo sorriso, deve estar ouvindo sacanagem do deputado.

— Descoberta do quê? – pergunto curioso.

— Como vou explicar... hum... se estivéssemos nessa mesma situação há alguns meses, provavelmente, já estaria imaginando um compromisso sério com você. Se me beijasse, com certeza, eu já teria pensado nos nomes dos nossos filhos...

— E agora, o que pensa?

— Hoje, só penso se você é tão gostoso sem roupa quanto é vestido.

— *Wow*! – falo, sorrindo. Doce o cacete. Ela é direta de mais e doida.

— Hoje, eu me basto. Entende? No momento, só quero aproveitar o que a vida tem para me oferecer. Depois, eu penso no resto!

Levanto minha cerveja.

— Um brinde – ela levanta seu drink, e eu continuo— para que mais mulheres se descubram.

— E então, Noah, vou poder comprovar sua gostosura sem essa roupa?

Olho-a sério e a puxo para falar em seu ouvido.

— Vamos fazer o seguinte, primeiro, comemoraremos sua descoberta com isso – mordo sua orelha e viro seu rosto para beijá-la até que ela fique sem fôlego.

Conversamos durante algum tempo, e ela contou que é bibliotecária, mora com seus pais e pretende fazer mais uma faculdade. Falou sobre uma amiga que a ajudou nessa fase complicada, que segurou sua mão na travessia e que a ajudou a descobrir um novo modo de prazer. Tracy é muito divertida, dei boas risadas quando ela contou o conselho da amiga: *"Tracy, vamos deixar o príncipe encantado para outra encarnação, hoje, vamos atrás do Lobo Mau. Ele enxerga melhor, ouve melhor e come melhor"*.

Ela pega o celular e digita alguma coisa. Vira-se para as amigas e diz que tem que encontrar as outras lá no bar. Uma delas sai, retornando logo em seguida. Tracy levanta em um pulo, e começam a conversar animadamente, apontando para mim. Ao olhar para trás, dou de cara com Madison e Alyssa.

Capítulo 12
Noah

Como em um passe de mágica, uma lembrança clareia minha ideia, Madison estava com um cara perto do clube. E nada tira da minha cabeça que o beijo que ela deu foi provocação. Seja como for, vamos provocar a ruiva. Dou meu melhor sorriso para ela e volto a beijar a garota que agora está no meu colo.

Suas amigas, mais que empolgadas, gritam e batem palmas sem parar. Quando volto a olhar para Madison, ela está conversando energeticamente com o dedo em riste no rosto do Benjamin. Dou risada da sua indignação. Essa mulher é quente!

Tracy puxa Madison pelo braço, a aproxima de mim e fala:

— Noah, essa é amiga que contei que me ajudou com conselhos e muita paciência.

Então minha ficha caiu, ela é uma das mulheres desesperadas que Madison aconselha. Olho para a ruiva que está me fuzilando com o olhar, e Tracy continua:

— Madison, esse é...

— Eu sei quem ele é, juiz Noah Lancaster – Madison responde séria.

— Vocês se conhecem? – a garota pergunta com um sorriso luminoso.

— Sim, nos conhecemos e aquela – aponto para Alyssa— é a minha irmã.

— Que legal!

Dois homens desconhecidos chegam por trás de Madison e Alyssa, falam alguma coisa para elas e saem para a pista de dança. Movo Tracy de lugar para ter a visão do que elas irão fazer e, mais uma vez, arrependo-me. Madison estava com uma calça muito justa, como de costume, e uma blusa decotada, dando visão privilegiada dos seios. Rebolava esfregando-se no desgraçado, que exibia um sorriso de orelha a orelha. Lógico, deve estar pensando nas posições que a foderá depois desse inferno.

Olho para Alyssa que já estava aos beijos com o outro. Juro por Deus, se a minha irmã dançar daquela maneira, eu arrebento o cara e a deixo de castigo pelo resto da sua vida! Percebo que a pista de dança não tem só minha atenção, Benjamin e Christopher estão vidrados na mesma direção.

Tracy chama a minha atenção e, em um piscar de olhos, observo a pista e não vejo mais as duas. Procuro, mas não as localizo. Faço gestos para que os dois possam procurá-las e também não as encontram. A morena que está com Benjamin fala que Madison mandou uma mensagem para ela, dizendo que estavam indo para casa.

Era só o que me faltava! Eu vou matar aquela cadela ruiva por colocar minha irmã no mal caminho, sabia que não era uma boa influência para minha maninha. Acho que Alyssa ainda é virgem. Caralho! Tiro o celular do bolso e mando uma mensagem para Aly, dizendo que a encontro em casa em meia hora. Procuro o número do telefone da Madison e encaminho uma mensagem para ela também:

Se acontecer alguma coisa com a minha irmã, eu farei a mesma coisa com você,

Deixe-me ver se entendi... se o cara transar com a sua irmã, você transará comigo?

Não brinque com coisa séria, Madison.

Ai, meu Deus... Você acha que sua irmã ainda é virgem...

Madison!

Dá um tempo, Noah. Sua irmã é adulta e sabe o que faz. Volte para a sua gatinha.

Ficou com ciúmes, ruiva?

Vacas voam, Noah? Então, não. Não fiquei com ciúmes.

Admita, ruiva. Você queria estar no lugar dela. Rebolando no meu colo.

Vai sonhando...

Boa noite, excelência.

Madison Harver, é bom que minha irmã esteja em casa quando eu chegar, daqui a meia hora.

Despeço-me deles, passo no bar, deixo a conta paga e vou embora. Quero Alyssa em casa sã e salva, e não na rua com um pervertido, fazendo Deus sabe o que com a minha irmãzinha. Estaciono o carro na garagem e vejo que o de Alyssa está ali. Respiro aliviado. Nunca tive problemas com a minha irmã, ela sempre foi muito responsável e dedicada, o problema é Madison, ela é uma péssima influência. Só de pensar que ela pode ter falado para minha irmã o que falou para aquela garota já começo a suar frio.

Vou direto para o meu quarto tomar banho, mesmo não sendo fumante, o cheiro impregna a roupa e o cabelo. Tiro o celular do bolso e vejo que já são quatro e meia da manhã. Repasso as mensagens que troquei com Madison e sorrio. Não é à toa que os outros gostam de ficar a sua volta, ela tem algo especial.

Acordo com o meu celular tocando desesperadamente. Encontro-o na mesinha de cabeceira e atendo:

— Alô.

— Bom dia, Bela Adormecida. Pronto para outra noitada? – Benjamin pergunta, rindo.

— Cara, nem acordei ainda. Que horas são?

— Onze horas da manhã.

— Ben, me diz o que você e a Madison discutiram ontem.

— Ela estava inconformada porque estávamos ali. Acusou-nos de persegui-las. Mas convenhamos que foi uma grande coincidência conhecermos justamente as amigas delas - ele limpa a garganta. — A Madison na pista de dança também foi cruel. Se ela fosse uma dançarina do clube, Rebecka triplicaria o faturamento.

— Ela é linda.

— Vou investir nela novamente, aquilo deve ser um furacão na cama.

Minha resposta sai mais rápido do que eu gostaria:

— Fique longe, Benjamin.

— Por quê, Noah? Ela nos contou que vocês tiveram um lance, mas você era comprometido. Até onde sei, você não pode responder por ela.

— O aviso está dado, Ben. Não ouse tocá-la.

— Ciúmes, meritíssimo?

— Vá se foder, babaca.

Ele se despede e desligo. Idiota. Levanto, faço minha higiene e desço para tomar café. Peço para a Martha servi-lo na sala, sento-me no sofá e pego um dos jornais, abro-o. Nesse instante, ouço a porta da frente abrir e Alyssa entrar. Ela vai direto para as escadas e percebo que está com a mesma roupa da noite anterior. Ah, merda!

— Alyssa.

Da escada, ela responde:

— Bom dia, Noah.

— Bom dia nada. Desça aqui - fecho o jornal e espero ela vir, mas não há movimentação alguma.

— Eu vou trocar de...

— Desça aqui agora, Alyssa!

Ela vem e senta à minha frente:

— Qual o problema, Noah?

— Você passou a noite fora? – encaro-a, e ela não se intimida.

— Sim. E antes que você fale qualquer coisa, quero avisá-lo de algo, eu sou adulta!

Martha entra com uma bandeja com o meu café, deixa-a em cima da mesa de centro e se vai.

— Eu vi você saindo da boate com um desconhecido...

Ela ri.

— Não. Você não me viu saindo porque estava com o bico grudado naquela garota que conheceu minutos antes de eu me aproximar com a Madison – Alyssa levanta-se. — Olha, passei a noite fora, quero tomar banho, trocar de roupa. Posso ir?

Aceno que sim. Alcanço a xícara de café e tomo um gole que desce embolado. Alyssa é responsável, jamais cederia às loucuras da Madison, não é? Imagens da ruiva dançando com aquele cara voltam como tsunami, despertando minha ira. Acabo derramando café no meu short, largo a xícara forte demais e quebro uma parte dela.

Subo as escadas de dois em dois degraus, indo direto para o meu quarto. Tiro o short sujo e o jogo no canto, procuro meu celular e o acho em cima do travesseiro. Teclo uma mensagem rapidamente.

Minha irmã dormiu fora de casa, indo contra a minha vontade, Madison. Você sabia disso. Por que insiste em me provocar?

Bom dia para você também, excelência. Novamente isso... Noah, sua irmã é adulta.

Antes que eu pudesse responder, recebo outra mensagem dela:

Você disse que faria comigo
o que fizessem com ela.
A ameaça ainda está de pé? 3:)

Sim, está. E, dependendo
do que aconteceu, posso fazer
pior com você.

Estou ansiosa, excelência.

Não me provoque, ruiva.
O que fizeram com a minha
irmãzinha?

Pergunte a ela, Noah.

Eu vou perguntar,
Madison. E, depois,
acertarei minhas contas
com você.

Venha, meritíssimo ;)

Ela quer jogar? Vamos jogar! Só que, comigo, o jogo é sério. Coloco uma calça jeans, vou até o quarto de Alyssa e bato à porta.

— Está aberta. Entre – ela grita.

— Eu preciso que você me responda, fizeram alguma coisa com você? – pergunto sério, ansioso e irritado. Ansioso porque terei Madison onde sempre a quis, sob mim.

Irritado porque terei que caçar o filho da puta que mexeu com a minha irmã caçula.

Ela revira os olhos.

— Você não vai gostar de ouvir, mas já que está insistindo. Eu tive uma noite maravilhosa, com uma companhia maravilhosa. Olhe para mim? Vê? Minha pele boa, sorriso no rosto, brilho nos olhos...

— Ok! Ok! – falo, levantando as mãos e as levando ao ouvindo. — Foi o suficiente.

— Gente doida – Alyssa fala, fechando a porta.

Desço rapidamente, pego as chaves do carro e saio em velocidade máxima em direção a casa de Madison. Assim que paro no semáforo, alcanço o celular e envio uma mensagem para a ruiva:

Estou chegando. Tire a roupa.

Sua resposta:

Estou à espera.

O sinal abre e piso fundo. Ela não perde por esperar. Vou matar a fome que venho sentindo desde aquele adeus há oito dias, sentir seu gosto, ouvir seus gemidos, enrolar meus dedos naquelas mechas vermelhas.

Estaciono na frente de sua casa, desço do carro e um pensamento cruza minha cabeça. E se o cara de ontem à noite ainda estiver com ela? Dou de ombros e encaminho-me até a porta. Se ele estiver, terá que ir embora. Madison atende a porta e arregala os olhos quando me vê.

— O que está fazendo aqui, Noah?

Ela está linda, com um vestido curto azul, cabelo bagunçado e descalça. Entro sem permissão, fecho a porta e encosto na parede.

— Vim cumprir minha ameaça.

Beijo-a com força, querendo tudo o que ela possa me dar. Minhas mãos passeiam pelo seu corpo, apertando seus seios, descendo até a junção das suas coxas e a fazendo gemer. Sim, isso era o que eu queria ouvir, Madison gemendo por mim e para mim.

Abaixo as alças do seu vestido e os seus fartos seios ficam expostos para minha satisfação. Beijo seu pescoço, dou-lhe pequenas mordidas no caminho até chegar em seu mamilo. Tomo um em minha boca, sugo, mordo, fazendo intumescer. Enquanto minha boca está dando atenção a um, aperto e belisco o outro, alternando entre os dois. Os gemidos dela estão cada vez mais altos.

Não quero a foder aqui, em pé, na porta. Abaixo-me em frente a ela e trago o vestido que estava na cintura junto comigo. Ela levanta os pés para que eu possa tirá-lo. Beijo seus pés, seu joelho, demorando mais tempo em suas coxas. Sua pele é tão branquinha, perfeita...

Viro-a e a visão da calcinha enterrada em sua bunda faz um gemido irromper lá do meu pau, que estava protestando para sair das calças urgentemente. Mordo cada nádega, chupando cada marca que eu deixei, e o ogro que mora dentro de mim comemora ao ver as marcas nela. Subo pela sua espinha, lambendo-a inteira, sua pele arrepia, seu gemido é rouco e o meu desejo é intenso.

Pressiono-a mais uma vez contra a parede, suas costas encostadas ao meu peito, falo em seu ouvido:

— Eu a quero tanto que chega a doer... - meu desejo expresso em palavras sai como um pedido. Ela se movimenta, encaixando-se perfeitamente em meu corpo.

— Então, pegue-me...

Pego-a no colo, subo as escadas e vou em direção ao corredor. Entro no último cômodo, prevendo que seu quarto seja ali por causa da vista para frente. Coloco-a na cama e tiro minha camiseta, abro minha calça sem tirar os olhos dela que, de tão perfeita, parece um anjo. Madison é linda! Seus olhos brilham com luxúria ao ver meu corpo. Ela passa a língua pelos lábios e um gemido rouco escapa de mim.

Não falamos nada, nenhuma palavra é necessária nesse momento. Acredito que, como eu, ela prefira que nossos corpos falem por nós. Lembro-me de ter camisinhas na carteira, alcanço e as jogo em cima da cama ao lado dela, ela pega uma, abre a embalagem e vem até mim. Madison ajoelha-se e toma meu pau em sua boca com maestria, tirando-me do prumo. Ela o lambe, chupa, aperta, fazendo-me louco. E logo que termina seu ataque, coloca o preservativo.

Sorrio.

— Agora é minha vez.

Deito Madison de barriga para cima, beijando-a com volúpia. Desço pelo seu pescoço, junto seus seios e os sugo, seguindo pelo seu estômago, dando atenção ao seu umbigo. Continuo meu caminho até chegar onde desejo estar há algum tempo. Tiro sua calcinha e abro suas pernas, sua abertura rosada dá boas-vindas a mim. Desço minha boca em seu clitóris e o sugo, esperando sentir o néctar que tanto almejo.

Seu cheiro é inebriante e seu gosto é delicioso. Circulo seu nervo sensível, fazendo Madison remexer-se sem parar. Para acalmá-la, beijo suas coxas e mordo-as, marcando-as como minhas. Volto a atacar sua linda boceta, enfiando dois dedos e provocando seu clitóris com a língua.

Quando ela volta a se contorcer e suas paredes internas a contraírem em meus dedos, aumento o ritmo, levando-a ao orgasmo, Madison grita meu nome. Com o dedo indicador e o polegar, abro os grandes lábios e dou-lhe um tapa para que o orgasmo estenda-se por mais tempo.

Vou para cima dela até ficarmos olhos nos olhos e a beijo, enterrando-me nela de uma vez só. Separo minha boca da sua para olhá-la, saber o que se passa com ela através de seus olhos e o que vejo faz com que o ogro dentro de mim urre de prazer, ela é minha! Tiro meu pau de dentro dela e provoco sua abertura, ouço seus gemidos de protesto. Encaro-a.

— Você me provocou, me desafiou e brincou, fez tudo o que quis. Agora, é minha vez de cobrar, senhorita Harver e vou lhe cobrar com juros e correção monetária.

Coloco-a de quatro e fico contemplando seu lindo corpo ao meu desfrute. Sua bunda exuberantemente empinada à minha mercê desperta meus desejos mais insanos. Dou um tapa em uma nádega, depois na outra e, por fim, um em sua abertura, fazendo-a gritar de desejo.

Penetro-a sem piedade, segurando-a pelo seu quadril firmemente. Ela entra no meu ritmo, nos levando para o céu e para o inferno ao mesmo tempo. Com um dedo, massageio sua bunda deliciosa que logo tomarei para mim. Madison geme, pedindo por mais. Penetro-a na bunda com um dedo, e ela enlouquece, entrando em um ritmo frenético, nos levando direto para o abismo.

Mudo-a de posição rapidamente, colocando-a para cavalgar em mim. Tentei trazê-la com cuidado para não machucar, mas Madison estava faminta, sentou sem cerimônia no meu pau e cavalgou lindamente. Seus seios pulando são o paraíso, aperto-os, mordo, chupo e, por fim, os beijo. Entrelaço meus dedos em seus cabelos e trago sua boca para minha. Aumentamos nosso ritmo transloucado e o orgasmo de Madison chega, seu grito de prazer faz com que a minha libertação venha rasgando também.

Sem forças, ela deita sua cabeça em meu ombro, e eu acaricio seu corpo cansado. Sua pele é macia e, mesmo coberta de suor, exala um cheiro delicioso de morangos. Ficamos naquela posição por minutos, horas, não sei... A única coisa que soube foi que aquela mulher poderia desestruturar o meu mundo estrategicamente organizado, coisa que não posso me dar ao luxo de permitir.

Deito-a na cama com cuidado, vou até o banheiro tirar o preservativo e descartá-lo. Volto para o quarto, visto minhas roupas e sento-me ao lado dela. Passo minha mão pelo seu corpo e belisco um de seus mamilos. Meu pau protesta pelo fato de já estar coberto e da minha razão gritar que corremos perigo. Inclino-me e tomo sua boca em um beijo nada casto.

— Obrigado pelos seus serviços, conselheira – falo, rindo.

Vi uma Madison corada empalidecer. Ela se levanta e vai em direção ao banheiro, mas para e volta-se para mim, coloca suas mãos no quadril e fala:

— Você é um cretino filho da puta, juiz Lancaster. Saia da minha casa e não ouse olhar para minha cara nunca mais.

Alguém pode me explicar o que aconteceu? Eu fiz uma brincadeira, não foi ofensivo, pelo menos, não para falar assim comigo. Madison é amargurada, insegura, e eu não tenho tempo para tipos assim.

— Não são suas clientes que precisam de ajuda profissional, você precisa! Quem tem que agradecer aqui é você, porque foi por minha causa que você soube o que é um orgasmo de verdade.

— Você é um idiota arrogante achando que pode tudo, que pode falar como bem entende com as pessoas. Acorde para vida, excelência, não pode! Saia da minha casa agora!

Faço uma mesura.

— Com prazer, senhorita amargurada.

Mal viro as costas e ouço um zunido passar por mim, por instinto, desvio do barulho e logo um objeto estoura na parede. Olho para trás e vejo Madison alcançando outro objeto para atirar. Encaminho-me para a porta e digo antes de fechá-la:

Você precisa de um psiquiatra urgente – logo que fecho a porta, sinto vibrar e ouço algo tilintando no chão. Essa mulher é o cão!

Capítulo 13
Madison

Começar a semana olhando para o Noah de terno com toda pompa e circunstância faz meu sangue ferver de raiva e de tesão. As lembranças da tarde de sábado não saem da minha cabeça, o homem tem um poder avassalador sobre o meu corpo. Ainda sinto seu gosto na minha boca e seu cheiro na minha pele.

Tamanha foi minha surpresa quando o vi na minha porta, eu estava brincando nas mensagens. Depois fiquei pensando, o que Alyssa disse a ele? Porque saímos de lá sozinhas e achei melhor ela dormir na minha casa do que ir para casa de táxi àquela hora. Jamais imaginei que seu irmão fosse cumprir a ameaça, só de lembrar do olhar dele assim que abri a porta minha pele arrepia.

Ainda posso sentir sua boca em mim, sua barba por fazer na minha pele, suas mãos apertando os meus seios. E, a cada vez que penso nisso, fico excitada. Mas a minha excitação acaba quando relembro suas palavras agradecendo-me: *"Obrigado pelos seus serviços, conselheira"*. Isso desperta o *Chuck, boneco assassino*, que há em mim.

Essa é a última semana em que trabalharei aqui, uma parte de mim está dando graças a Deus por estar me afastando, resistir a ele está se tornando cada vez mais difícil. Mas sentirei falta de todos que conheci aqui, o pouco que fiquei com Harriet foi o suficiente para amá-la como a uma tia protetora. É bonito ver como ela cuida do Noah, o carinho que tem ao falar dele.

Quando ele chegou, eu estava ajudando Harriet a organizar sua mesa. Ela ainda sente dores, não pode se movimentar, então fui auxiliá-la. Da mesma maneira que entrou, sentou e começou a trabalhar, ignorando quem estava a sua volta, ou seja, eu. Isso me incomodou, não sei por que, mas incomodou. Saí da sala irritada, quem ele pensa que é para me ignorar assim? Nem parece que me comeu há dois dias. Sorrio ao lembrar... e, em seguida, o *Chuck* se manifesta. Balanço a cabeça e volto para minhas funções.

Depois de algum tempo, o telefone toca e Harriet pede que eu vá até a sala do juiz. Respiro fundo algumas vezes e vou. Mal entro na sala e ouço Noah falar meu nome.

— Madison.

— Você é um homem inteligente, senhor juiz - fala Harriet. — Essa é a última semana da Madison aqui na Corte, assim poderemos fechar sua estadia com chave de ouro.

— Ela estava cumprindo pena, Harriet.

A senhora olha para ele com um sorriso irônico. E eu ali, sem entender absolutamente nada.

— Sei, seja como for... - ela volta-se para mim. — Madison, Noah será homenageado em Boston no sábado à noite e terá dois compromissos na quinta e sexta-feira. Você viajará como assistente para ajudá-lo com a agenda e acompanhá-lo no jantar de gala. Então, arrume um vestido.

Isso não vai dar certo! A última vez em que nos encontramos quebrei dois vasos tentando acertá-lo e, se ele ousar falar besteira novamente, uso o que tiver a mão. Olho-o com sangue nos olhos.

— A ideia não foi minha - ele volta sua atenção para o computador e continua a falar com sarcasmo. — Eu não seria idiota a ponto de levá-la por vontade própria, senhorita Harver.

Que idiota!

— Eu sei disso, senhor juiz. Coragem é um acessório que não usa com frequência. Carly não vai gostar e...

Noah aponta a mão para mim e fala com Harriet:

— Entendeu por que não é uma boa ideia? Isso não vai dar certo. E Carly é notícia velha.

Respondo na mesma hora:

— Concordo com o todo poderoso, isso não dará certo.

Harriet dá de ombros.

— Só não se matem em Boston, estou impossibilitada de viajar e não poderei ir ao enterro.

— Sim, senhora.

Perco-me no olhar de Noah, lembrando-me do que aconteceu aquele dia e o quanto gostei de tudo... de como gostei do seu sabor. Pelo seu jeito, tenho certeza de que as lembranças também passeiam em sua cabeça. Ele é muito cara de pau mesmo, não respeita a presença de uma senhora de idade, dando um sorriso demoníaco e passando a língua sobre os dentes para lembrar-me das mordidas que estão roxas e deliciosamente doloridas.

Quer brincar, excelência? Então, vamos brincar direito! Cerro meu olhar e coloco a caneta na boca, movimentando-a, dando a impressão de que chupo. Seu sorriso desaparece. *Touché,* babaca!

Acompanho Harriet até a outra sala, ela senta-se na cadeira que fica de frente para a mesa. Fico sem graça com o seu olhar analítico em minha direção.

— Algum problema, Harriet?

— Você e Noah acham que eu sou uma velha tapada – ela balança a cabeça. — A tensão sexual entre vocês é tão intensa que até eu senti.

Coloco a mão na boca e meu rosto esquenta novamente.

— Que velha assanhada – falo, rindo. — Mas não vamos exagerar...

— Fico muito feliz que vocês tenham se encontrado nessa vida.

— Harriet, ele é comprometido e, pelo que vi naquela festa, eles são almas gêmeas.

Ela sorri.

— Jovens... Nem tudo o que parecer ser realmente é. Sabe, muitas pessoas passam pela vida sem ter oportunidade de usufruírem de seus amores. Aproveitem!

A mulher já está falando de amor. Mudo de assunto rapidamente para tirarmos o foco de mim, mas minha cabeça continua naquele sorriso descarado. As mordidas que ele deu na minha bunda estão roxas e, dependendo de como sento, doem. E, por mais que negue, eu as adoro. Adoro Noah. Que merda, não é?

O dia passou em um piscar de olhos. Saí do gabinete e fui direto para o clube. Rebecka mandou uma mensagem, dizendo que tem algo de importante para conversar comigo. Só espero que não seja problema. Bom, partindo da ideia de que estou envolvida, é confusão na certa!

Troco de roupa e vou a sala dela, a porta está aberta e vejo os meninos lá dentro. Já benzo-me antes, porque a coisa é mais séria do que eu imaginava. Bato à porta que já está aberta e todos olham em minha direção.

— Entre, Mad – Rebecka me chama sorridente.

Entro e fico de frente para eles e Rebecka, uma das poucas mulheres imponentes que conheço. Aqueles três homens de terno, sentados um ao lado do outro, fazem qualquer mulher pirar. Nem a Madre Tereza escaparia de molhar a calcinha.

— Em que posso ajudá-los, senhores? – pergunto com o coração dançando o chá-chá-chá no peito.

Rebecka levanta-se e vem até mim. Isso está muito estranho...

— Agora, você faz parte do conselho do *Secret Garden*.

Ben aponta para uma cadeira entre ele e Noah.

— Sente-se na sua cadeira de conselheira, ruiva.

— Rebecka comanda o clube sozinha há anos – Chris fala, olhando para mim— e nós só estamos aqui para auxiliá-la. Mas você faz muito mais, lida com as meninas, todos a respeitam e, principalmente, pode dividir as responsabilidades com a Rebecka. Espero que aceite, Madison, porque nós estamos honrados de tê-la conosco.

Aceno que sim, e Noah fala:

— Esperamos que entenda a seriedade disso, senhorita Harver. Jamais cogitamos colocar mais alguém entre nós, você foi a única exceção.

— Sem palavras... Obrigada...

Chris e Benjamin abraçam-me, dando-me as boas-vindas. E quando é a vez de Noah, o desgraçado enlaça minha cintura e puxa-me para si. Nessa posição, ninguém pode ver o que ele está fazendo, passando seus polegares pela lateral dos meus seios, mordendo meu ombro. Filho da...

Com a mistura de tesão e raiva somada ao jeito bruto e ao perfume desse homem fico tonta, tendo que firmar com a ajuda do seu braço. Todos voltam a falar e minha imaginação vai longe. Na verdade, não tão longe assim, vai até ele jogando-me em cima dessa mesa, levantando minha saia, rasgando minha camisa, mordendo...

— Madison? Está tudo bem? – olho na direção da voz e vejo que é a Rebecka quem me chama.

— Está? Está. Eu acho – caio na besteira de olhar para Noah, que está com aquele sorriso de triunfo nos lábios. Imbecil. — Lembrei que na quinta-feira viajarei a trabalho com o juiz Lancaster e tenho meu compromisso aqui...

Os três olham para Noah com expressão curiosa.

— Na verdade, viajaremos na quarta-feira à noite. Terei compromissos em Boston e serei homenageado, nem Harriet e nem Alyssa podem ir. Eu preciso que alguém me auxilie, era Madison ou Robbie.

Ben chacoalha-se como se estivesse com frio e faz o sinal da cruz.

— Ninguém merece a Robbie – ele olha para mim. — Para mim, ela é a reencarnação da *Anabelle*.

— Meu Deus. O que vocês falam de mim? – pergunto.

— Que você é gostosa... – Christopher é o primeiro a falar:

— Que, de biquíni, você fica mais gostosa... – Benjamin o interrompe.

— Que é linda... – Chris fala, colocando uma mecha de cabelo atrás da minha orelha e continua— Que é igual a Jéssica Rabbit...

Benjamin também se aproxima, dá um beijo no meu pescoço e fala com aquele jeito sexy:

— Que você é o sonho de consumo de qualquer homem.

Noah tira os dois de cima de mim e os joga longe, aproxima-se, colando seu corpo ao meu.

— Eu falo que fiz a conselheira das mulheres desesperadas gritar meu nome enquanto gozava.

Noah, apesar de ser um gentleman a maior parte do tempo, às vezes, erra feio, ficando pior que um ogro.

— Sou uma ótima atriz, não sou? *Ah, Noah... Oh, my God... Ah... Uh...* – faço uma mesura e os outros caem na gargalhada. — Bom, senhores, a conversa está ótima, mas tenho que trabalhar. Com licença – saio quase correndo do escritório da Rebecka e volto para os meus afazeres.

Os dois dias que se seguiram foram puxados. Harriet ainda não está totalmente recuperada do procedimento cirúrgico que fez, então prefiro que ela fique quietinha, e eu cuido do resto. Na quarta-feira à tarde, ela me liberou para que eu pudesse dar um tapa no visual, unhas, cabelos, depilação. Vai que tem uma piscina, não é? Não vou colocar um biquíni parecendo a Chita irlandesa.

No final da tarde, um carro veio me buscar para levar-me até o aeroporto. A cara do Noah a hora que me viu andando em sua direção com aquele vestido e levando a atenção de todos comigo foi impagável.

O vestido é verde-escuro e extremamente justo. A parte de cima é de renda com um decote extravagante, se não tomar cuidado, meus seios de atriz pornô aparecem, o forro parece minha pele. A saia do vestido é modelo lápis, de um tecido que se ajusta muito bem ao corpo. A hora que bati os olhos nele soube que tinha que ser meu e o comprei. Para os pés, optei por um *Peep Toe* preto, e a composição deixou-me sexy.

Eu estava me achando a *Angelina Jolie* no tapete vermelho, caminhando pelo aeroporto, até acenei para algumas pessoas que eu não conhecia, só para causar alvoroço com o juiz à minha frente. Noah ficou possesso.

— Boa noite, excelência.

— Boa noite, o cacete – ele fala entre os dentes. — Onde você pensa que vai com esse vestido?

— Vou viajar com o meu chefinho – passo as mãos pelo terno dele e faço cara de gatinha manhosa.

Ele passa a mão pelos cabelos e suspira... suspira não, bufa! Tira seu terno e coloca sobre meus ombros.

— Já estão anunciando nosso voo.

Caminhamos lado a lado até o avião e, como ele é um juiz importante, fomos escoltados todo o tempo. Meu caminhar era tão rebolado que parecia aquelas mulatas brasileiras gostosonas desfilando no carnaval. A cada dois passos, Noah afrouxava a gravata, e eu ria.

Passamos o voo inteiro em silêncio. Enquanto ele trabalhava em seu notebook, eu fazia anotações das melhorias que devemos fazer no *Secret Garden*. Uma hora ou outra olhava seu perfil, não sei como pode ser tão bonito, não, é mais que isso, Noah tem esse jeito "homão". É um bálsamo encontrar um tipo desses na era do metrossexualismo, em que os homens demoram mais para se arrumar que as mulheres.

Quando desembarcamos, já havia carros à espera na pista. Fomos levados até um hotel maravilhoso e ficamos em suítes de frente uma para outra. Assim que fecho a porta, corro para tirar o vestido. Ninguém falou que dá trabalho ficar gostosa, chegou a me faltar ar enquanto estávamos no avião. Teve uma hora que vi estrelas, levantei-me e fui ao banheiro para o sangue poder circular.

Depois de tomar um banho e ficar à vontade, peço o jantar no quarto e abro meu computador para responder meus e-mails. Tinha dado uma acalmada sobre o aconselhamento, não estava mais aceitando ajudar ninguém, mas preciso preencher meu tempo ocioso e dar minha contribuição para o mundo. Ajudar essas meninas a se encontrarem não tem preço.

Aquele dia na boate, fiquei tão feliz por Tracy e a odiei na mesma intensidade. Se fosse em outra época, ela nunca o teria abordado e, quando conversassem, Tracy já teria fantasiado todo seu futuro. Estou orgulhosa dela por se abrir para o mundo e ter novas experiências. Também a odiei por escolher logo aquele inútil para colocar suas garras. Vou até o espelho do banheiro e vejo as suas marcas em mim. Sorrio ao lembrar do tesão que essas picadas de dor fizeram-me sentir.

De volta ao quarto, deito na cama e respondo meu primeiro e-mail.

---

de: becky@igmail.com
para:madison@igmail.com
data: 10 de fevereiro de 2017 21:00
assunto: Namorado

Madison,

Quero pedir desculpas pelo nosso último encontro. Na hora, fiquei indignada por você ter falado daquela maneira do meu namorado. Na minha cabeça, ele só precisava de um empurrão para assumir nosso compromisso. Desde então, venho pensando em tudo que falou e acho que está certa. Agora, mais do que nunca, preciso da sua ajuda. Por favor...

Becky.

Uma das meninas do clube me apresentou a Becky, dizendo que ela precisava de alguns conselhos. Segundo a amiga, ela estava tão iludida que deixou de estudar, de ter uma vida social, só para esperar por aquele namorado que aparecia quando queria. Saímos para tomar um café, e ela me contou que preferia ficar em casa a disposição dele, porque ele era sua vida e, a todo momento, olhava o celular para ver se ele tinha ligado ou mandado mensagem. Então, eu disse a ela que isso não estava certo, que ela não poderia ficar à espera de alguém que não se importa o suficiente para estar com ela. A mulher surtou.

---

de: madison@igmail.com
para:becky@igmail
data: 10 de fevereiro de 2017 21:10
assunto: RE: Namorado

Olá, Becky,

Nunca foi minha intenção atrapalhar o seu relacionamento. O que eu queria era mostrar-lhe que, enquanto você espera, sua vida está passando diante dos seus olhos. Você é uma mulher muito interessante e inteligente, não desperdice isso, descubra algo que lhe dá prazer e dedique-se a isso. Não espere os anos passarem, no futuro irá, se arrepender das oportunidades perdidas.

Se você quer esperar que ele tome sua decisão, espere. Não compete a mim dizer-lhe o que tem que fazer referente a isso. Como sua amiga, meu papel é fazer com que você movimente sua vida enquanto espera. Se lá na frente não der certo com ele, pelo menos, sua vida rodou, você fez algo para se orgulhar.

Mais uma coisa, quando amamos, não precisamos de empurrões, pelo contrário, somos precipitados até demais.

Fique bem,
Madison.

O segundo e-mail é ainda mais preocupante, a Mandy está triste porque as amigas são contra o namoro, dizem a ela que o cara não a ama. Mas, em seguida, ela diz que ele ama, sim, só que a vida dele é complicada. E, mesmo assim, o amor dela é suficiente para ambos. As pessoas exigem demais da bondade dele, e ela entende isso. De vez em quando, ele some, não dá notícias, mas ela sabe que a família pode ser sufocante, querendo ele só para eles. Meu Deus, quanta ilusão em uma pessoa só.

---

de: madison@igmail.com
para: mandy@igmail.com
data: 12 de fevereiro 2017 18:25
assunto: Namorado

Boa noite, Mandy!

Já parou para pensar por que a opinião das suas amigas é tão importante para você? Bom, a opinião delas mexeu com você, porque no fundo sabemos que há algo que não se encaixa nessa história, não é? Lembre-se que só podemos fazer o outro feliz quando estamos felizes, e não sermos felizes só quando o outro está por perto.

Relacionamento é algo delicado e requer dedicação de ambas as partes. Pense e repense, não basta que um ame, que apenas um se dedique. Não basta! Mas, enquanto ele está resolvendo os problemas dele, por que você não se dedica a si mesma? Vá a um salão de beleza, arrume o cabelo, faça as unhas. Saia com suas amigas, viva! Assim, você mostra a elas que, mesmo em relacionamento, você não deixou de ser quem é.

Talvez, a chave para um bom relacionamento esteja em quanto nos dedicamos a nós mesmas. Isso não é egoísmo, de maneira alguma. É que só podemos viver plenamente quando estamos bem por dentro. E, lá dentro, somente nós temos o poder de mudar.

Atenciosamente,
Madison.

Li e respondi mais três ou quatro e-mails. Mexo o pescoço, mudo de posição e chega mais um e-mail. Penso em não abrir, mas a hora que vejo o remetente, sorrio. É da Cheryl.

---

de: cheryl@igmail.com
para:madison@igmail.com
data: 12 de fevereiro 2017 18:50
assunto:

Olá Madison,

Como está? Espero que esteja bem. Hoje, eu estou aqui por uma coisa diferente, vim para lhe agradecer.

Há muitos meses, eu me encontrava no fundo do poço e não via saída. Estava há dias sem sair de casa, ia somente ao terapeuta, porque me obrigaram. Minha melhor amiga tinha se mudado para Nova York, fazendo esses dias ainda mais dolorosos. Eu, realmente, tinha entregado o jogo.

Então, um dia, ela me ligou muito preocupada e disse que havia alguém que gostaria que eu conhecesse, uma amiga que tinha um modo diferente de ver a vida e que, talvez, isso me fizesse bem. E obrigou-me a mandar um e-mail para essa desconhecida. Mandei... Lembro que eu disse que era gorda, feia e desprezível. Sua resposta foi um choque: "Minha filha, se pensa assim de si mesma, passe seu endereço que mando a navalha".

Primeiro, você fez com que eu reagisse a alguma coisa. Depois, foi trabalhando minha autoestima. Fez coisas por mim em oito dias com seus conselhos nada ortodoxos que terapeuta nenhum fez em cinco meses, como ver filmes pornôs de gordinhas, entrar em grupos de redes sociais de pessoas que gostam de tamanhos grandes. E nessas aventuras, conheci mulheres que se orgulham de quem são e são plenas como são. Elas não se importam com seus tamanhos, e sim em zelar o seu caráter.

Lembro quando você disse: "Você prefere se relacionar com pessoas que classificam outras pela estética? Eu prefiro as que classificam pelo caráter!" Eu adotei isso para mim desde aquele dia. E as fotos? Imagina minha surpresa quando recebi uma ligação de uma agência de modelos Plus Size para fazer uma sessão de fotos. Você fez isso acontecer, Madison. E hoje estou aqui para agradecê-la. Agradecer por tudo o que fez por mim, mesmo sem me conhecer e ganhar nada em troca.

Hoje, quero seu endereço para enviar o convite do meu casamento. Faço questão de tê-la aqui e de abraçá-la fortemente, olhar em seus olhos e agradecer por tudo. Você devolveu minha vontade de viver, me fez enxergar que sou bonita, me ajudou a entender que sou forte. Oro a Deus todos os dias e peço que a proteja, porque anjos como você são raros. O mundo precisa de mais Madisons.

Obrigada. Obrigada. Obrigada

Beijos,

Cheryl.

Choro compulsivamente. Esse tipo de coisa não tem preço. Saber que fiz a diferença no mundo, que faço bem para alguém, faz-me sentir menos indesejada. Desde que meus pais me deserdaram, venho convivendo com a sensação de rejeição e isso não é fácil, dói muito.

Fecho o computador e fico ali, no escuro, chorando sozinha. Cada vez que recebo um agradecimento fico assim, deprimida. Luto para tirar esse sentimento triste que me persegue, afinal, meu próprio sangue me renegou. E a pergunta, *por que sou assim?*, ronda minha cabeça dia e noite. O que Noah falou outro dia ainda martela, que esse aconselhamento parece mais uma vingança pessoal. Será que sou tão mesquinha assim?

Fico ali quietinha por um bom tempo e me dou conta de que não repassei a agenda do Noah de amanhã. Levanto, tropeçando em alguma coisa e acendo a luz. Vou para o banheiro dar um jeito nesse rosto inchado e pálido. Quando volto a me sentir uma pessoa normal, ligo para a suíte do juiz.

— Oi – sua voz é sexy. Isso no ouvido faz um estrago no psicológico da gente.

— Desculpe incomodar, Noah. Esqueci de passar seus horários de amanhã.

— E você lembrou disso só agora? – lógico que ele vai encrencar.

— Eu estava ocupada.

— Sua única ocupação no momento, Madison, deveria ser eu.

Ele cansa minha beleza.

— A uma hora da tarde, um carro virá para levá-lo a Universidade onde fará a palestra. Logo mais, jantará com os magistrados de Boston aqui mesmo no hotel. Depois, estará livre. Só não esqueça que na sexta-feira sua palestra será pela manhã, às dez horas para ser exata.

— Nos levará, jantaremos e estaremos...

Falou grego agora. Não entendi bulhufas.

— Não entendi, Noah.

— O carro nos levará, jantaremos com os magistrados e estaremos livres. Onde eu vou, você também irá. Se eu tenho que jantar, você também terá. Se eu correr, você também correrá...

— E se você se foder?

— Ninguém me fode, mas posso foder você – ele fala um tom mais baixo que antes, fazendo-me molhar a calcinha.

— Você não colocará suas mãos em mim nunca mais – falo.

Ele respira.

— Desde que eu coloque o pau, as mãos podem ficar longe.

Começo a rir e engasgo-me.

— Ah, excelência. Já tinha esquecido de como é romântico.

— Posso ser mais romântico, ruiva.

Já estou enrolando o fio do telefone no dedo, desesperada pelo desejo. Essa conversa no ouvido, com essa voz, está me deixando louca.

— Não sei... - digo com vozinha de gatinha manhosa e fazendo doce. Eu sei que é patético, mas os homens gostam, e eu gosto desse ho... *Fale que isso não saiu de mim, por favor.* Fecho os olhos e dou um tapa na minha testa. Estou ferrada. — Boa noite, Noah.

— Boa noite, Madison. Durma com os anjos e sonhe comigo.

— Diga-me uma coisa, as meninas caem nessa firula barata?

Ele ri, e eu sorrio em resposta. Noah é simplesmente adorável.

— Realmente, não preciso falar para sonharem comigo, é certo que irão. Ainda mais, se já passaram pelas minhas mãos. Boa noite, senhorita Harver.

— Boa noite, excelência.

Desligo o telefone e fico pensando. E agora? Como vou dormir? Bom, eu poderia bater na porta dele e pedir açúcar emprestado. Ele nem vai se dar conta de que estamos em um hotel. Com toda essa conversa com o Noah, até esqueci da tristeza que estava me massacrando. É isso que gosto nele, me faz esquecer aquilo que não é bom. Cubro-me e o cansaço vence.

Capítulo 14
Madison

Ouço uma música estridente e chata perfurando os meus tímpanos e acabando com meu sono da beleza. Abro os olhos e me dou conta de que é o despertador do meu celular.

Levanto-me, faço minha higiene e coloco um vestido de mangas compridas para descer e tomar café. Será que devo ligar para o Noah? Acho melhor não. Ele deve estar revisando a palestra que dará mais tarde.

Faço meu caminho pelo hotel e vou até o salão principal para tomar café, estou faminta. Subo novamente e mando um e-mail a Rebecka com cópia para os outros conselheiros sobre as melhorias no clube que anotei. Contestei e-mails da Harriet, Alyssa e respondi em agradecimento a Cheryl. A hora passa e, na distração, assusto-me com o toque do telefone do quarto.

— Oi.

— Bom dia, Madison. Quer almoçar comigo?

— Adoraria, Noah.

— Ótimo. Espero você na porta do quarto em dez minutos. E, pelo horário, acredito que não dará tempo de subirmos para nos arrumarmos novamente.

— Ok.

Para acompanhá-lo nessa palestra, trouxe um terninho cinturado preto com detalhes nos bolsos em vermelho. Uma calça preta de alfaiataria de cintura alta também na cor preta e uma camisa transparente sobre um top, ambas as peças em vermelho. Um *scarpin* preto com solado vermelho completa minha roupa de trabalho. Os cabelos arrumo de forma que parte dele fique presa para trás e o resto solta. Aplico uma maquiagem leve, lápis somente para marcar e rímel para dar uma ajeitada; um *gloss* para não ficar com lábios ressecados e estou pronta!

Pego minha bolsa, coloco meu estojo com itens de higiene e saio da suíte dando de cara com o Noah e seu sorriso encantador. Descemos escoltados pelos seguranças, até agora não entendi por que o acompanham. Na casa dele tem vários, mas nenhum anda com ele, pelo menos, não que eu tenha visto. Quando eles estão no clube, a segurança é mais cautelosa também e, dependendo do dia, Rebecka chama os que estão de folga para trabalharem.

Fiz a besteira de olhá-lo e vi que me encarava com um sorriso perverso. Ele passou a língua sobre os dentes e um calafrio percorreu meu corpo. Esse homem será minha desgraça. Assim que as portas abrem, saio rapidamente para respirar direito. Acabei de me dar conta de que Noah mexe comigo muito mais do que deveria e isso me assustou para caralho.

Sentamos à mesa mais reservada do salão e fizemos nosso pedido. Olho para todos os lugares, menos para ele. Sei lá, tenho receio de que ele veja que estou louca por ele e acabe rejeitando-me ou pior, deboche, como sempre faz. Se o deboche fosse há vinte minutos, não me atingiria. Pelo contrário, só faria minha diversão. Mas, agora, não mais. Não vindo dele.

— Algum problema, Madison? Está calada.

Dou meu melhor sorriso amarelo.

— Não é nada...

— Quero agradecê-la pelos dias trabalhados na Corte. Você me surpreendeu - não, *baby*. Quem me surpreendeu agora foi você!

— Não precisa agradecer. Como você disse outro dia, eu estava cumprindo a...

Ele levanta a mão interrompendo-me.

— Mesmo assim. Poderia ter dificultado as coisas e ter feito da minha vida um inferno, mas não fez. Pelo contrário, foi dedicada e alegrou meus dias de várias maneiras - o safado pisca para mim. Certo, cansei de disfarçar, já pode me jogar na mesa, rasgar minha roupa e mandar ver, bonitão.

— Obrigada por tudo, Noah. Eu adorei trabalhar com vo... todos.

Ele sorri. Ele me desarma. Ele me devasta... Fodeu!

Terminamos nosso almoço em cima da hora de ir para o local da palestra. No caminho, enquanto Noah estava concentrado em seus papéis, meu pensamento foi até Cheryl e, dessa vez, consegui sorrir com a sua vitória. Ela merece, aliás, todas merecem seu "felizes para sempre".

O auditório principal de Harvard estava completamente lotado, acredito que sejam, maioritariamente, estudantes de Direito a fim de prestigiar o ilustre juiz Noah Lancaster. Fui escoltada até a primeira fileira e ele, até o palco. Assim que subiu os degraus, todo o lugar começou a aplaudi-lo de pé. Meu coração transbordou de tanto orgulho.

Primeiro, o reitor falou e logo passou o microfone para Noah, que começou seu belo discurso sobre a responsabilidade da sociedade em combater a violência. Foram duas horas debatendo o papel de cada um na luta contra o crime, contra a violência doméstica, a parte mais tensa foi referente ao porte de armas, Noah é, veementemente, contra.

No final, Noah foi ovacionado pela sua convicção e compromisso com a sociedade. Há muito tempo não via alguém falar com tanta paixão sobre seu trabalho. Todos queriam cumprimentá-lo, tirar fotos ao seu lado e foi aí que entendi os seguranças. Fiquei sentadinha na minha, só observando de longe.

Depois de algum tempo, ele já havia descido do palco, mas as pessoas ainda o cercavam. Seu olhar encontrou o meu e seu sorriso aqueceu meu coração. Cumprimentei-o de longe, somente movimentando a boca, sem emitir som, "parabéns". Noah deixou todos de lado e veio em minha direção.

— Está tudo bem? Cuidaram bem de você?

A equipe responsável pela visita, que não desgrudava do nosso pé nem por um minuto, respondeu por mim. Meu telefone tocou na mesma hora em que ele se virou para falar com alguém, ficando de costas para mim, mas segurando meu dedo. Atendo Alyssa empolgada até...

— Madison? Não acredito.

Viro-me na direção da voz e quem não acredita sou eu. Laurine, a prima cadela do Frederick que peguei transando com ele na nossa casa. Desligo o telefone sem me despedir e solto a mão do Noah. Tento manter a calma, mas todo o meu passado volta como uma enxurrada, levando meu bom humor embora.

— Laurine, como está? – pergunto sem graça.

— Estou muito bem – ela mostra-me sua aliança de casamento. — Casei com Dereck. Ele é advogado aqui em Boston, trabalha em uma das firmas mais importantes daqui.

Ela consegue ser ainda mais ridícula que antes: seu cabelo loiro preso como o da minha vó, uma roupa reta muito parecida com as da minha mãe, isso tudo para cobrir seu passado negro e seu caráter sem-vergonha. Um cara alto, magro e desengonçado aproxima-se de nós. Laurine fala:

— Querido, essa é Madison Harver. Madison, esse é o meu marido, doutor Dereck McRoy.

— Muito prazer – cumprimento o pobre coitado.

— O prazer é meu, Madison. De onde vocês se conhecem? – ele pergunta a esposa.

— Lembra daquela história que contei sobre a noiva do Fred, meu primo, que surtou? Então, é ela! – a filha da puta fala na maior cara de pau apontando para mim.

— Surtei depois que peguei ele na nossa cama me traindo – falo, olhando para a cadela que empalidece.

Então, ela solta a bomba que acaba com o meu dia.

— Você soube do seu pai? Ah, desculpe, esqueci que vocês não têm mais contato. Bom, seu pai teve um infarto há pouco mais de um mês.

Naquele exato momento, meu mundo começa a ruir. Noah vira-se e passa seu braço pela minha cintura, olhando-me preocupado.

— O que houve, Madison? – ele pergunta. Depois, olha para o casal à minha frente, volta-se para mim e acaricia meu rosto com as costas do dedo indicador. — Está pálida.

Fecho os olhos para recuperar a compostura.

— Noah, esses são Laurine e o seu marido Dereck...

— Doutor Dereck. Ele é advogado em uma das maiores firmas de Boston – a palhaça me interrompe.

O marido dela estende a mão para Noah maravilhado. Dereck olhava para ele como se fosse seu ídolo.

— Meritíssimo Noah Lancaster. Meu Deus, é uma honra conhecê-lo. Venho lutando para conseguir participar de uma de suas palestras. Consegui hoje na última hora por desistência de alguém.

Noah aperta a mão dele, sorri e olha para mim com curiosidade.

— Laurine é a prima do meu ex-noivo – ele não entende na hora, fica olhando-me como se quisesse mais informações. Então, a ficha cai, e ele sorri. Beija a minha cabeça e aperta minha cintura.

O marido dela não para de falar:

— O valor do jantar da homenagem é caríssimo, mesmo assim, Laurine e eu conversamos e decidimos que esvaziar nossa poupança para ir era um bom negócio. Mas a fila de espera é enorme.

— Podemos resolver isso. Afinal, amigos da minha mulher são meus amigos também – ele faz sinal para o cara que é responsável por conseguir o que Noah quiser. Gente rica é outro nível. — Encaixe-os na minha mesa sábado à noite.

O cara fica sem jeito e afirma:

— Impossível, excelência. Talvez em alguma mesa ao lado, pode ser?

Noah sorri.

— Pode, sim. Obrigado. Agora, se vocês nos dão licença, temos muitos compromissos e queremos descansar um pouco. Foi um prazer conhecê-los.

Noah leva-me para longe antes que eu pudesse me despedir, mas eu queria voltar, queria saber do meu pai. E as lágrimas caem, muitas delas, e junto vai o meu autocontrole. Noah abraça-me forte, o carro surge do nada para nos tirar dali. Ele senta ao meu lado e aperta-me forte, como se pudesse me proteger do que estava acontecendo.

— Madison, eu preciso saber o que está acontecendo, anjo. Por favor, Mad, diga-me.

— Me-meu p-pai...

Ele abraça-me mais forte e passa sua mão pelas minhas costas na tentativa de me acalmar. Aos poucos, minhas lágrimas vão cessando. Noah acaricia meus cabelos, beija minha cabeça e espera até que eu tenha condição de falar.

— Está melhor? – pergunta.

Limpo meu rosto com o lenço que ele me oferece.

— Obrigada e desculpe-me pelo show. Laurine me contou que o meu pai teve um infarto há pouco tempo – nesse momento, sinto-me perdida, sozinha. Olho para a paisagem que passa rapidamente pela janela do carro.

— Chris, eu preciso de informações sobre uma pessoa – volto-me para Noah que está no celular. — Como sua equipe é mais rápida que a minha e você tem bons contatos, preciso que faça isso por mim. Quero saber o estado de saúde do pai da Madison – ele olha para mim. — Como é nome completo dele, Mad?

— Harry Harver.

— Chris, Harry Harver. Ok. Fico te devendo essa, cara.

Assim que ele desliga, abraço-o forte.

— Obrigada!

— Não tem por que agradecer – ele seca as lágrimas remanescentes no meu rosto. — Eu nunca gostei de ver uma mulher chorar. E ver a sua tristeza, Madison, me fez ficar desesperado.

O resto do trajeto percorremos em silêncio, mas ele não soltou minha mão nem por um minuto. Subimos em direção às suítes, estava indo em direção a minha, mas ele puxou-me para dele.

— Não vai ficar sozinha, Madison – Noah olha em seu relógio. — Temos mais duas horas até o jantar. Venha, vamos descansar.

Entramos em sua suíte, e ele já vai tirando seu terno e abrindo a camisa. Desvio meu olhar do seu corpo e tiro meu terninho, abro dois botões da minha camisa e sento na cama. Noah vem em minha direção apenas de calça e meu desejo acorda, gritando por ele. Tento manter a compostura, pego controle da televisão e o filme que está passando não ajuda.

Ele puxa-me pela mão e, quando estou de pé, Noah abre os botões restantes da minha camisa, jogando-a de lado e deixando-me apenas com o top. Abaixa-se, tira os meus sapatos e beija cada pé. Por fim, tira minha calça e a põe perto da camisa. Coloca as cobertas para trás, aponta para que eu deite e cobre-me.

Ele deita-se ao meu lado, mas por cima da coberta e coloca uma mecha de cabelo atrás da minha orelha. Seus gestos não têm nada de sexual, o que é uma pena. Seu carinho e cuidado nesse momento estão mexendo muito comigo, fazendo-me sentir coisas que eu não queria, não deveria... Como se pudesse ler meus pensamentos, ele fala:

— Eu queria muito estar dentro de você. Acho que nunca quis tanto alguma coisa como quero isso. Mas não seria certo, ruiva. Você ficou abalada com a notícia do seu pai e grata por eu ter falado com o Chris. Não quero aproveitar-me da sua fragilidade e, muito menos, quero que faça sexo comigo por gratidão. Se depois de tudo, você ainda quiser ficar comigo, estarei aqui esperando.

— Como você pode ser tão perfeito, Noah? - traço seus lábios com o polegar.

— Sou mesmo, não é? Meus pais têm grande participação nisso - ele fala, rindo. — Descanse, princesa - o celular dele toca, ele alcança e atende. — Fale, Chris. Sim. Certo. Poderia repetir tudo a ela? Obrigado, irmão.

Noah passa seu telefone para mim.

— Oi, Chris...

— Oi, princesa. Como está?

— Bem...

— Madison, o seu pai sofreu um leve infarto há dois meses. Passou por uma cirurgia que foi bem-sucedida, sua recuperação foi impressionante. Foi para casa logo em seguida, e a equipe que esteve lá disse que ele está muito bem, sem sequelas.

Solto a respiração, sentindo-me aliviada e as lágrimas voltam a correr.

Obrigada, Chris. Não sei o que posso fazer para compensá-lo... – um soluço escapa.

— Basta ficar bem e parar de chorar. Consegue fazer isso por mim?

— Sim... – como esse homem com cara de mal pode ser tão doce?

— Noah vai cuidar de você. Fique bem, princesa.

— Obrigada. Beijos.

Desligo e passo o celular para Noah, que vira-me de costas e encaixa meu corpo ao seu, passa seu braço pela minha cintura e beija meu cabelo.

— Durma, Madison. Descanse.

Eu nunca me senti tão protegida, tão cuidada. Não lembro do dia em que alguém fez algo assim somente por ser meu amigo. Adormeci com um pensamento: nos braços de Noah, sinto-me em casa.

Acordo me sentindo maravilhosamente bem e sou presenteada com a visão do Noah de cabelos molhados, enrolado na toalha, vendo a vista da cidade. Eu poderia contemplá-lo para sempre. Levanto, alcanço a minha calça e a coloco.

— Não vi você acordar. Como se sente? – ele fala, vindo em minha direção.

— Estou bem. Obrigada por tudo o que fez por mim - aponto para a porta, sem jeito. — Eu vou indo, tenho que me arrumar para o jantar.

Ele olha no celular e fala:

— Você ainda tem quarenta minutos.

Ele aproxima-se, passa seus braços pela minha cintura, puxando-me para si. Automaticamente, enrolo meus braços em seu pescoço e o beijo. Sinto seu membro endurecer por baixo da toalha e o meu desejo aumenta. E a realidade que é uma cadela bate em minha cara. Desvencilho-me de Noah.

— Desculpa, Noah. É que...

— É que...

Viro-me, pegando minhas roupas e falo:

— Você tem namorada e...

Noah cola seu corpo ao meu e suas mãos me acariciam, fazendo um arrepio me percorrer e um gemido sair por entre meus dentes. Ele beija meu pescoço, aperta meus seios e os meus pensamentos estão cada vez mais ilógicos. Ele morde a minha orelha e fala em meu ouvido:

— Não existe mais Carly. Agora, somos somente você e eu, ruiva - ele bate em minha bunda. — Vá se arrumar. Depois conversamos.

Capítulo 15
Madison

Vou para o meu quarto chocada com a notícia. Bom, eu já tinha ouvido rumores de que ele pedira um tempo para ela ou qualquer coisa assim. Mas, depois daquela festa gigantesca e das joias, achei que era somente boato mesmo.

Para ir ao jantar dos magistrados, optei por uma saia branca até o joelho e de cintura alta, uma camisa de renda rosa e um *scarpin* nude; cabelos soltos e maquiagem leve, apenas para dar um ar de saudável. Olho-me no espelho e dou uma volta.

— Estou com cara de secretária. Secretária gostosa – passo meu perfume que é forte. Não estou nem aí se não gostam. O perfume é meu, e eu gosto, vou usar e acabou!

Ouço alguém bater à porta e abro, encontro Noah com uma camisa azul-marinho justa, todos os seus músculos estão à mostra, cobertos somente por uma fina camada de tecido. A calça social é solta, mas, ainda assim, o conjunto mostra toda a opulência do seu corpo. Noah é grande e forte, sua presença não passa batida e sua beleza é magnânima.

— Você está linda – ele beija minha boca, e eu fico tonta.

Descemos até o restaurante principal do hotel e somos escoltados ao salão anexo, onde há, mais ou menos, vinte pessoas. É interessante ver esses homens mais velhos, alguns muito mais velhos que Noah, prestigiando-o como se fosse autoridade suprema. Todos querem apertar sua mão, querem conhecê-lo, e eu aqui, sem ter nada a ver com a coisa, orgulhosa de um homem que nem é meu.

Ele não permitiu que me distanciasse dele, manteve-me ali, ao seu lado, apresentando-me a todos apenas como Madison. Estou encantada com a delicadeza do Noah comigo. Ele puxa a cadeira para que eu sente ao seu lado e, em nenhum momento, deixa-me fora da conversa.

Depois do jantar, enquanto subíamos de volta às suítes, falo:

— A palestra de amanhã será às dez. Um carro virá nos pegar entre nove e nove quinze.

— Depois estou livre? – pergunta para mim.

— Acredito que sim, se não aparecer nada de última hora.

As portas se abrem e nos dirigimos cada um para sua suíte. Antes de fechar a porta, dou um sorriso:

— Boa noite, excelência.

— Boa noite, senhorita Harver.

Fecho a porta com uma pontinha de decepção. Eu queria estar do outro lado do corredor, na cama, com ele em cima de mim, fazendo-me sua. Tiro a roupa e colo minha camisola, vou ao banheiro fazer minha higiene e deito. Pego o celular e troco algumas mensagens com Rebecka e Alyssa. Já estava arrumando-me para dormir quando o telefone do quarto tocou.

— Oi.

— Oi. Estava dormindo? – Noah diz com aquela voz de sexo novamente.

— Não. Algum problema? Precisa de alguma coisa? – pergunto preocupada.

— Não. Só queria conversar com você. Quando não está surtando, é uma ótima companhia.

— Obrigada. Você também é uma excelente companhia quando não está sendo um cavalo.

Ele ri.

— Tinha esquecido de como você é encantadora. Eu liguei para jogar conversa fora – essa voz rouca no ouvido provoca-me ideias.

— Ótimo. Vamos começar com a história da Carly, porque eu fiquei curiosa. Fui a uma megafesta que você ofereceu em comemoração ao aniversário dela. Segundo seus amigos, aquelas joias são caríssimas, achei até que ia pedi-la em casamento. Agora, não estão juntos. Não vai me dizer que ela fugiu com as joias?

Tenho a impressão de que ele está sorrindo.

— Madison, Madison. Já não estava dando certo. A festa foi ela quem fez, e eu deveria ter pago. As joias eu deveria ter pago também, mas aquilo foi exagero. Ela me entregou a caixa com as joias minutos antes de eu presenteá-la. Eu sempre soube que ela gostava de ostentar, mas ela sempre agiu dentro dos limites e aquele circo foi um absurdo.

— Você a ama? – meu coração aperta e prendo minha respiração.

— Não, não a amava – ufa!— Mas acreditava no relacionamento.

— Sem amor? – que tipo de pessoa acredita em um relacionamento sem amor?— Não vai me dizer que você é uma daquelas pessoas que não acredita no amor.

— Acredito no amor, o que eu não acredito é que um relacionamento baseado no amor dê certo. Para mim, um relacionamento com base no respeito, compatibilidade e química pode durar a vida inteira.

— Você pensa em casar, ter filhos?

— Sim. Família é algo muito importante para mim. Pretendo constituir família e que Alyssa a integre, morando comigo. Quero os meus filhos convivendo com os primos, quero Alyssa por perto. Somos somente nós dois, temos que estar sempre um pelo outro.

— Nossa, Noah. Que lindo! - isso puxa uma corda em meu peito. E algo sai da minha boca sem pensar: — Se Carly estivesse esperando um filho seu, ainda assim, separaria?

— Não! - ele responde convicto e um calafrio de medo percorre meu corpo. — Se ela tivesse um filho meu na barriga, estaríamos juntos para sempre. Eu faria de tudo para manter minha família, seja com Carly ou qualquer outra.

— Deixou-me sem palavras, excelência.

— Hum... Isso é um milagre, senhorita Harver, essa boca deliciosa sem resposta.

Meu corpo aquece com o tom rouco dele.

— Não fale assim... - passo a mão pelo meu seio, pela barriga, até chegar na calcinha.

— Por que não? Sua boca é deliciosa e trabalha muito bem. Jamais esquecerei o dia em que você me chupou. Ouvir sua voz assim, mansinha, mexe com a cabeça de qualquer homem, Madison.

— Noah... - coloco a calcinha de lado e começo a me tocar.

— Você não faz ideia da força que estou fazendo para não arrombar sua porta e agarrá-la.

— Mais... Fale mais... - enfio dois dedos e mordo o lábio para não gemer.

— No feriado, enquanto estávamos na piscina, por pouco não a coloquei na beirada e a fodi ali mesmo - meu ritmo aumenta. — A sensação de estar dentro de você é indescritível. Seu gosto é viciante, sua boceta é deliciosa e sou louco para conquistar sua bunda. Agora, Madison, acelere seus dedos, belisque o clitóris e goze, chame pelo meu nome.

Não precisou falar duas vezes.

— Ah... Noah. Sim. Noah. Noah. Noah – demoro algum tempo para recuperar-me do orgasmo e, quando volto a mim, pergunto: — Como sabia?

— Sua respiração denunciou – chupo meus dedos. — O que você está fazendo, Madison?

— Limpando meus dedos, com a boca.

— Puta que pariu! Assim você acaba comigo, ruiva dos infernos. Seu dia foi delicado e estou tentando ser um homem honrado, não me aproveitando desse momento. Por favor, não me provoque. Estamos separados apenas por um corredor e meu autocontrole está por um fio. Boa noite.

Ele desliga sem me dar a chance de responder, e eu fico rindo. Eu quero que ele venha, eu o quero muito! O fato dele se importar com o meu momento fala muito sobre quem ele é: um homem de caráter que leva os sentimentos das pessoas em consideração. E eu estou encantada e muito, muito ferrada.

Acordo com batidas insistentes na porta. Levanto um pouco atordoada, pego o roupão ao lado da cama e vou atender. Abro a porta e um rapaz do serviço de quarto aguarda com um carrinho de café da manhã.

— Bom dia, senhorita Harver. O senhor Lancaster pediu que trouxéssemos seu café às onze, caso a senhorita ainda não tivesse descido. Ele também deixou esse bilhete.

Dou um passo para trás para que passe com o carrinho enquanto leio:

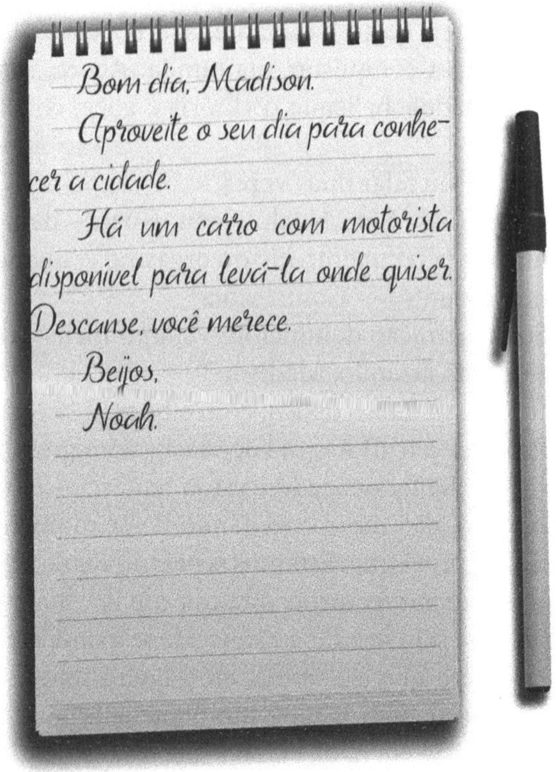

Ele é tão atencioso. Será que esse homem é sempre assim? Se for, por que aquela cadela era tão cadela? Esqueça! Bebo meu café, sigo para o banheiro, tomo um banho, coloco uma roupa confortável e vou bater perna por aí. O carro estava à espera em frente ao hotel e pedi ao motorista que me levasse a algum lugar bonito, acabei em um museu.

Pedi algumas orientações e dispensei o motorista. Perdi um bom tempo no museu, depois, almocei em um pequeno restaurante italiano. Não sou muito religiosa, mas, quando passei em frente a uma igreja, algo impulsionou-me a entrar e rezar pelo meu pai. Amo minha família, mesmo depois de tudo o que aconteceu.

Passo por um parque muito bonito, lojinhas que me chamam a atenção e compro algumas coisinhas. Ando, ando, ando e descubro que estou perdida. Procuro o endereço do hotel no telefone, aceno para um táxi e peço que me leve de volta. O cara dá a volta no quarteirão e deixa-me em frente ao hotel. *Pois é, Madison, só você para não olhar a porra da localização.* Andei para caralho e, quando cansei, estava a uma quadra da merda do hotel.

O cansaço me venceu e não vi Noah, mas o ouvi. Ficamos no telefone por mais de duas horas, falando de nossos gostos, nossos planos e, mais uma vez, fizemos sexo pelo telefone como dois adolescentes que acabaram de entrar na puberdade. E estou adorando isso...

A noite vem e vai. O dia vem e vai. E agora estou aqui, de frente para o espelho, mais insegura que nunca! Esse vestido é lindo, mas essas ancas largas de égua parideira estão evidentes demais e esses peitos? Meu Deus, o dia em que eu tiver filhos, os peitos da Pamela Anderson não serão nada perto desses. A música *My Humps,* do Black Eye Peas, surge na minha cabeça e começo a dançar em frente ao espelho. A ruiva louca ataca novamente.

Combinei de encontrar Noah na recepção em dez minutos e ainda estou aqui, pensando se vou ou não. Bom, não tenho saída, não foi justamente para isso que vim? Vamos lá! Benzo-me antes de entrar no elevador. As pessoas que dividem esse pequeno compartimento comigo estão olhando-me de cima a baixo. Acho que exagerei.

As portas se abrem e caminho até o hall, onde encontro Noah vestindo um *smoking,* espantosamente impecável, com seus cabelos penteados para trás, sem barba e muito sexy. Seu olhar para mim é... não sei... ele está me olhando estranho... não vou ficar aqui mesmo! Já estava virando-me quando ele segurou meu braço.

— Onde vai, Madison?

— Vou me trancar no quarto – respondo de cabeça baixa.

— Por quê? O que aconteceu?

— Eu estou horrível, exagerei na roupa. Desculpe-me, não quero envergonhá-lo...

— Oi? Deixe-me ver se entendi. Você está achando-se feia? – havia incredulidade em sua voz.

— Olha, quando escolhi esse vestido, sua irmã e Rebecka estavam comigo. Eu amei, e elas também gostaram, mas, agora, eu não sei se foi uma boa ideia...

— Venha comigo – ele puxa-me pela mão até o banheiro feminino que tem um espelho enorme e fica atrás de mim.

As mulheres que estão aqui, ao contrário do que acontece nos filmes, não saíram gritando, ficam babando em cima dele. Noah anda a minha volta, analisando cada costura do vestido.

— Olhe-se.

O vestido longo é azul royal em renda, duas alças largas transpassam-se na frente, cobrindo tudo, deixando apenas as laterais da cintura à mostra. O corte desce reto, abrindo-se em duas fendas laterais que vão até acima das coxas e as costas ficam expostas. Prendi meus cabelos em um coque desestruturado com um meio topete. Coloquei brincos grandes cravejados com pequenas pedras azuis, ladeando uma safira maior e um anel no mesmo estilo e uma pulseira delicada dourada com pequenas pedras no mesmo tom do jogo.

Para a maquiagem escolhi os tons de sombra dourado e preto, olhos bem marcados com lápis e rímel, blush de leve para dar cor ao rosto e apelei para o batom vermelho. Meus sapatos são do modelo *"So Kate´s"* da Louboutin, *um scarpin estileto* gradiente do azul ao branco, cravejado de pequenos brilhantes. Foi amor à primeira vista quando o vi há um ano, foi caríssimo e hoje tenho a oportunidade de usá-lo. Para fechar, optei por uma *clutch* prata.

— Você está magnífica! Não há possibilidade nenhuma de ser exagerado ou feio. Mulher, olhe-se – ele vira-me mais uma vez, até que eu fique de lado para o espelho. — Essa bunda me faz pensar se devo ir mesmo ao evento ou se voltamos para o quarto. Mas uma coisa é certa, eu vou socar alguém essa noite – ele beija minhas mãos. — Você é linda e hoje está deslumbrante.

— Obrigada, Noah. Como sempre, um cavalheiro.

Saímos do banheiro direto para o carro. O trajeto do hotel até o local da homenagem é curto e o faço em silêncio. Eu não estou preparada para esse tipo de coisa: mal saí do carro e já havia fotógrafos por todos os lados gritando o nome do Noah e pedindo um close. Se não fosse por ele, teria voltado para a segurança do carro.

Pelo que vi, fomos os últimos a chegar ao local finamente decorado. Fomos escoltados até a mesa central, a maior do salão. O recepcionista ia puxar a cadeira para mim, mas Noah adiantou-se e ganhei um selinho nos lábios. Passo o polegar para limpar seus lábios e minha vontade é tomar sua boca novamente.

Ele vai até o palco, onde foi chamado, e faz seu discurso aclamado por todos que estavam ali. Recebe uma condecoração do governador de Massachusetts e uma medalha do prefeito de Boston. Algumas crianças entram e lhes entregam flores. Tudo é muito emocionante, o juiz Noah Lancaster é merecedor, pois poucas pessoas se importam com a segurança dos menos afortunados, abandonam as periferias e as taxam como lugar de risco sem ao menos combater o crime e dar oportunidades a eles.

Algumas pessoas vieram conversar comigo, a maioria tentava saber quem sou. Noah ficou todo tempo com seu braço na minha cintura ou segurando minha mão. Seu olhar lascivo não passava desapercebido, porque quero a mesma coisa. Ele nu!

Após o jantar, ele levou-me até a pista de dança e rodopiamos duas músicas por lá. As pessoas queriam bater fotos com ele, conversar, e eu, como acompanhante, estava com a minha melhor cara de paisagem. Estávamos nos preparando para irmos embora quando ouvi aquela voz estridente da Laurine. Não, Deus, não! Meu humor estava ótimo, até agora.

— Madison, querida, nem a reconheci.

Sorrio, e Noah abraça-me.

— Minha mulher está linda, não é? Boa noite... Desculpe, esqueci o nome de vocês.

— Dereck - o marido da Laurine estende a mão. — Pode me chamar de Dereck e ela de Laurine - ele beija minha mão. — Você está estonteante, Madison.

Noah puxa minha mão.

— Desculpe, Dereck. Mas sou possessivo e como você pode ver, - ele aponta ao redor— não posso facilitar.

Nos despedimos e fomos para o carro. Ficar perto do Noah a noite toda foi difícil. Eu queria tocá-lo, chupá-lo, foder até perder o sentido. Desejo-o tão fortemente que chega a doer. Se ele levar essa história de momento delicado à frente, não sei do que serei capaz de fazer. Masturbar-me como louca não está adiantando mais.

Ficamos em silêncio todo o caminho até o hotel, no elevador foi ainda mais tenso. Já tinha desanimado, ele não pediu nada, não falou nada nem indiretas. Achei que ele queria-me tanto quanto o desejo. Entrei e bati minha porta com força. Que merda! Quer saber? Vou lá!

Bato à porta, e Noah abre. Já estava sem o paletó e gravata, sua camisa estava aberta e seu cinto desatado. Ele dá um passo para trás para que eu passe. Entro e vou até o meio do quarto, mas não viro para ele.

— Quer alguma coisa, Madison? – sua voz estava rouca, e eu, molhada.

Sem dizer uma palavra, abro o fecho éclair do vestido, e ele cai, formando uma piscina aos meus pés. Sinto sua presença atrás de mim e suas mãos em meu corpo. Noah beija meu pescoço, leva suas mãos aos meus seios e os aperta. Um gemido escapa da minha boca. Ele vira-me e a toma paixão, nossas línguas encontram-se em uma dança desesperada por mais. Mordo seu lábio, e ele chupa o meu, puxa meus cabelos da nuca e o arrepio que percorre meu corpo vai até o meio das minhas pernas, que pulsa e pede por ele.

Noah tira minha calcinha, mas mantém meus sapatos. Deita-me na cama e vem por cima, beijando-me, lambendo-me. Ele morde meus seios, fazendo-me gritar e, em seguida, os beija. E, nesse jogo de sedução e posse, entrego-me inteira para ser devorada por ele. Noah desce até o meio das minhas pernas, abre-me para si e ataca meus clitóris.

— Tão doce... – enfia dois dedos, e eu contorço de prazer. Puxo seus cabelos, quero que acelere o ritmo, mas ele é cruel e mantém-se inalterável.

— Por favor, Noah... – peço não sei o quê. Oro por não sei o quê. Mil sensações rondam meu corpo e minha cabeça só consegue processar o prazer que Noah me dá.

Ele me coloca de quatro e continua a me lamber e sugar, sempre estimulando meu clitóris. Então, enfia um dedo na minha bunda, minhas pernas fraquejam de tanto tesão. Ele volta a me masturbar com dois dedos e sua língua, até que meu orgasmo chegue rasgando. Noah vira-me de barriga para cima e penetra-me, arrancando gemidos. Seu ritmo é acelerado e suas estocadas são fortes. Quanto mais me dava, mais eu queria. Ele beija-me com lascívia e toma meus seios em sua boca, sugando-os insistentemente. Meus gemidos passaram a gritos de prazer.

— Você é pura luxúria, ruiva. Goze para mim e outro orgasmo passa por mim, deixando-me ainda mais febril. Noah vira-me de barriga para baixo e fico estendida na cama. Ele acaricia meus cabelos, desce beijando minha espinha até chegar a minha bunda. — Eu quero sua bunda, Madison. Você já fez anal? – fala em meu ouvido.

— N-não... Apenas ma-masturbação com os dedos.

Ele passa seus dedos pela minha abertura, enfiando um dedo na frente e outro atrás. Não tenho forças para nada, apenas gemo. Noah é implacável em sua missão de fazer-me gozar novamente. Com suas mãos trabalhando em mim, já estava difícil de segurar; com a sua boca no meu seio, ficou impossível, e outro orgasmo veio devastando tudo, como se possível, mais forte que os dois primeiros. Ele senta-me com delicadeza, beija minha boca, belisca meus mamilos.

— Você está linda, Madison.

Noah acha que não tenho condições de continuar e começa a se masturbar na minha frente. Isso acaba comigo! Meu desejo desperta a fera faminta que há mim. Ajoelho-me no chão e o tomo na boca com ganância, almejando o meu prazer na busca pelo seu. Seus gemidos são como combustível, quanto mais alto, mais dedico-me a essa missão. Sugo a cabeça enquanto masturbo-o, alterno entre as bolas e o pau. Roço meus dentes de leve em seu membro, causando um frisson de antecipação nele. Abro os olhos e o vejo assistindo-me, nos perdemos em nossos olhares. Ele puxa meus cabelos, forçando seu pau na minha boca, e eu engasgo, percebo que isso mexe com ele. Permito que faça mais vezes e logo as veias denunciam seu orgasmo.

— Madison... Ah... Vou gozar, Madison – acelero o ritmo, aperto-o em minha boca e os jatos de seu esperma descem pela minha garganta, quentes. Limpo-o com dedicação e sou recompensada com um longo e apaixonante beijo.

Noah vai até o frigobar e pega água para nós. Seu caminhar nu pelo quarto faz meu corpo aquecer novamente. Vejo que, ao lado da cama, há camisinhas, pego uma e fico de joelhos em cima da cama. Ele me dá a água enquanto coloca o preservativo. Novo round, baby.

Ele vem por cima, como uma fera para jantar sua presa. Levanta minhas penas e penetra-me devagar, torturando-me a cada centímetro. Seus movimentos são lentos e compassados, seus beijos são intensos e profundos. E eu, Madison, a ruiva dos infernos, estou caindo no abismo chamado Noah Lancaster.

Não sei quanto tempo transamos, mas acredito que tentávamos matar a sede do outro. Estávamos suados, exaustos, eu mal conseguia abrir meus olhos quando o telefone do quarto dele tocou. Ele virou-se e atendeu e, em seguida, desligou.

— Estamos atrasados, princesa – beija-me com carinho. — Já são sete da manhã.

— Eu não tenho condições, Noah. Pode ir, eu vou mais tarde.

Ele ri.

— Não. Eu vou ajudá-la, e vamos agora. O voo é rápido e seguiremos direto para casa, lá poderá dormir o quanto quiser.

Ele ajuda-me no banho e a ajeitar minha mala na minha suíte. Descemos apressados, e ele faz o check-in na corrida. Assim que sento na poltrona do avião, meus olhos já vão fechando. Algum tempo depois, noto um movimentar, abro os olhos e vejo que estou em seu colo. Mais uma vez, sinto-me em casa.

Capítulo 16
NOAH

Madison abre a porta e sai com um macacão de couro preto que marca todo seu corpo e uma bota de cano alto com saltos do tipo "foda-me". Entrega a pequena mala para Alyssa, que está indo de carro com Ben e Rebecka.

— Onde você pensa que vai assim, ruiva? – pergunto.

— Estamos indo à casa de campo, não é? – ela fala como se não entendesse a pergunta.

— Volte e troque de roupa. Não vou sair com essa sua bunda empinada nessa moto, ainda mais com essa roupa. Esqueça, Madison!

Ela aproxima-se e me dá um beijo, termina de fechar a porra do macacão e sobe na moto. Essa mulher vai me causar um infarto logo, logo. Ligo minha máquina e vamos em direção à casa de campo da Rebecka. Dessa vez, nos encontraremos com Audrey, a futura noiva do Chris.

Desde que voltamos de Boston, Madison e eu não deixamos de nos ver um dia sequer. Já são mais de quinze dias convivendo com essa ruiva dos infernos. Há dias que acho que terei um AVC com as loucuras da Madison, ela simplesmente não me ouve.

Como ela não está mais a serviço da Corte, assim que saio do gabinete, vou para o clube. Há dias em que vou direto para a cobertura ou para casa dela esperá-la. Estar com Madison é simples, a convivência é prazerosa, acorda de bom humor, contagia todos a sua volta. Meus empregados estão encantados com ela, tudo é a senhorita Madison, assim como os meus amigos e minha irmã. Se acho isso ruim? Não. Acho isso fantástico. Ela é tão apaixonada por motos quanto eu. Por isso, decidimos ir de moto, assim podemos aproveitar o passeio.

A ideia brilhante desse final de semana foi da Rebecka. Ela acha que devemos nos aproximar de Audrey, já que ela será a futura senhora O´Donnell. Ela é uma excelente garota, sempre muito simpática, mas distante. Não gosta de agito, é sempre na dela, não cobra nada do Christopher. Talvez seja isso o que ele goste nela. Vamos ver como as meninas se relacionam.

Chegamos ao nosso destino, nos esticamos, abraço Madison e a beijo. Admito que estou gostando dela, talvez até mais do que deveria. Madison, por mais irritante que seja, traz... conforto. Não sei explicar. Entramos e nos dirigimos até o quarto onde ficaremos hospedados. Não sei por que a Rebecka reservou um quarto para a Madison, ela ficará comigo. É impossível que eles não saibam que estamos juntos. Não contamos a ninguém, mas acredito que não precisava, sempre estamos juntos.

Deito na cama, e a ruiva puxa o zíper para abrir o maldito macacão. Seus seios fartos saltam para fora como se não vissem a hora de se libertarem, e ela continua a tirar o macacão. Ao final do seu show, delicioso por sinal, sento na cama e a encaro.

— Quer dizer que, se alguém puxasse o zíper disso, você ficaria nua?

— Sim. Todas as calcinhas marcam e sutiãs também.

Vou até ela, pego a peça no chão, abro a porta e grito por Alyssa e Rebecka.

— Se eu fosse você, colocaria a roupa de uma vez, Madison – falo irritado.

— O que você fará com a minha roupa, Noah?

— Espere e verá.

Em seguida, as duas batem na porta.

— Nos chamou? – Aly pergunta preocupada.

Jogo a peça nas mãos da Rebecka e falo:

— Dê um fim nisso. De preferência, taque fogo. Se eu souber que vocês devolveram isso a Madison, ambas se arrependerão.

Fecho a porta e encontro a ruiva furiosa com as mãos na cintura.

— Eu não acredito que fez isso, Noah!

— Era só o que faltava, a minha mulher andar por aí com aquilo. Ainda mais com a bunda empinada na moto. E, se eu pegá-la vestida com algo parecido novamente, – abro um sorriso perverso. — farei questão de rasgar.

— Estou tentando ficar brava, e você tem que colaborar comigo, Noah. Não sorria assim – ela abre a porta e sai com um vestido longo. Perfeito.

Troco de roupa e desço, todos estavam acomodados na sala, conversando e rindo. Madison estava sentada entre Christopher e Benjamin; Rebecka, em sua poltrona; Audrey e Alyssa dividiam outro sofá. Ben acariciava o pescoço de Madison, que ria de algo que o outro filho da puta estava falando em seu ouvido.

Olho ao redor para ver se as mulheres não estavam vendo nada de errado naquela cena. Será que só eu fiquei puto da vida? Audrey ria com Alyssa. e Rebecka folheava alguma revista.

— Por que o Benjamin está com suas mãos em cima da Madison? – pergunto controlando a raiva.

— Porque eu quero – responde sério.

Christopher passa a mão na perna dela e minha ira explode.

— O que caralho vocês estão pensando da vida? Saiam de perto dela, agora! – marcho para cima dos dois nervoso.

Ambos caem na risada, batem os antebraços e mudam de lugar. Vejo que todos estavam envolvidos nisso, percebe-se pela diversão.

— Não sabia que você era possessivo dessa maneira, senhor juiz – Alyssa fala. — Eu nunca o vi assim, nem mesmo por minha causa.

Christopher interrompe:

— Quando o casal nos contaria?

— Contar o quê? – Madison se faz de desentendida.

— Que estão namorando – Rebecka fala entediada.

Madison ajeita-se desconfortavelmente no sofá.

— Nós não estamos namorando. Apenas nos... conhecendo – ela fala sem jeito.

Como assim, não estamos namorando? Passo a mão pelo cabelo e respiro fundo. Talvez ela precise de um tempo para assimilar que é minha. Rebecka e Madison trocam olhares como se estivessem se comunicando. Por fim, Becka fala:

— Um dia você terá que superar, Madison.

Uma das empregadas anuncia que o jantar está pronto e servido. Seguimos para mesa, nos sentamos, e mantenho-me em silêncio. Tenho que conversar com Rebecka, porque Madison não abrirá o bico. Aquilo que ela disse na sala deixou-me desconfortável, queria que ela tivesse orgulho de estar comigo, tanto quanto tenho de ficar com ela.

Madison quebra o silêncio:

— Em que você trabalha, Audrey?

— Atualmente e por livre espontânea pressão dos meus pais, trabalho em uma galeria de arte – essa declaração pega a todos de surpresa.

Madison continua seu interrogatório:

— E gostaria de estar aonde?

— Gostaria de estar dando aulas para crianças especiais – Audrey abre um lindo sorriso e, pelo olhar de Madison para ela, foi identificação instantânea.

— Eu sou professora por formação – Madison fala:

O jantar foi tranquilo, conversamos bastante, rimos um pouco. Em um momento de distração, subo para o quarto. Deito na cama e fico olhando para o teto. Em seguida, alguém bate à porta.

— Entre.

— Licença, Noah – aceno para Becka entrar e sentar. — Está tudo bem?

— Sim. Só um pouco cansado.

— Você ficou calado o jantar inteiro...

Sento-me para olhá-la.

— Fiquei pensando no que se passava entre você e Madison. Vi o olhar que trocaram.

— Noah, você conhece a história da Madison, a traição e também toda a confusão com a família, eles escolheram ficar do lado do cara. O negócio é que, desde então, ela não teve relação com mais ninguém. Falo por mim, perder o Roger abriu uma ferida enorme, não dando espaço para amar outra pessoa. Com Madison é a mesma coisa, a diferença são os sentimentos envolvidos. Ela foi traída e rejeitada pelo próprio sangue, por causa disso, não confia em relacionamentos e essa é a sua ferida – ela senta-se ao meu lado. — Eu o conheço e sei que você está um passo adiante nessa história. Mas, por favor, não desista dela. Vocês fazem bem um ao outro.

Beijo seu rosto.

— Vamos ver no que vai dar.

— Toc-toc... – Madison entra. — Estou atrapalhando?

Estendo meu braço para ela e a puxo para o meu colo.

— Não – beijo sua boca. — Estávamos falando que você amedrontou a Audrey.

Madison fica vermelha, Becka e eu rimos dela.

— Becka, aquela pracinha perto do lago ainda é iluminada à noite?

É, sim. Disseram-me que está muito bonito – Rebecka levanta-se. — Cuidem-se, crianças. Boa noite.

— Boa noite, mamãe – responde Madison, fazendo cara feia para Rebecka.

Tiro ela do meu colo e levanto.

— Vamos dar uma volta de moto, senhorita Harver. Coloque uma saia ou um vestido. Vou esperar lá em baixo.

Lembro-me que, quando éramos mais novos, costumávamos levar as meninas para um coreto perto do lago. Lá, fazíamos loucuras. Sorrio com a lembrança de Roger sem jeito com Rebecka quando os pais dela os pegaram. E quando Benjamin e Chris dividiram uma garota de programa e foram pegos pelos policiais. Nunca ri tanto quanto aquela noite. Momentos felizes com pessoas a quem quero muito bem.

Madison me encontra na moto, ela está com um vestido curto, simples e decotado. Perfeito para os meus planos. Sem dizer uma palavra, entrego o capacete a ela, que coloca e partimos de moto para a bendita pracinha.

Depois de alguns minutos rodando, estaciono a moto atrás do coreto, meio escondido pelas árvores. A iluminação é fraca, não há muitas pessoas e os que estão por aqui estão ocupados se agarrando. Tiro o capacete e Madison tira o dela, mas não desço da moto, apenas ela. Enlaço sua cintura, a trago para perto de mim e beijo sua boca.

— Hum... Namorar no parque, excelência? Não sabia que você era tão romântico assim – ela fala com aquele jeitinho de menina travessa.

— Transar no parque, gatinha.

Beijo-a novamente e desço minha mão para sua calcinha, que está úmida. Ao tocá-la, ela geme na minha boca, fazendo meu pau endurecer instantaneamente. Abro o zíper da minha calça e levo sua mão até meu pau, ela toca-me com prazer e, dessa vez, é o meu gemido que ouvimos. Pego um preservativo no bolso e abro. Ela pega da minha mão, posiciona a camisinha na cabeça do meu pau, mas desliza no comprimento com a boca, enlouquecendo-me.

— Puta que pariu, Madison. Se continuar a fazer isso, terminaremos antes de começarmos. Suba na moto de frente para mim – ela faz o que mando. Senta de frente para mim de pernas abertas. Levanto-a, coloco sua calcinha de lado. — Sente-se com cuidado, ruiva.

Seguro meu membro em uma posição que se encaixe perfeitamente nela. Madison é impaciente e gulosa, quer tudo e na hora. Assim que penetro-a, ela geme, chamando por mim.

— Noah... Ah... Noah... Delícia...

Seus gemidos acordam o animal dentro de mim. Madison é uma iguaria fina, para o paladar de poucos... Não! Madison é só para o meu paladar. Tento levá-la no meu ritmo, até porque estamos em cima da moto. Tiro-a daquela posição, a viro de costas para mim, como se ela estivesse pilotando a moto. Sua bunda empinada na minha direção é um convite para o pecado.

— Segura o guidão da moto, Madison – ela o faz, e começo a investir contra ela. Levo um dedo em seu clitóris e faço círculos. — Isso. Minha menina, tão obediente... Vai, Madison. Assim...

Nesse momento, o carro da polícia encosta do outro lado do coreto, eles descem e vem em nossa direção. Não dá tempo de sairmos dessa posição sem que eles vejam o que acontece.

— A polícia está vindo em nossa direção. Não se mexa em hipótese alguma, senão meu pau sairá de dentro de você e não teremos como explicar sem sermos presos. Entendou, Madison? – falo em seu ouvido.

— S-sim... No-noah... Estou quase go-gozando.

— Aguente um pouquinho – deixo minhas mãos visíveis para que eles as vejam. Começo a dar instruções a Madison de como pilotar a moto.

Os guardas aproximam-se.

— Boa noite, casal. Vocês não deveriam ficar aqui.

— Ela queria aprender a pilotar e os senhores sabem como as mulheres podem ser teimosas – faço cara de deboche para que eles entrem no meu jogo. — Por segurança aos outros transeuntes, – a desgraçada da ruiva contrai sua vulva, fazendo-me perder o compasso da conversa— PRE-ferimos ficar aqui. Caso ela falhe, no máximo, atropelaremos as árvores.

Um dos policiais me reconhece.

— Estava tentando me lembrar de onde o conhecia, você é o juiz Lancaster. Oh, excelência, desculpe-nos por atrapalhar.

— Imagina... – começo a suar frio, porque não sei por que diabos Madison fica se contraindo, como se estivesse me ordenhando, e estou chegando no pico.

Aguardo enquanto eles entram no carro e se afastam. Solto a respiração que estava presa e aperto a cintura da

Madison, que sai da sua posição e desce da moto, deixando meu membro exposto.

— Por segurança dos transeuntes? Eu piloto essa merda melhor que você, Noah!

— Era só para tirá-los daqui o mais rápido possível. Agora, volte aqui, Madison.

— Volto, o cacete! Agora, foda-se sozi...

Antes que ela termine de falar, desço da moto, pego-a pelo braço e vamos em direção às árvores, encosto-a em uma e beijo-a. Arranco sua calcinha, penetro dois dedos em sua abertura e as pernas dela fraquejam.

— Eu não vo-vou... Ah, Deus... Noah...

Encosto minha boca na sua orelha.

— Eu vou virá-la de frente para a árvore, você segurará firme, e eu a foderei por trás. Entendeu, senhorita Harver?

— S-sim, senhor...

E assim o faço. Penetro-a com desejo e a fodo sem piedade. Essa mulher será minha morte. Viro-a novamente, peço que ela erga suas pernas e as enrole em minha cintura, uso a árvore como escoro. Volto a fodê-la forte, beijo sua boca. Sinto sua linda boceta se contrair, ela está perto de gozar. Acelero meu ritmo e a trago junto comigo. Madison grita ao gozar, fazendo com que minha libertação siga a sua.

Espero ela se recuperar, ajudo-a a recompor-se, ajeito-me e voltamos para a casa onde estamos hospedados. Entramos e damos de cara com todos sentados na sala.

— Estávamos chamando o resgaste – Chris fala rindo. — Estava explorando as terras com a Madison?

— Estava explorando a terra da Madison – Benjamin fala, e todos caem na risada.

Madison envergonhada retruca:

— Alguém já te mandou plantar batatas hoje, doutor Graham?

Sentamos junto com eles e começamos a conversar. Distraio-me com as imagens da Madison gaguejando enquanto a penetrava com meus dedos e sorrio. Não lembro a última vez em que senti tanto prazer em sair com alguém.

— Noah? – Benjamin tira-me das minhas doces lembranças.

— Oi.

— Tempos atrás, você comentou que queria uma casa no litoral, mas em uma encosta, lembra-se? – Ben fala e aceno que sim. — Então, um cliente me procurou para vender a casa dele, é exatamente como você quer. A casa foi construída há seis meses, ele faliu, está cheio de dívidas para arcar e o preço que está pedindo é uma bagatela, fora que o lugar é um espetáculo: tem seis quartos, sete banheiros, três salas, um escritório, praia privada e a varanda de uma das salas é em cima do mar. É muito bonito. Se eu não tivesse negociando uma casa no Brasil, eu compraria.

— No Brasil? E por que não em Paris? – pergunta Audrey.

Benjamin, Chris e eu fazemos caretas ao mesmo tempo, e Rebecka ri, detestamos Paris.

— Eles têm horror a Paris. Nunca entendi isso. Roger só ia para lá comigo porque era extremamente necessário, caso contrário, jamais teriam o visto lá – Becka fala.

Madison balança a cabeça pensativa.

— Ele reclamando de Paris, enquanto eu, de francês, só conheço aquele perfume horrível da Rebecka.

Todos riem.

— Não perde nada, Madison. Os franceses são grosseiros, acham que podem tudo, só não podem tomar banho. Credo – Christopher fala.

— Eu vou querer ver a casa, Ben. Se for do meu gosto, fechamos negócio – falo e abraço Madison. — Estou indo tomar banho e deitar – aviso em seu ouvido.

Ela retribui meu beijo e responde:

— Vou mais tarde.

Eu não sei o que anda acontecendo comigo, nunca fui homem de ligar se a mulher vai ou fica, sempre priorizei o meu bem-estar. Com Madison é diferente, eu realmente incomodo-me com o fato dela não querer estar comigo sempre. Não sou do tipo grude, mas nossa semana é corrida, não temos muito tempo um para o outro, o pouco tempo que temos quero aproveitar cada minuto. Ela é gostosa demais.

Eu sei que ela tem receios, o que eu não sei é quanto tempo esperarei que ela entregue-se a mim sem reservas. Se for para ficar comigo, a quero inteira, não aceito metades, muito menos restos.

Capítulo 17
Noah

Sinto um corpo macio encaixado ao meu, seus cabelos com cheiro de morango espalhados pelo travesseiro e emoldurando o rosto da minha pequena desbocada. Oh, mulher, pare me dar dor de cabeça, ontem uma das suas "amigas" desesperadas precisou encontrá-la com urgência, Madison deixou a boate correndo, um carro a cortou, batendo na moto, e ela caiu e se machucou. Por mais que eu tente empurrar um carro para ela, porque é mais seguro, a teimosa quer a moto e não é qualquer moto, escolheu a minha *BMW S1000RR.*

Fiquei desesperado quando ela ligou dizendo que caiu de moto e precisava de uma carona. Os caras foram comigo e encontramos a roupa da Madison rasgada, os joelhos sujos de sangue e ela gritando com o motorista que cruzou o seu caminho. A polícia já estava a levando para a delegacia por causa da sua língua afiada. Eu estava tão nervoso que acabei falando mais do que deveria, lógico, esqueço que estou falando de Madison, ela simplesmente mostrou o dedo do meio para mim na frente de todos. Sorrio com a lembrança. Ela é teimosa, chata, desbocada, irritante, só que eu não mudaria nada nela, talvez a agressividade das suas palavras.

No domingo em que estávamos na casa de campo, há mais ou menos dez dias, Rebecka e Madison chegaram à conclusão de que os horários deveriam mudar. Becka disse que, agora que Madison tem uma vida social, não precisava ficar enfurnada no *Secret Garden*. A ruiva trabalhará no comando do clube parte da tarde e noite, saindo por volta das nove da noite e Rebecka assumirá a partir desse horário.

Também ficou acertado que as dançarinas só se apresentarão de quinta a domingo. O clube ficará fechado segunda e terça-feira. E, na ausência de Becka, Ramon ficará responsável por fechar. Como a clientela é vasta e exigente, muitas vezes tendo que abrir exceções, o trabalho acaba triplicando, deixando todo mundo exausto. Fui o primeiro a concordar.

Gosto da Madison aqui na minha casa, na minha cama, onde posso tê-la a qualquer momento, cuidada e protegida. Ela vira-se gemendo, provavelmente de dor, joga seus braços e pernas em cima de mim. Acaricio sua pele sedosa e, como é branquinha, os hematomas do acidente de ontem estão visíveis ao longo do seu corpo, fazendo minha raiva dominar-me, aumentando o desejo de ir atrás do imbecil que dirigiu sem cuidado.

Beijo sua testa e desvencilho-me dela, sem acordá-la. Levanto-me, é hora de trabalhar. Com os medicamentos que foram prescritos a ela, é capaz de dormir o dia todo, minha vontade é ficar aqui, cuidando para que essa cabeça dura faça o que lhe foi receitado.

Depois de pronto, desço para tomar café e encontro Alyssa e Martha na cozinha. Tenho que orientá-las sobre a Madison, se eu conheço a peça, ela acordará e quererá ir trabalhar ou atender alguma desesperada. Sento-me em uma das cadeiras e Martha já coloca meu café à minha frente.

— Bom dia, Noah. Como está a Mad? – pergunta Martha.

— Está bem. Gemeu um pouco durante o sono, mas não acordou em nenhum momento.

— Ela nos deu um susto, aquela maluca – Aly fala.

— Nem me diga... – falo, balançando a cabeça. — Madison acaba com a paz de qualquer um.

Martha coloca um prato de panquecas à minha frente e fala:

— Madison é uma daquelas pessoas especiais que vieram ao mundo para cumprir uma missão. Apesar daquela aparência de durona, ela tem um coração puro. Por onde passa, deixa sua marca...

— Por onde passa deixa sua marca e um rastro de destruição – falo, rindo.

— A gente vê a destruição que ela deixa – Alyssa fala, rindo. — Principalmente, em você.

— Antes, você não sorria, vivia de mau humor, pouco o víamos em casa – Esse "antes" que a Martha fala é Carly. — Agora, não. Está sempre sorrindo, a casa tem outro astral.

— Antes que eu esqueça, Martha, certifique-se de que Madison se alimente bem. Os medicamentos que foram passados são fortes e, com certeza, ela sentirá fome – levanto-me e vou em direção à porta. — Meninas, tenham um bom dia.

Entro no meu carro e sigo para a Corte. No caminho, sorrio com a conversa das duas, eu sabia exatamente que rumo tomava, iam dizer que eu estava apaixonado. Não, não estou. Pelo menos, não ainda. O que eu e Madison temos é química, mas não somos compatíveis em nada.

Gosto de estar com ela, sua presença alegra qualquer lugar. Não sei se poderia amá-la um dia, somos muito diferentes.

Não luto contra a ideia de me apaixonar, até porque, em algum momento, isso acontecerá. Estamos expostos a isso e por que não viver caso venha acontecer? Sou daquele tipo que vivo o momento, se estou com alguém, quero aproveitar todos os momentos possíveis. Esse negócio de afastar as pessoas por medo de sentimentos realmente não faz parte da minha natureza. Até porque vai acontecer, independente da gente querer ou não.

Gosto daquela ruiva desbocada, vou aproveitar cada momento que tivermos juntos. Ela é amiga dos amigos, eles a idolatram. Minha irmã a ama, meus empregados a adoram, e eu também! Madison é um refresco no deserto.

Começo o meu dia de trabalho, não será fácil. Agenda cheia, reuniões exaustivas com advogados que não chegam a um acordo, um promotor chato que insiste em uma coisa que já foi provada desfavorável ao Estado. Harriet leva meu gabinete muito bem, mas acredito que sente falta da Madison, talvez, tenha que contratar alguém para ajudá-la.

Antes de entrar na audiência, envio uma mensagem a ela.

Assim que acordar, me dê notícias.
Quero saber como está. Beijos.

Sua resposta chega em seguida:

Estou muito bem e acordada.
Querendo você aqui para checar
esses hematomas... com a língua.

Sorrio e respondo:

Não posso entrar em uma

audiência com o pau duro, ruiva.

Venha aqui que resolvo isso, excelência.

Não faz assim...

Bom trabalho, gostoso.

Desligo meu telefone antes de ir para audiência. Assim que entro, todos ficam de pé, e eu sinto-me poderoso.

Passei o resto da manhã e parte da tarde em um julgamento exaustivo. Lá pelas tantas, Benjamin liga-me:

— Boa tarde, excelência.

— Boa tarde, Benjamin. Em que posso ajudá-lo?

— Como está a Mad? – ele pergunta preocupado.

— Está bem. Alguns roxos, provavelmente, acordou um pouco dolorida.

— Noah, lembra daquela casa que falei?

— Sim...

— Então, o cara voltou a me procurar. Ele está desesperado para vender e quer um valor bem abaixo do mercado. Aquela casa é um espetáculo da arquitetura moderna e está uma barganha.

— Quando poderei visitar o imóvel? – ouço ele falar com alguém ao fundo.

— O dia que quiser.

— Chamaremos o Chris e vamos sábado. Pode ser?

— Combinado. Até mais. Manda um beijo para Madison.

— Até.

Logo que desligo o telefone, o aviso sobre um e-mail chegou alerta-me. Ben me mandou algo, abro e vejo as fotos da casa. Só tenho uma coisa a dizer, se a casa for como é nessas fotos, fecho negócio na hora!

Final de expediente, indo para casa. No meio do caminho, me dou conta de que estou cantando. Há quanto tempo não faço isso? Por algum motivo, sinto-me leve e em paz. Sei que chegarei em casa e não terei cobranças, insatisfações. Terei minha linda ruiva a quem quero beijar todinha. A voz do Rod Stewart e Amy Belle preenche meu carro cantando *I Don't Want To Talk About It.*

(...) *Posso dizer, pelos seus olhos que você provavelmente esteve sempre chorando. E as estrelas no céu não significam nada. Para você, elas são um espelho. Eu não quero conversar sobre isso, de como você partiu meu coração. Se eu ficar aqui mais um pouco, se eu ficar aqui você irá ouvir o meu coração? Meu coração (...)*

Por algum motivo, meu coração aperta. A história da Madison ser traída, ser expulsa da própria família, estar sempre sozinha, passa pela minha cabeça. Tento imaginar os sentimentos que ladeiam seu coração. Não deve ter sido fácil, não é fácil. Então, dou-me conta de que quero protegê-la desse mundo cruel, cuidar para que nada volte a acontecer, seu coração já se machucou o suficiente por uma vida inteira.

Entro em casa e encontro as meninas sentadas no sofá rindo. Vou até elas, dou um beijo na cabeça de Alyssa e um na boca de Madison.

— Achei que te encontraria dormindo, ruiva.

Ela faz uma careta.

— Já dormi o suficiente por uma semana.

— Noah, Madison estava falando que vai embora – Alyssa diz.

Olho para Madison, ela está sem graça.

— Ela não irá. Pelo menos, não enquanto estiver machucada – falo, indo em direção às escadas. — Vou tomar um banho e desço para jantarmos. Estou faminto!

Assim faço. Tomo um longo banho, coloco uma roupa confortável e desço para comer. Junto-me a elas, que já estavam sentadas à mesa para jantar. Admiro-me ao ver Martha sentada também. Na cobertura, ela sempre fazia as refeições comigo na cozinha. Tínhamos uma cozinheira e uma arrumadeira, Martha administrava minha vida doméstica. Mas, desde que mudei para essa casa, ela se negou a sentar conosco, nunca entendi o porquê. Fico feliz de tê-la aqui compartilhando conosco.

No meio do jantar, o celular da Madison toca, ela pede licença e retira-se para a sala ao lado. Podemos ouvir sua conversa com a Rebecka. Estranho. Será que aconteceu alguma coisa? Hoje é terça-feira, o clube está fechado. Madison volta séria e fala:

— Rebecka teve uma das suas recaídas, vou lá dar uma força – ela olha para mim como se precisasse da minha permissão. — Tudo bem?

— Claro. Mas, só sairá daqui com motorista – falo sério.

Ela acena que sim.

— Vou trocar de roupa e tomar meus remédios antes de ir.

Mais tarde, sento-me na sala para ler um processo que requer minha atenção. Olho o celular para ver a hora, já é tarde e nada da Madison. Rebecka ainda nos preocupa com essas crises nervosas. Já a aconselhamos a procurar um profissional, outro dia ouvi a Madison aconselhá-la a procurar um homem para transar. Balanço a cabeça com a lembrança, só aquela mulher para dar um conselho desses.

A campainha toca. Uma das empregadas aparece para atender, mas digo que eu mesmo faço. Abro a porta e encontro Carly. Essa noite está cada vez melhor. Olhando-a mais de perto, percebo que está triste, não se vê brilho em seus olhos.

— Aconteceu alguma coisa, Carly? – pergunto preocupado. Dou um passo para trás para que ela entre. — Entre.

— Obrigada, Noah. Sempre um cavalheiro. Desculpe-me vir aqui e ainda mais uma hora dessas, mas precisava conversar com alguém.

Aponto o sofá para ela.

— O que acontece?

— As coisas não estão muito bem. Não consigo trabalho, tive que vender o carro e ficar com um de menor valor.

— Já falou com o senador Richard?

— Sim – ela dá um pequeno sorriso. — Ele disse que não tem vagas. Posso me servir de uma dose de whisky? Vim da casa dos meus pais agora, preciso digerir algumas coisas.

— Quer que eu a sirva? – falo, levantando-me.

— Não, obrigada. Se você não se importar, prefiro preparar minha bebida. Acompanha-me?

— Claro. Enquanto você se serve, vou pegar uma cerveja para mim.

Ter Carly aqui mostrou-me como deslocada ela ficou nesse cenário. Claramente, ela não pertence mais a esse lugar. Interessante. Volto para sala e ela está em pé, olhando os jardins pela janela. Ela volta-se para mim.

— Eu não tive a oportunidade de agradecer pelo que fez por mim. Deu-me aquele apartamento e o carro, ambos estão mantendo-me viva no momento. Obrigada! – ela fala levantando seu copo como em um brinde.

Nesse momento, o meu celular toca e vejo que é Madison, atendo-a.

— Oi.

— Oi – sua voz é suave e me transmite paz. Saio para outro ambiente para que ela não ouça que Carly está aqui. Madison é capaz de iniciar a Terceira Guerra Mundial.

— Como a Becka está, Madison?

— Melhor. Está dormindo. Liguei para avisar que passarei a noite aqui, para ter certeza de que ficará bem. Assim que tudo estiver calmo, irei para casa.

— Espero que sua casa seja aqui. E você, como está? Sente muitas dores ainda?

— Estou um pouco dolorida. Amanhã, estarei melhor.

— Sentirei sua falta, Madison.

— Eu também, Noah. Boa noite.

— Boa noite, menina dos cabelos de fogo – desligo o telefone decepcionado. Eu sei que é egoísmo, mas queria Madison aqui comigo.

Volto para a sala onde deixei Carly. Ela está sentada no sofá, olhando para o copo que está na sua mão. Sua respiração está irregular, será que já bebeu demais? Tomo o resto da minha cerveja.

— Vou falar com o Chris, Carly. Talvez ele saiba de uma vaga. Você é uma profissional de alto nível, não deve ser difícil conseguir uma nova colocação.

— O Christopher me detesta, Noah...

Fico tonto de repente.

— Não é para tanto, Carly – Tento continuar uma conversa coerente, mas minha língua está pesada e o sono aperta. — Desculpe-me, mas tenho que deitar. Não estou bem. Outro dia nos falamos, Carly.

Que sono! Está tudo ficando... nebuloso. Subo as escadas com alguma dificuldade, tento virar a cabeça para o lado, mas até isso está difícil. Sinto que há alguém aqui, só não posso ver quem, tenho que chegar a minha cama de uma vez. A última coisa de que me lembro é...

Acordo com uma dor de cabeça infernal, como se tivesse bebido todas ontem. Por falar em ontem, o que aconteceu? Sento-me com dificuldade e sinto alguém ao meu lado, viro-me e vejo Carly. Ah, não, não, não! Baixo um pouco o lençol e vejo que estamos nus. Ah, merda, não! O que foi que eu fiz? Como caralho vim parar aqui com ela?

Madison...

Meu peito aperta a ponto de faltar ar. Vou para o banheiro, ligo a ducha de água fria e deixo a água cair sobre mim para lavar a angustia que sinto. Faço minha higiene, volto para o quarto e vejo Carly terminando de colocar sua roupa.

— Bom dia, amor – ela vem em minha direção com os braços abertos.

Levanto minha mão, parando-a.

— O que aconteceu entre nós dois?

Ela coloca a mão no peito, fazendo-se de ofendida.

— Nossa, Noah. Feriu meus sentimentos. Você disse que sentia minha falta, me beijou e pediu para relembrarmos os velhos tempos. A-achei que iriamos reatar...

— Menos drama, Carly. Eu nem lembro do que houve, o que é muito estranho. De qualquer maneira, isso não pode sair daqui em hipótese nenhuma. Não reatamos, não relembramos nada, até porque nem lembro, imagina se vou relembrar alguma coisa.

Preciso urgente de água e um remédio para essa dor de cabeça que não passa. Desço as escadas, Carly vem logo atrás de mim. Para piorar toda a situação, dou de cara com Alyssa e Martha na sala. As duas se voltam com olhar de interrogação para mim, dou de ombros porque não sei o que dizer.

Achei que a mulher tinha ido embora, mas ela senta na cadeira ao meu lado direito para tomar café. Minha cabeça piora. Alyssa senta-se do outro lado, encarando-me com tristeza em seus olhos, e eu sei em que ela está pensando: Madison. Esfrego minha mão no peito, uma ponta de dor começa a me incomodar.

— Bom dia, Aly – fala Carly de bom humor. Mas minha irmã se mantém em silêncio. — Acho que não sou bem-vinda no clã dos Lancaster, não é? Vou indo – ela sai, dando-me um beijo no rosto. — Obrigada pela noite, querido.

Fecho meus olhos e coloco dois dedos na fronte para tentar aplacar a dor. Por que eu não lembro do que aconteceu? Será que bebi demais? Lembro-me de ter bebido somente uma cerveja...

— Eu deveria perguntar o que aconteceu antes de tirar qualquer conclusão. Mas, pela cena que acabei de ver, minhas conclusões estavam certas. Eu não esperava isso de você, Noah. Se fosse qualquer outro, não me admiraria. Mas você... Você era meu exemplo de honestidade.

Não tenho coragem de olhar para minha irmã. Enfrentar sua desaprovação agora só faz com que o aperto no meu peito piore.

— Alyssa, eu não sei o que aconteceu. Ontem à noite, ela chegou e disse que precisava conversar. Você me conhece, sabe que não costumo voltar atrás das decisões que tomo, muito menos tratando-se de Carly. Eu realmente não sei o que houve. Bebemos alguma coisa e não lembro de mais nada, somente acordando ao lado...

— Como você pôde fazer isso com a Madison?

— Alyssa, eu adoro a Madison, nunca tive a intenção de fazê-la sofrer. Mas somos adultos e bem resolvidos. Ela mesma disse que não tinha nada comigo, que estávamos apenas nos conhecendo. Então, seja o que for que tenha acontecido, não tem nada a ver com ela. Vamos com calma.

Minha irmã levanta-se furiosa e joga o guardanapo na mesa.

— Que você era um idiota, eu já sabia, mas um safado, para mim é novidade. Tenha um bom dia, excelência.

— Alyssa! Eu proíbo você e qualquer outra pessoa daqui de contar para Madison o que acham que viram.

Olho para Martha, que corresponde minha cara feia.

— Fique tranquilo, Noah. Ninguém vai atravessar o caminho do todo poderoso Lancaster - minha irmã fala, saindo da sala.

Volto-me para Martha.

— Troque os lençóis da minha cama. Eu não faço ideia do que aconteceu e não quero correr riscos.

Vou para o escritório de casa até melhorar, depois, vou para a Corte. Distraio-me olhando meus e-mails e ouço um barulho na porta. Levanto os olhos e vejo Madison vindo em minha direção, linda como sempre e um pouco abatida. Ela beija-me e senta no meu colo, passa seus braços pelo meu pescoço e puxa-me para si. Recebo sua língua na minha boca com o maior prazer. A imagem da Carly na minha cama essa manhã corta todo o clima.

Tiro Madison do meu colo com delicadeza, beijo sua testa, cada lado do seu rosto e olho em seus lindos olhos verdes. Eles são tão límpidos que posso ver sinceridade estampada neles. Meu peito aperta, e minha cabeça dói. Não mereço Madison, ela irá me deixar.

Não suporto a ideia, dou mais um beijo em sua testa, pego minha pasta e vou para o gabinete. Admito, sou um covarde. Eu deveria ter contado, mas eu não podia, não agora, não olhando em seus olhos.

Afundo-me no trabalho e, a cada momento de distração, passo e repasso o que aconteceu ontem, mas não lembro. Carly não colocaria droga na minha bebida. Colocaria? Não. Eu a conheço bem, jamais se rebaixaria a tal nível. Está difícil de entender como fui transar com ela. Não a desejo mais há muito tempo, ficou claro que não temos mais química e que a compatibilidade também é questionável. Simplesmente, não sei...

Saio do gabinete às nove e meia da noite e vou para o clube. Sei que, a essa hora, Madison já foi para casa. Eu não tenho coragem de olhá-la, de contar o que houve. Estou sentindo-me sujo, indigno de tê-la por perto.

Entro no *Secret Garden* e vou direto para a sala privada. Ramon serve-me uma dose generosa de whisky, trazendo outra logo em seguida. Christopher aparece, mas logo se vai, e eu fico aqui, parado, olhando para o nada, achando um jeito de voltar no tempo e evitar o que aconteceu. Desisto no momento em que percebo que é impossível.

Os dias passaram lentamente, torturando-me a cada noite. Tenho trabalhado demais, bebido demais e dormido menos. Tentei me convencer de que não devo satisfação a ninguém, sou solteiro, Madison falou que estamos nos conhecendo, não tínhamos nenhum tipo de compromisso. O problema é que não consigo me convencer disso.

Os caras e eu acordamos cedo para irmos ver a casa de praia que pretendo comprar. Mas nem tive condições de dirigir, estou, desde aquela bendita noite, sem conseguir pregar os olhos. Madison também percebeu, ontem, antes dela ir para o clube, disse-me que iria para casa dela e depois conversaríamos. Eu queria que voltasse para minha casa, para os meus braços, mas não tive coragem de pedir tal coisa.

Chegamos em nosso destino. Saindo da estrada principal, entramos em uma secundária de terra batida, mas em boas condições. O caminho é ladeado por arbustos muito bem cuidados. De longe, vê-se um muro alto branco, quanto mais nos aproximávamos, mais alto ele ficava.

O portão é automático, mas dá para ver as câmeras de segurança e de reconhecimento fácil. Já sei que terei que contratar uma empresa de segurança. Assim que os portões abrem, encontramos um caminho de palmeiras altas até a casa que é surpreendentemente linda. Por fora, parece ser de dois andares, grande parte dela é toda de vidro, arquitetura moderna. Vista daqui, é como se fossem dois prédios separados, interligados por um ambiente no térreo.

Benjamin estaciona o carro na garagem que também é um ambiente separado, mas conectado à casa principal por um corredor. Entramos na casa pela garagem e o primeiro ambiente é a cozinha, muito bonita e elegante. Passamos por duas salas e fomos direto aos quartos, chamaram muito a minha atenção. Todos têm varandas voltadas para o oceano, mas a suíte principal é magnifica. As portas duplas abrem-se, brindando o ambiente com a visão da praia, a varanda em forma de deck exibe uma banheira, sofá, mesa com duas cadeiras e um pequeno jardim.

O banheiro é gigantesco e tão luxuoso quanto o quarto. Ao lado da banheira, há uma janela com vista para a praia. A bancada estende-se de fora a fora, ocupando toda a parede oposta à banheira. É tudo branco com pequenos detalhes em preto. Na parede da banheira, há repartições abertas, como se fosse um closet. Essa parede é de vidro e madeira, há uma porta ao lado que dá acesso a outro ambiente, na verdade, a parede nada mais é que um box para o chuveiro, que são duas duchas enormes. Realmente, um espetáculo.

A casa é composta por seis quartos, oito banheiros, dependência de empregados que é para um batalhão. Três salas, um jardim interno, um salão de jogos, academia e por aí vai. De uma das salas, abrem-se portas duplas para a piscina e nada me preparou para aquela visão.

Saímos em direção à extensa área externa. Fomos até a piscina de tamanho olímpico com uma cascata em um dos cantos. A lateral final da piscina e de todo o terreno é um penhasco que dá para a estupenda visão do mar, ladeado por pedras e matas. No canto direito, longe da piscina e perto do jardim, há uma escada com corrimão de vidro e cada degrau foi esculpido com maestria nas pedras. Descemos em uma pequena extensão de praia particular, só quem tem visão para cá é quem está na casa.

A água é cristalina e calma, nada de ondas, até parece um lago. As pedras que rodeiam tornam tudo espetacular. As plantas, as flores, tudo... O silêncio é um bálsamo, o canto das aves é um musical da mais fina qualidade. Aqui é o paraíso. Mais ao lado, construíram um ambiente com espreguiçadeiras e cadeiras em um lugar coberto, mas pequeno. Se não prestássemos atenção, teria passado em branco.

Voltamos para a casa e sentamos no sofá. Sim, esse castelo é todo mobiliado. Alyssa e Madison vão adorar esse lugar.

Madison...

Minha dor de cabeça que persiste, agora torna-se lancinante. As imagens da nossa última transa voltam a me atormentar. Eu não a toco desde aquela noite macabra com Carly. Não achei certo.

— Noah? - olho na direção da voz e vejo meus dois amigos observando-me sério. Christopher continua: — Há dias, você não anda bem, só que hoje sua aparência está pior. O que se passa?

Respiro fundo e respondo:

— Terça-feira à noite, Madison saiu para atender a Becka, e eu acordei na quarta-feira na cama com Carly.

— Juro que ouvi Carly... – Ben fala, ajeitando-se no sofá.

— Achei que vocês não tinham nada mais, Noah – Chris fala sério.

Passo a mão pelo cabelo e respondo:

— E não temos. Na verdade, eu nem sei o que aconteceu. Carly apareceu tarde da noite querendo conversar, dizendo que a vida não estava fácil. Entrou, tomou uma bebida e, no meio da conversa, senti sono e fui deitar. Não lembro de mais nada, só de ter acordado na minha cama ao lado dela.

— E a Madison? – Christopher pergunta.

— Rebecka teve uma de suas crises nervosas e ela passou a noite lá.

Benjamin fala pensativo.

— Você bebeu muito?

— Não que eu lembre.

— Há apenas uma justificativa, – Christopher fala— ela pode ter colocado algo na sua bebida.

— Já pensei nisso, mas é impossível. Bebi cerveja em garrafa *long neck* e não fiquei longe. Também não acho que ela seria tão baixa assim...

— Essa semana foi presa uma quadrilha que adulterava cervejas – Benjamin fala, olhando-nos. — Eles misturavam componentes químicos aos líquidos...

— Para qual finalidade? Envenenar o mundo? – Christopher pergunta com deboche.

Bem explica:

— Sabe-se que isso começou na periferia, a intenção era uma gangue exterminar a outra. Mas tiveram muitos relatos de pessoas passando mal em bares do estado, então, descobriu-se que eles estavam vendendo as cervejas contaminadas a preço de banana. Você pode ter sido uma vítima do acaso.

— Contou a Madison? - Christopher pergunta-me.

— Não. E venho a evitando desde então.

Christopher continua com suas perguntas.

— Por quê?

— Não sei... - respiro fundo. — Não acho certo manchá-la com minha sujeira.

Benjamin levanta-se e tira uma garrafa de vodca de algum lugar. Abre-a e alcança para mim, falando:

— A Madison não vai perdoá-lo. Ela já foi traída uma vez e olha o que isso trouxe para vida dela. Talvez, se tivesse contado logo de cara, tivesse o benefício da dúvida. Mas, conhecendo a ruiva como conheço, suas chances foram reduzidas a nada.

— O que pretende fazer, Noah? - Chris questiona.

— Não sei...

Ele continua:

— Gosta da Madison? - assinto. — Então, aproveite enquanto pode ou deixe-a ir. Porque, de qualquer maneira, você acabou com o que poderiam ter.

— Todo mundo merece uma segunda chance - falo com esperança.

— Estamos falando da Madison, ela já foi traída uma vez e sua revolta a fez ser rejeitada pela família. Acha mesmo que ela te dará algo, além de um pé na bunda? - Benjamin indaga.

— Eu deveria ter evitado...

Chris corta:

— Você não deveria ter deixado Carly entrar. A partir do momento que você o fez, tudo poderia acontecer. Afinal, vocês ficaram juntos por dois anos.

— Eu gostaria que ninguém tivesse conhecimento sobre isso. Já basta a Alyssa e Martha – eles ficam me olhando, esperando que eu termine de contar. — Quando desci na manhã seguinte com a Carly atrás, minha irmã e Martha estavam conversando na sala.

Os dois falam ao mesmo tempo:

— Puta que pariu!

Levanto-me e vou até as portas duplas da sala.

— Mudando de assunto, eu vou ficar com a casa. Preciso de um lugar para fugir quando precisar. Mas antes, tenho uma condição...

Capítulo 18
Madison

Olho-me no espelho mais uma vez e vejo que todos os hematomas daquele acidente infeliz já saíram. Enrolo-me na toalha e vou ao meu armário pegar uma roupa para trabalhar. Remexendo minhas coisas, encontro uma camiseta preta do Noah, pego-a e cheiro, ainda tem seu perfume.

Sinto saudades dele, sinto falta do seu cheiro, dos seus carinhos. Há dias não nos vemos, somente trocamos mensagens. Ele diz que está em um caso grande, Alyssa comentou que ele chega tarde em casa e passa a noite debruçado em cima dos processos.

Não sei...

Às vezes, tenho a impressão de que ele está me evitando. Mas por quê? Sempre fomos claros um com o outro, aliás, era o que me fazia gostar tanto dele. Nunca escondeu nada ou deixou de falar para me poupar. Noah é direto, não importa o que a outra parte ache. *O que está acontecendo, excelência? Acostumei-me tanto a ter você por perto.*

Coloco uma calça jeans, uma blusa básica, minhas inseparáveis botas, pego meu casaco e vou para o *Secret Garden*. Adoro aquele lugar. Hoje, não sou mais *barmaid*, ajudo Rebecka a administrar o lugar. Conseguimos fazer melhorias que fizeram toda a diferença, temos uma excelente equipe de profissionais.

Entro e sou saudada pelos seguranças. Vou direto para o escritório ver se a Rebecka deixou alguma anotação para mim. Sento-me e volto a pensar em Noah. Alcanço o celular para ver se pelo menos há uma mensagem dele, mas não tem nada. Eu poderia ligar e perguntar se está tudo bem, mas não estou pronta para levar o primeiro fora da minha vida.

Distraio-me fazendo minhas tarefas e atendendo alguns clientes que estavam pelo clube. Bato um papo rápido com Cole e Aidan, repasso algumas coisas com Ramon e volto para o escritório. Em seguida, um segurança escolta um entregador com flores até aqui.

— Com licença, Mad. Entrega para você.

Aceno e aponto para o rapaz entrar.

— Boa noite, senhorita Harver - ele entrega-me um buquê de flores maravilhoso, diferente de todos que já vi. Há orquídeas, rosas e peônias. Elas variam de rosa-claro a escuro e branco— Pode assinar aqui, por favor? - assino e devolvo, ele entrega-me um cartão e dá-me um recado. — Um carro passará aqui para pegá-la às nove da noite.

— Quem? - pergunto curiosa.

— Acredito que esteja no cartão. Tenha uma boa noite.

Depois que ele sai, abro o cartão e leio.

Sorrio de orelha a orelha. Já recebi muitas flores, mas nenhuma significou o que essas significam. Não sei porquê. Gosto de Noah, na verdade, adoro-o. Mas sentimentos tão profundos não fazem parte da minha vida. Olho as flores novamente em meus braços e sinto-me em paz, sei que ele também sente minha falta.

Voltei para o trabalho e não vi a hora passar. Quando me dei conta, disseram-me que havia um motorista à minha espera. Despeço-me de Rebecka e vou. Encontro Frank na frente do clube, aguardando-me com a porta aberta.

— Boa noite, Mad – ele me cumprimenta, sorrindo.

— Como está Frank?

— Muito bem, e a senhorita? – ele é um senhor muito simpático. Durante algum tempo, fiquei tentando entender como ele teve estômago para servir a "Cardela" do mal.

— Estou bem – entro no carro e seguimos viagem. Percebo que está fazendo um trajeto diferente, indo para o lado contrário do que deveríamos ir. — Frank, para onde estamos indo?

— Em direção ao litoral. Será uma viagem um pouco longa, Madison.

— Litoral? Viagem longa? Eu não tenho roupa, pode fazer a volta! – falo já ficando irritada.

Ele sorri.

— Há uma valise para você no bagageiro. Não se preocupe, apenas descanse.

Como se fosse fácil apenas descansar. O que Noah está aprontando? Um arrepio de antecipação percorre meu corpo, que logo acorda com as nossas quentes lembranças. Noah desperta o que há de melhor em mim e o de fatal também. Olho pela janela toda cidade ficando para trás e adormeço.

Acordo com alguém acariciando o meu rosto.

— Acorde, minha ruiva – abro os olhos e encontro aquele olhar que me faz suspirar. Noah beija-me com doçura.

— Oi... – sussurro.

— Oi – seu sorriso o deixa ainda mais bonito.

Ele estende-me a mão e saio do carro. Frank entrega uma maleta para Noah e parte, deixando-me ali, na companhia de um dos homens mais bonitos que já conheci. Ele escolta-me até a casa, passamos no hall divinamente decorado e fomos até a sala, onde a decoração é basicamente branca: um sofá em forma de "U" em couro branco, três poltronas também em couro branco e uma mesa de centro em vidro.

— Esse lugar é lindo, Noah.

— Fica mais bonito de dia – ele aproxima-se de mim. — Hoje quero matar as saudades, amanhã mostrarei a casa.

Sua imponência ao caminhar em minha direção, seu jeito sério e o olhar de puro desejo compõem o homem dos sonhos de qualquer mulher. Noah está vestido com uma bermuda bege e uma camisa branca de tecido fino, apenas com os dois últimos botões fechados, seu peitoral definido todo à mostra para o meu bel prazer.

Ele toma minha boca em um beijo tranquilo, sua língua pede passagem para acariciar a minha, eu resisto, quero que ele brigue por mim. Noah morde meu lábio inferior, fazendo-me gemer e, assim que baixo a guarda, ele invade minha boca, fazendo meu corpo gritar por ele. O beijo que começou doce, logo se transformou em louco, praticamente devorávamos um ao outro.

Suas mãos percorrem meu corpo e, por onde elas passam, queimam como brasa ardente. Ele puxa meus cabelos para o lado e tem acesso ao meu pescoço, ele beija, suga, lambe...

— Noah...

Ele separa sua boca da minha e fica olhando-me, foi nessa hora que percebi como estava com saudades desse homem. Noah pega minha mão e leva-me até a cozinha, que é tão bonita quanto o outro ambiente.

— Espero que não se importe de comer na cozinha. Não sei onde guardam as coisas por aqui, e a Martha preparou algo que eu possa esquentar no micro-ondas - ele fala, dando de ombros.

Vou até onde ele está, olho a organização de Martha e percebo que nem tudo é para esquentar. Dou um chega pra lá nele, coloco um prato no micro-ondas e peço para que ele sirva a bebida. Enquanto arrumo os pratos, ele nos serve com uma taça de vinho branco para combinar com o peixe. Sentamos um de frente para o outro e começamos a comer, Noah está mais quieto que o normal, comendo de cabeça baixa.

Gostaria que ele confiasse em mim o suficiente para abrir-se. Eu sei que não poderei ajudar, mas, assim, pelo menos dividiria o fardo que está carregando. Ele olha para mim e acho que vejo dor em seus olhos...

— Eu senti sua falta, Madison.

Meu corpo relaxa com sua declaração. Sinceramente, achei que ia falar que não poderíamos nos ver mais ou que algo de ruim tivesse acontecido. Sorrio e respondo:

— Eu também...

A tensão sexual entre nós é tão forte que o silêncio é capaz de arrepiar. Com muita dificuldade, termino de comer e olho para ele, que me encara. Sem perda de tempo, ele empurra sua cadeira para trás, e eu sento em seu colo. Nossas bocas se fundem novamente em um beijo orgástico.

Ele levanta comigo em seu colo e subimos as escadas, vamos até o final do corredor e entramos em uma suíte maravilhosa. Ela estava mergulhada na escuridão, a única iluminação que tinha era devido a algumas poucas velas que perfumavam o lugar. Antes que eu pudesse me ater ao ambiente, sinto Noah atrás de mim, suas mãos trilham o caminho até a frente da minha camisa, e ele começa a desabotoar. Enquanto faz isso, beija meu pescoço, e eu derreto-me com seus toques.

Assim que minha camisa está aberta, ele vai à calça e a abre também, tirando-a em seguida. Noah abaixa-se e beija cada nádega minha, sobe fazendo um caminho de beijos até chegar ao meu pescoço. Morde o lóbulo da minha orelha e fala com voz rouca:

— Vou fazer você gozar incontáveis vezes e, em cada uma delas, gritará o meu nome. Vou te chupar, te lamber, morder e marcá-la como minha. E para finalizar, – ele leva sua mão até minha bunda e massageia a minha entrada anal— vou comê-la aqui e tomar posse de todo seu corpo. Entendeu, senhorita Harver?

— S-sim...

Ele tira toda minha roupa rapidamente, jogando-me na cama nua. Faz um pequeno show, tirando as suas peças e vem para cima de mim, nos beijamos como se não houvesse amanhã. Logo, ele desce aos meus seios e, enquanto suga um, belisca o outro mamilo, fazendo-me gemer.

Seu ataque é demorado, molhado e delicioso, desce trilhando um caminho com a sua língua e abre minhas pernas. Passa seus dedos na minha abertura molhada, que já contrai em antecipação. Seus dedos são substituídos por sua boca, e ele não perdoa. Passa sua língua, suga, lambe novamente e morde meu nervo, grito de prazer. Penetra-me com seus dedos enquanto sua língua trabalha no meu clitóris e fode-me com maestria. Meu orgasmo não demora a vir e, quando chaga ao ápice, fico tonta.

Noah vem por cima de mim outra vez e beija-me, compartilhando o meu gosto que está em sua boca. Enquanto nos beijamos, ele esfrega seu pau na minha entrada, e eu tento forçá-lo a penetrar-me, mas Noah não permite, ele quer judiar mais. Que Deus me ajude!

Ele penetra-me novamente com seus dedos e todas as sensações reascendem. Belisca meu clitóris e o meu tesão vem como uma avalanche. Tento levantar-me, porque não é possível ficar parada, mas ele impede-me. Noah massageia a entrada da minha bunda, enquanto sua língua traça minha vulva e lá vamos nós novamente em uma espiral de prazer. Um dedo foi bom. Dois dedos, foi delicioso, mas senti algo diferente. Três dedos, sinto incomodo e, quando ele percebe isso, para o movimento e se concentra somente na minha boceta. Eu já estava perdida, meu corpo convulsionava, e eu clamava por seu nome.

Então, Noah penetra-me com seu pau, fazendo-me gemer alto, pedindo mais, sempre mais... Ele beija minha boca, suga minha língua, morde meu lábio, e eu puxo seu cabelo, mordo seu queixo e arranho suas costas. Um misto de sensações ronda meu corpo: sua boca nos meus seios, uma mão na minha bunda e fodendo-me desesperadamente. Não consigo assimilar, meu orgasmo vem e, mais uma vez, caio no precipício do prazer.

Ele deita ao meu lado, retira o preservativo e o joga de lado. Observo seu corpo, cada músculo, cada tatuagem, seu pau... Reúno minhas forças, subo em cima dele e começo a lamber cada tatuagem. Isso vem martelando na minha cabeça desde que o conheci. Seus gemidos vão intensificando de acordo com o lugar, assim que chego perto do seu pau, ele prende a respiração. Sugo a cabeça, acaricio com a língua, massageio suas bolas, seu gemido é rouco. Atrevo-me a engoli-lo de uma vez só, engasgando-me, e Noah, chama por mim. Meu nome é doce quando sai dos seus lábios, estimulando-me a chupá-lo mais, com mais força, e faço isso enquanto o masturbo.

— Ah... Madison... Deus, como isso é bom.

Noah entrelaça seus dedos em meus cabelos e dita o ritmo da minha foda. Sim, eu o estou o fodendo com a minha boca. Não há prazer maior para uma mulher que ouvir os gemidos do homem e saber que ela os causa. Acelero o ritmo e sinto o pulsar de sua veia na minha boca. Ele está perto de gozar...

Minha alegria dura pouco, ele retira-se de mim e fala:

— Quero gozar dentro de você.

Ele vai até um nécessaire que está em cima da cômoda e pega algo, volta para cama e coloca um novo preservativo. Posiciona-me de quatro, beija meu pescoço e vira meu rosto para alcançar minha boca. Enquanto beija-me, penetra-me na bunda com seus dedos.

— Está pronta para mim, Madison?

Aceno que sim, e ele leva uma de suas mãos ao meu clitóris. Noah enfia seu pau na minha boceta e fode-me lentamente, fazendo com que eu tenha consciência de cada centímetro entrando e de cada um saindo. Enlouquece-me. Sinto um líquido gelado na minha entrada e, logo depois, seu pau na minha bunda, fico tensa. Noah volta a estimular meu clitóris, e eu relaxo, ele vai entrando e uma queimação se faz presente.

Eu não sei dizer se dor me dá prazer, o que posso afirmar é que o estímulo no meu clitóris somado a queimação do ânus desencadeou um prazer inigualável, levando-me ao pico do prazer. Eu gemia, gritava, pedia por mais... Pronunciava palavras desconexas, gemidos que mais pareciam lamentos.

— Venha comigo, ruiva. Dá-me todo seu prazer.

E bastou para que mais um orgasmo viesse e tomasse conta. Meu corpo convulsiona de prazer, minha cabeça está em branco, minhas forças não mais existiam, e eu sou a mulher mais satisfeita do mundo. Essa sou eu nas mãos dele.

Sou acordada com as carícias do Noah. Abro meus olhos e o vejo ali, só que o seu sorriso não alcança seus olhos. Ele continua a acarinhar-me com delicadeza, beija-me com doçura e o meu coração aperta.

— O que se passa com você, Noah?

Ele balança a cabeça.

— Nada...

Viro-me para ele.

— Eu sei que está acontecendo alguma coisa com você. Por favor, compartilhe comigo?

Ele passa seus dedos pelo meu rosto.

— Ando cansado, desejando que algumas coisas fossem diferentes. Mas...

— Mas a vida não é justa... – complemento.

— Exatamente – ele fala exasperado. — Não quero pensar em nada. Hoje, eu só quero aproveitar-me de você.

Noah beija-me e novamente penetra-me com delicadeza. Seu ritmo é deliciosamente lento, como se estivéssemos fazendo amor... Se eu não manter a sanidade, esse homem entrará no meu coração e será minha derrocada. Transamos duas vezes antes de nos levantarmos para tomar café.

Fui ao banheiro tomar banho e encontrei tudo o que precisava para minha higiene. Mas nada me preparou para aquele banheiro. *Que isso, gente?* É enorme; na banheira, cabe um time de basquete e, de quebra, tem uma vista maravilhosa do mar.

Será que essa casa é do Noah? Alyssa disse que ele tinha vontade de comprar uma, mas não tinha encontrado a que queria. Deve ser do Christopher, apesar de ter mais cara do Benjamin. Saio do banheiro e pego a camisa dele que estava no chão, visto e desço para encontrá-lo colocando o café da manhã.

— Noah, esse lugar é lindo!

— Você não viu nada ainda. Depois do café, faremos um *tour*.

Sentamos para tomar café, que só tinha suco, porque, pelo jeito, o meritíssimo não sabe nem colocar água para ferver. No meio da refeição, ele quebra o silêncio.

— O que você tem com o Cole Knight? – Noah pergunta.

— Adoro o Cole – ele olha-me sério e forma-se um "v" em sua testa, entre os olhos. — Tivemos bons momentos regado a bebidas, festas, maratonas – falo, piscando para Noah, e ele não gosta muito. — Na maioria das vezes, Aidan também estava e...

— Eles compartilhavam você? – ele anda de um lado para outro.

— Nem sempre. Às vezes, era somente Cole; outras, era somente Aidan.

Noah continua a andar de um lado para outro, puxando seu próprio cabelo, e eu rio. Homens! Não enxergam um palmo à frente do nariz. Vou deixar sofrer mais um pouquinho.

— A última vez em que estivemos juntos, fiquei impressionada com a disposição do Cole para a maratona – arregalo os olhos para ser mais convincente. — Foram dezoito horas seguidas. Acredita?

— Eu não quero você perto daqueles filhos da puta. Entendeu, Madison? Eu não quero ter que quebrar a cara daqueles imbecis – Noah vociferava.

— Quando você me conheceu, sabia que eu não era mais virgem, Noah – continuo comendo meu mamão e rindo. Estou achando uma gracinha esse ciumezinho besta.

— Madison... Madison...

— Não se preocupe com isso, excelência. A nossa relação era íntima, mas não profunda... Como vou explicar...

Noah para de andar e olha para mim assustado.

— Eles a pagavam para transar? – enquanto ele respirava fundo, eu me acabava de rir. Minha barriga está doendo de tanto que rio dessa situação.

— Noah, Cole é gay.

Ele para de andar no minuto em que falo.

— O quê?

— Cole é gay e Aidan não é só seu melhor amigo, é o seu namorado. A maratona é de séries de televisão, e não de sexo! No natal, final de ano, festas comemorativas, eles sempre me acolhem.

Noah vem até mim e me beija com força, a ponto dos meus lábios doerem. Coloca-me em cima da mesa e entra no meio das minhas pernas, beijando-me desesperadamente.

— Passarampela minha cabeça, mil maneiras de como acabar com o Cole e o Aidan – ele dá um tapa na minha coxa. — Não faça mais isso. Você é minha!

O tapa arde e o tesão se apresenta na mesma intensidade. Abro a camisa, exponho meus seios, pois sei que ele adora.

— Então, lembre-me a quem pertenço.

Não precisei falar duas vezes, sua boca já estava em mim, mais especificamente, nos meus seios. Rapidamente, abriu sua bermuda e penetrou-me sem delicadeza alguma. É isso o que gosto, de tapas, mordidas e fodas intensas. Ele circula meu clitóris com o dedo enquanto fode-me com vigor. Não demoro para gozar, e ele vem logo atrás, tira seu membro de dentro de mim e goza nas minhas coxas.

Não contente em ter marcado somente minhas pernas, espalha seu sêmen por todo meu corpo.

— É minha, toda minha e exclusivamente minha!

Noah sai e volta com uma toalha úmida para me limpar. Depois, abotoa minha camisa e alcança-me um chinelo.

— Vamos conhecer a casa.

— Como descobriu esse lugar?

— Benjamin me apresentou - bem como eu imaginava. Ben e suas extravagâncias.

Noah pega-me pela mão e vamos em direção à sala. Chegando lá, ele abre as portas duplas e fico maravilhada com o que vejo. Um terraço extenso, uma piscina enorme, um jardim lindo e florido. Caminhamos até o final do terraço e vejo a grandiosidade do lugar, daqui é possível ver o mar logo abaixo.

Continuamos nossa caminhada e descemos as escadas que levam à praia. No último degrau, Noah me para e tira meus chinelos e fomos andar à beira-mar. Estou encantada com a visão das pedras que cercam esse pedaço do paraíso de águas cristalinas e areia branca.

— Noah, estou sem palavras, esse lugar é absurdamente lindo!

Ele sorri.

— Verdade.

Caminhamos pela pequena faixa de areia de mãos dadas. Não lembro de ter me sentido bem com ninguém nesse tipo de situação. Olho para Noah e, mais uma vez, contemplo sua beleza. O que mais admiro nele é a sua sinceridade e transparência.

Ele não está bem, há alguma coisa errada acontecendo, mas, da mesma maneira que Noah é transparente, há um muro de contenção que não permite saber o que se passa em seu mais profundo ser. Não adiantará insistir. Talvez, ele não confie em mim para contar-me tudo. Ainda assim, sempre estarei aqui para ele e por ele.

Voltamos para a casa e ouvi meu celular tocar em algum lugar... Eu nunca sei onde ele está. Até parece que tem pernas e saí se escondendo de pirraça! Encontro-o no chão da sala. Ontem, na hora em que chegamos, deve ter caído. Olho o visor e vejo que é Meredith, uma amiga que não quer mudar, mas insiste em ficar conversando.

— Olá, Meredith. Em que posso ajudá-la?

— Oi, Mad - ouço seus soluços. Mais uma vez, desesperada.

— Calma, querida. Respire fundo. No seu tempo... Isso... Agora, fale comigo. O que está a incomodando?

— Cheguei à conclusão de que não nasci para ser feliz... O Hank desapareceu - Hank é um pobre coitado sequestrado pelos sentimentos exacerbados dessa mulher.

Começamos a conversar há alguns meses e, desde então, venho tentando entender por que ela quer contato comigo. Meredith não quer mudar, não quer melhorar, ela acha que o erro está no mundo e quer que eu concorde com seu ponto de vista. Já cansei de tentar ajudá-la, ela não quer, não há mais nada que eu possa fazer, mas também não posso a deixar desesperada, não é?

— Meredith, ouça-me com atenção: você tem que parar de associar a felicidade ao casamento. Entenda, felicidade não é um pote no final do arco-íris que você irá encontrar e ser feliz para sempre, casada, com filhos e um cachorro. Felicidade é a soma daqueles momentos que nos fazem bem, que nos marcaram, independente de ter sido com alguém ou não. Casamento é um momento feliz dessa soma, mas não é a totalidade. Você casará achando que tem um príncipe em casa que fará tudo por você, que viajarão em lua de mel cem vezes para renovar os votos de casamento, mas a realidade não é assim. Você será mãe, terá uma casa inteira para limpar, roupa para lavar, criança para levar à escola, e um marido que ficará na frente da televisão nos dias de folga dele. Você já não será prioridade nem para si mesma. Então, aproveite sua vida muito bem, curta a si mesma na sua solteirice, faça tudo o que tenha vontade de fazer. Um dia, depois de ter aproveitado muito e ver que não há mais nada a fazer, que o que resta, doe-se para o próximo. Está me entendo, Meredith?

— Sim... – ela fala ainda soluçando.

Homens não gostam que os sufoquem... Só homens, não! Eu mesma odeio que me sufoquem. Dedique-se a outra coisa que não seja encher o Hank de amor. Faça um curso de artesanato, de automaquiagem, de *Kama Sutra*. Dedique seu tempo a você e a sua profissão; o que sobrar, empregue em Hank.

— M-mas... mas e se ele me deixar?

— Filha, ele já a deixou! Isso significa que o seu modo de pensar não deu certo. Pense no que falei e tente, se não der certo, pelo menos você fez algo para ser feliz.

— Obrigada, Madison.

— Beijos e se cuide!

Desligo o telefone e vejo Noah escorado no batente da porta, olhando-me e sorrindo. Já sei que vem piada por aí. Sento-me no sofá e fico olhando para o mar, distante. Ele acomoda-se ao meu lado e acaricia meu rosto.

— Então, felicidade não é um pote de ouro no final do arco-íris?

— Não. Felicidade são pequenos momentos em que o ser humano se julga plenamente completo.

— Conceito interessante, assim como o do príncipe encantado que tem mais a ver com resgate do que com perfeição. Você seria uma excelente psicóloga. Tudo bem que seus conselhos não são muito ortodoxos, mas ainda ajudaria muitas pessoas.

Viro-me para ele, a ideia é encrencar.

— Como assim, conselho nada ortodoxo?

Ele ri.

— Vou repetir suas palavras, Madison. "Querida, a bíblia não diz que sexo oral a levará para o inferno. Mas diz que o divórcio a levará. Então, chupe seu marido, chupe gostoso, pratique com uma banana, cubra os dentes com os lábios para não machucar o pau dele. Porque, se for para ir para o inferno, pelo menos irá satisfeita e chupando seu marido". Ruiva, eu passei duas horas rindo disso.

— As mulheres são criadas em redomas religiosas, em que o "não pode" é regra. Sabia que a maioria da população feminina não sabe o que é um orgasmo? Vim para desmistificar esse tipo de coisa. Sexo é vida e pode, sim!

Ele dá aquele sorriso de canto que o torna diabolicamente lindo.

— Pode, senhorita?

— Pode...

Noah abre minha camisa, deixando meus seios expostos e belisca um mamilo. Abre sua bermuda e seu membro liberta-se. Ele começa a se tocar, masturbando-se, joga a cabeça para trás, gemendo, dando-me água na boca. Contemplo a imagem do paraíso até a merda do celular dele tocar. Noah pega o telefone e atende, mas continua a se tocar. Não aguento e o tomo em minha boca, fazendo ele gaguejar.

— S-sim... Ok... Ah... Nada... Ok, ok. Ah... Eu a levarei. Tchau.

Noah levanta-me e coloca-me para cavalgá-lo. Toma minha boca e invade-me com sua língua impiedosa. Desce sua boca e toma um mamilo, suga, morde... Noah acaba com minha sanidade. Bate-me na bunda, e eu cavalgo mais rápido, mais forte. Subo e desço desesperadamente, quero tudo, quero Noah! Gozo dizendo seu nome, saio de cima dele, abaixo-me e tomo seu pau em minha boca novamente. Rapidamente, ele goza chamando por mim.

Ele puxa-me para o seu colo novamente, beija-me com carinho e encosta sua testa na minha.

— Eu daria tudo o que tenho para ficar aqui com você, mas a realidade não nos permite. Rebecka precisa de você no clube essa noite – ele olha-me. — Eu te adoro, Madison. Mesmo você sendo desbocada, teimosa, chata. Eu te adoro. Jamais esqueça disso.

Meu coração aperta, um nó forma-se na minha garganta. Batalho para que as palavras saiam, eu quero dizer o mesmo, porque assim o sinto. Abro a boca e fecho, mas elas não saem... Noah lê o desespero em meus olhos, emoldura meu rosto, beija minha testa e meus lábios.

— Calma. Eu já a conheço o suficiente para saber que sente o mesmo. Um dia você superará isso, Madison.

Saio de cima dele e vou até a janela sentindo-me um lixo. O cara só disse que me adora, não foi um *eu te amo*. Eu desaprendi a retribuir essas emoções, não sei dizer a alguém o que sinto quando esses sentimentos estão no meu coração. Fechei-me tanto para o mundo que agora não sei como abrir-me. Volto-me para Noah, ele continua sentado no sofá.

— Desculpe-me – tento justificar. — Eu, simplesmente... travo.

Ele vem até mim e beija minha testa.

— Não se preocupe – ele vai em direção às escadas,— Você está indo comigo para minha casa.

E meu coração volta a dançar o chá-chá-chá.

Capítulo 19
Madison

A viagem de volta foi tranquila. Conversamos sobre tudo e sobre nada, rimos, mandei ele ir à merda porque riu novamente dos meus conselhos, e voltamos a falar do Cole.

— Eu ainda não consigo acreditar que o Cole Knight é gay. Na verdade, não entendo.

— Não entende o quê?

Ele responde, olhando para estrada:

— Por que ele não assume de uma vez?

— Por causa da família, do pai, do sobrenome, do preconceito...

Ele passa a mão pelo cabelo.

— Hoje, temos a liberdade de sermos o que quisermos, Madison. Tudo na vida requer algum sacrifício, mas, mesmo assim, nenhum sacrifício é tão grande para conquistarmos a nossa liberdade. Preconceito é crime e temos vias legais para tratar disso.

— Ele é CEO de uma multinacional, deu o sangue e suor por aquele lugar. Se hoje ele assumir sua condição sexual, não tenha dúvidas de que o próprio pai o renegará e o destituirá do cargo que tanto batalhou. E por que esse interesse todo?

— Porque não acho justo as pessoas não terem liberdade para fazerem da sua vida o que bem entendem. Seja o Cole, o Aidan ou qualquer outra pessoa.

Estacionamos em frente à minha casa no começo da noite. Arrumo-me rapidamente, pego algumas coisas, e ele deixa-me no clube, dizendo que mandaria Frank me buscar para ir para casa, a dele.

Mal coloquei o pé no *Secret Garden* e já fiquei sabendo que o problema é Selena novamente. Vou até ela e resolvo em dois toques, é o aviso prévio. Daqui a trinta dias, não precisará vir mais. Vou para o escritório, analiso a relação de dançarinas que podem substituí-la, pois a escolhida terá que passar por um intensivo antes de subir ao palco.

Passeio pelo lugar, verifico se está tudo em ordem, e Ramon me passa algumas coisas para providenciar. Assim que termino meus afazeres, retorno ao escritório e encontro Rebecka olhando fixamente para um quadro.

— Becka? – ela vira-se e sorri.

— Ainda está por aqui? Achei que já tinha ido.

Sento-me na cadeira de frente para ela.

— Decidi ficar até mais tarde.

— Desculpe por atrapalhar o passeio. Mas eu já tinha discutido com a Selena, as coisas ficaram complicadas...

— Sem problemas.

Ela ajeita-se na cadeira.

— Como foi o passeio?

— Bom. O lugar é lindo.

— Que bom. E como vão as coisas entre você e Noah?

Passo a mão pelos meus longos cabelos.

— Bem. Eu acho. Noah não é uma pessoa instável, mas, nesses últimos dias, está muito estranho. Ficamos quase dez dias somente trocando mensagens, aí ele me faz aquela surpresa linda, levando-me para o litoral. Mas seus olhos dizem que há algo errado, só não sei o que é.

— Deve ser algum caso complicado. Caso contrário, já saberíamos o que se passa.

O telefone em cima da mesa do escritório toca, e Rebecka atende.

— Alô - abre um sorriso. — Está aqui, sim, estou passando para ela. Beijos - ela passa o fone para mim. — Noah.

Atendo.

— Oi.

— Estou te esperando para jantarmos - sua voz é baixa, deliciosamente sexy.

— Já estou indo.

— Ok. Beijos.

Ele desliga, e eu fico com um sorriso bobo, olhando para o nada. Esse homem é demais, seu corpo, sua voz, seu pa...

— Madison? - Rebecka me chama e vejo que está rindo. — Você está apaixonada!

Meu sorriso evapora e reajo como se tivessem jogado um balde de água fria em mim. Por mais que eu quisesse me apaixonar, não sei se voltaria a fazê-lo.

— Não - falo e balanço a cabeça negativamente. — Noah é uma boa pessoa, lindo, e eu o adoro. Mas não passa disso.

Seu sorriso se desfaz.

— Madison, nem todos os homens são iguais. Eu duvido que, algum dia, Noah a trairia. E mais, já está na hora de superar...

Levanto-me e vou em direção à porta.

— Ok, mamãe. Até amanhã.

Encontro Frank na frente do clube, cumprimento-o e vamos em direção à casa dos Lancaster. No caminho, distraio-me com o que Rebecka falou, que tenho que superar.

Eu já superei. Só que, a partir do momento em que isso o que tenho com Noah se tornar profundo, darei a ele o poder de machucar-me, é esse o risco que não quero correr. Ninguém é perfeito, as pessoas erram, decepcionar-se faz parte da vida, eu só não sei se estou disposta a baixar a guarda.

Assim que o carro para, desço, e Frank vem em minha direção chiando:

— Quando me deixará fazer meu serviço completo, Mad?

Reviro os olhos.

— Não sei ser madame, ok? Dê graças a Deus que aceitei sentar no banco traseiro.

— O que deu muito trabalho, por sinal - ele fala, sorrindo.

— Está ficando um velho ranzinza, Frank. Olha o coração - digo, rindo enquanto vou em direção à porta.

Uma das mulheres que trabalham na casa abre a porta para mim. Fico perguntando-me para que esse tanto de empregados? Conforme me aproximo da sala, ouço Alyssa aos berros com Noah. Inusitado. Jamais pensei ver isso.

— Como você pode estar sorrindo no meio de uma situação dessas, Noah? Meu Deus, você era meu exemplo e agora não passa de um mentiroso!

O tom do Noah é baixo.

— Alyssa, por favor...

— Por favor é o cacete! Está na hora de consertar isso, senhor juiz.

Entro na sala, e os dois olham para mim ao mesmo tempo. Alyssa vem até mim e dá-me um abraço.

— Oi, Mad - seus olhos estão tristes e não encontram os meus. Deve estar com vergonha porque presenciei a briga.

— Oi, Aly. Está tudo bem?

Ela sorri sem graça.

— Está, sim. Vamos jantar? Estou faminta, e estávamos só te esperando.

— Claro... só vou lavar as mãos.

Alyssa passa direto por Noah, e ele olha triste a caminhada da sua irmã. Uma coisa já sei, eles não estão bem por algum motivo. Isso é o que deve estar deixando Noah mal. Vou até ele, abraço-o e beijo.

— Boa noite, excelência.

— Boa noite, minha ruiva - seu sorriso, mesmo triste, é lindo.

Assim que sentamos à mesa para jantar, Christopher aparece, de mau humor para variar. Senta-se ao meu lado, e Martha o serve. Passo a mão em suas costas como um gesto de carinho porque Chris realmente não está bem.

— O que houve, meu galã?

Ele joga três envelopes azuis em cima da mesa.

— Convite para o meu noivado - seu tom é de escárnio e assusta-me.

— Chris, se você não quer isso, então não continue. Audrey e você estarão no caminho do insucesso - aconselho.

Ele vira-se para mim.

— Não é ela. Você não faz ideia do que é ter sua vida toda manipulada e já decidida. E mais, não fiz parte das decisões. O noivado era para ser daqui a seis meses, mas o meu articulador adiantou para alavancar as pesquisas.

— É o preço que se paga por um ideal, cara - Noah fala.

— Eu sei, é só que... sei lá - Christopher vira para mim. — Gostou do passeio?

— Amei. O lugar é esplendido.

Ele sorri.

— É, sim.

— Sabia que, em menos de vinte dias, é o aniversário da Mad? - Aly fala sorrindo. — Faremos uma festa, o que acha? - ela pergunta a mim.

— Eu não acho nada, porque não comemoro meu aniversário. Esqueça festas, encontros, reuniões ou qualquer coisa do tipo - falo séria.

— Podemos fazer uma festa... - Noah fala olhando para Alyssa.

Eu os corto.

Não podem! Agora, se o meritíssimo quiser me agradar com joias milionárias, estamos aí. Já tenho até planos para elas, empenharei todas e fugirei com o Frank.

Todos começam a rir. O jantar foi pacífico, apesar do elefante branco que estava na mesa. Há algo sério entre Alyssa e Noah, somado a irritação do Christopher, o clima ficou tenso. Depois, os dois foram conversar no escritório, e eu fui atrás de Aly em seu quarto. Bati à porta, e ela abriu.

Entro, sento-me e a analiso.

— O que está acontecendo entre você e seu irmão, Alyssa?

Ela desvia seu olhar.

— Noah não é quem eu pensava ser ou talvez tenha mudado, não sei. Ele sempre foi o meu exemplo para tudo, sempre tive o melhor irmão. Aos meus olhos, Noah era perfeito - ela altera a voz. — Daí faz uma tremenda cagada e age como se estivesse tudo bem, mas não está! Deus, há horas que o odeio.

— Calma - alcanço sua mão. — Olhe para mim. Ninguém é perfeito e todos nós somos suscetíveis ao erro, com Noah não seria diferente. Seja o que for que ele tenha feito, perdoe. Porque ele pode ser condenado por todos, Alyssa, mas ele não suportaria ser condenado por você, a irmãzinha caçula que ele sempre cuidou. Jamais repita que o odeia, isso o destruiria, ele não suportaria ouvir isso de você.

— Eu sei, mas sinto muita raiva - uma lágrima escorre pelo seu rosto. — Você não entenderia...

— Pode ser que eu não entenda, Alyssa, Mas não precisa entendê-lo, basta estar ao lado dele. São só vocês dois contra o mundo.

Ela me abraça apertado.

— Eu queria poder mudar tudo, Mad. Eu queria ter o poder de voltar no tempo e mudar tudo.

Seco suas lágrimas.

— Eu também queria, Aly. Talvez, hoje, eu estivesse secando as lágrimas de uma sobrinha que se machucou ao cair de bicicleta, ou as lágrimas da minha irmã por algum filme besta, ou apenas vendo televisão com o meu pai. Mas não podemos e é melhor que seja assim, senão não teríamos a oportunidade de aprender com nossos erros.

— Obrigada por ser assim... - ela abraça-me novamente, e eu me emociono. Nunca me agradeceram por ser a bagunça que sou.

Os dias seguem, e nós trabalhamos incansavelmente. Estamos há semanas treinando a nova menina para assumir o lugar da Selena. Rebecka e eu decidimos investir em uma das dançarinas de fundo, aquelas que só fazem parte de uma coreografia. Cindy é uma morena linda, mas queríamos a transformar em fatal, é um pouco tímida, também estamos trabalhando esse lado dela.

Como há muitos números temáticos, optamos por algo mais clássico. A música do The Weeknd - *The Hill*, dará a batida perfeita para uma dança sexy. Ela fará um *striptease*, mas não tirará toda a roupa, o que conta são os movimentos, rebolados, agachamentos; enfim, sua desenvoltura é que fará a diferença. Em certos momentos, queremos que ela passe a impressão de que está transando, tudo isso no ritmo da música.

Sua roupa será um vestido preto de couro que abrirá atrás, achamos legal que ela vá até um cliente e peça para abrir. Fora que homem tem um fetiche por couro. Sua maquiagem será pesada, carregada no preto; um batom vermelhão, saltos altíssimos, luvas até o cotovelo e meias sete oitavos completam o look. Sua estreia será semana que vem, até lá, teremos que deixá-la pronta.

Enquanto o coreógrafo repassa os passos com Cindy, sorrio com as lembranças de hoje pela manhã. Fui acordada por um homem lindo, alto, loiro, incrivelmente forte, cantando *Parabéns para Você* no meu ouvido. Meu primeiro presente foi um beijo, seguido de vários beijos pelo corpo, de lambidas, mordidas e um sexo homérico.

— Eu ia trazer seu café na cama, mas Martha e Alyssa fazem questão de que você desça – ele fala, olhando para mim e tenho a impressão de que pode ver a minha alma. Tento desvencilhar-me, mas Noah não permite. — Vai parar de se mexer para que eu possa terminar de dar os parabéns?

— Sim...

Continuamos deitados, ele por cima de mim, prendendo-me com o seu peso. Suas mãos emolduram meu rosto e seu olhar é tão doce que mexe comigo.

— Desejo que seus dias sejam iluminados, que Deus a proteja por toda sua jornada, que mantenha essa língua afiada e esse corpo delicioso. Mas, acima de tudo, desejo que ele conserve esse coração grande que tem. Eu te adoro,

Madison, muito! Mais até do que deveria. Mas eu te adoro. Parabéns, minha ruiva dos infernos.

Reviro os olhos.

— Adoro seu romantismo, excelência – beijo sua boca. — Eu também te adoro, Noah.

Ele beija-me com carinho, abre minhas pernas e desliza seu pau para dentro de mim, fazendo-me a mulher mais satisfeita do universo. Não transamos, não fodemos, fizemos amor, até ele puxar meu cabelo, a partir daí se tornou uma foda deliciosa.

É muito fácil conviver com Noah, nossos dias são muito tranquilos. Ele não me pede nada, não exige nada, apenas me dá. Ele é extremamente carinhoso e faz questão de demonstrar isso. Gosta de ficar tocando-me sempre que possível, de entrelaçar seus dedos nos meus ou em meus cabelos.

Volto para a realidade com o telefone tocando no bolso. Olho o visor e vejo seu nome, como se ele soubesse que meus pensamentos estavam nele.

— Boa noite, excelência. Em que posso ajudá-lo?

— Quero você aqui, Madison – ele fala com doçura. — Não demore, por favor.

— Pedindo assim, não tenho como negar. Já estou indo.

Sua voz soa preocupada.

— Pelo amor de Deus, Madison, venha com cuidado. Não me recuperei daquele acidente que você sofreu há quase um mês.

— Sim, senhor. Até daqui a pouco – despeço-me e desligamos.

Desde que voltei a dormir em sua casa, ele me dá sua moto para que eu venha trabalhar. Ele até quis negociar, mas comigo é sim ou não. Verifico algumas coisas antes de sair do clube, confirmo algumas mesas que logo serão ocupadas por um grupo de despedida de solteiro. Tudo certo! Posso ir.

Vou até a garagem e subo naquela máquina dos sonhos de qualquer um. Essa moto é linda, uma BMW que corre pra caramba. Entro no trânsito de Nova York e vou em direção a casa dos Lancaster.

A distância é considerável, mas nada muito longe. Assim que passo pelos portões, vejo três carros parados em frente à entrada da casa. Dois, eu conheço muito bem, não preciso olhar muito para saber a quem pertencem, mas há um desconhecido e muito velho. Christopher e Benjamin estão aí. Provavelmente, Noah e Alyssa os chamaram para jantar comigo. Balanço a cabeça sorrindo. O que eu posso querer mais da vida? Tenho amigos que me adotaram e fazem questão de que me sinta parte da família.

Tiro o capacete e entro, ouço vozes alteradas e corro para a sala. Vejo Benjamin segurando a Rebecka e Alyssa chorando nos braços de Chris. Martha está pálida, viro-me na direção em que os olhares estão voltados e noto Carly ao lado de Noah, que está... amargurado.

Meu coração aperta, alguma coisa está muito errada. Dou mais alguns passos para frente e todos se dão conta de que cheguei. Noah dá um passo em minha direção, Rebecka entra na minha frente.

— Antes de qualquer coisa, cretino, conte a ela. Seja homem, Noah – ela fala.

— O que está acontecendo? – pergunto em tom baixo com medo da resposta.

Noah abre a boca para falar, mas é Carly quem responde primeiro.

— Estou grávida.

Eu acho que fiquei surda. Ela disse que está grávida? Uma dor passa pelo meu peito. Baixo a cabeça e tento digerir a notícia. Eles tiveram um longo relacionamento, é possível que ela estivesse grávida e não houvesse como cogitar isso quando eles terminaram. Olho para a barriga dela e vejo que está reta demais, mas Carly é muito magra, não dá para ver ainda.

Viro-me em direção às escadas com o capacete ainda na mão. Preciso afastar-me para processar e para que Noah tenha seu tempo com a mãe do seu filho. A conversa que tivemos em Boston vem imediatamente na minha cabeça: *"Se Carly estivesse esperando um filho seu, ainda assim, separaria?"*. Lembro-me muito bem da sua resposta: *"Não! Se ela tivesse um filho meu na barriga, estaríamos juntos para sempre. Eu faria de tudo para manter minha família, seja com Carly ou qualquer outra."*

Paro no segundo degrau da escadaria e, antes que eu possa me controlar, pergunto:

— Você está de quanto tempo, Carly?

— Sete semanas – ela responde sem titubear.

Faço as minhas contas rapidamente. Há sete semanas, eu sofri aquele acidente de moto e, no outro dia, dormi na casa da Rebecka. Quando cheguei, notei que havia algo estranho no Noah, depois disso, passamos dias sem nos ver. O filho da puta me traiu...

— Madison... – ouço Noah me chamando. Olho-o com descrença.

— Você me traiu – ele vem em minha direção, e eu estico o braço. — Você me traiu...

— Madison, eu nem lembro o que aconteceu aquela noite. É como se eu tivesse apagado... – sua voz é desesperada. — Eu não sei como ela foi parar na minha cama...

— Oi? Na sua cama? - pergunto ainda mais descrente. — Você está me dizendo que dormiu com ela na cama que compartilhamos estando ainda comigo?

— Madison, por favor, acredite em mim...

Desço o restante da escada e vou até ele, peço para que Rebecka segure o capacete e soco sua cara de galã, especificamente, o nariz. Ouço os outros falando alto, mas não me importo, quero mais é que vão para o inferno. Minha mão dói para caramba, chacoalho para ver se alivia.

Olho ao redor e vejo tristeza nos olhos de Alyssa e dos meninos, mas não faz diferença, não agora. Olho mais uma vez para Alyssa e me dou conta do motivo que a fez brigar feio com Noah, ela sabia da traição. Meu Deus, eu a aconselhei a ficar ao lado dele.

Eu já fui traída uma vez e, naquela época, eu surtei feio, acabei perdendo toda referência familiar que tinha. Hoje, apesar de ter socado a cara dele, posso salvar pelo menos minha dignidade. Passo a mão pela minha roupa para tirar algum amassado. Olho-me no espelho que cobre parte da parede da sala, arrumo meus cabelos e pego capacete de volta.

Dirijo-me a Christopher, Benjamin, Alyssa e Martha que estão de um lado.

— Martha, se puder arrumar as poucas coisas que tenho, serei eternamente grata. Envie para o clube, por favor - olho para Rebecka. — Depois nos falamos - viro-me para Noah e a "Cardela". — A vocês, meus parabéns! Só tenho pena dessa criança, nem nasceu e já tem um fardo bem pesado para levar. Se me derem licença.

Engulo meu choro, coloco o capacete, subo na moto e saio dali cantando pneu. Quero correr, sentir o perigo rondar-me, a adrenalina subir e não pensar no que acabou de acontecer. Olho para o velocímetro e estou a cento e vinte quilômetros por hora, quero mais. Acelero, usando toda potência disponível naquele momento, dou voltas e voltas, até não aguentar mais.

Paro na frente do clube que está em pleno funcionamento, desço da moto e a largo no chão. Vou até a lateral do prédio onde há algumas madeiras da reforma, pego a mais maciça, volto para perto da moto e a arrebento. Dois dos seguranças do clube me seguram, mas consigo fazer um belo estrago. Adoro motos, mas essa é do Noah, e eu odeio o Noah.

Quando eles tentaram me segurar, minha mão deu um estralo e começou a doer tenebrosamente. Começo a gritar de dor, Cole aparece e me leva até seu carro, de lá, corre para o hospital comigo. Sou levada para fazer um exame para ver se quebrou, mas foi somente uma luxação. Deram-me um medicamento estranho, que me deixou tonta. E então, não vi mais nada.

Capítulo 20
Noah

Meus dias nessa Terra tem sido um verdadeiro inferno. Olho-me no espelho novamente e vejo que está ficando cada vez mais escuro em torno dos olhos. Três noites não dormidas mais um soco no nariz que me rendeu dois olhos roxos. Madison deixou a sua marca no meu rosto!

Desde aquela maldita noite, não tenho pregado os olhos, porque cada vez que os fecho, lembro-me do olhar de dor da Madison. Depois que ela saiu da minha casa, eu corri atrás dela, mas foi inútil. Ela saiu em disparada com a moto, deixando-nos desesperados. Chris, Ben e eu conseguimos colocar muita gente atrás dela, o problema é que a mulher é perita em sumir.

Começo a repassar aquela noite pela milésima vez. Liguei para a Madison pedindo que viesse embora, já tinha dado seu horário e todos estavam aqui para o jantar em comemoração ao seu aniversário. Alyssa e eu achamos uma boa ideia fazer algo assim. Fui ligar do escritório e, quando saí de lá, Carly estava em pé na frente dos meus amigos.

— Não é uma boa hora para conversar, Carly.

— Temos que conversar agora, Noah – ela fala com arrogância.

Viro as costas e vou em direção à cozinha.

— Não é uma boa hora...

Então ela fala as palavras que fizeram meu mundo parar.

— Estou grávida de um filho seu, Noah.

— Não pode ser...

Ela entrega-me um papel com o logotipo de um laboratório bem quisto na cidade e lá, a palavra "positivo" grafada em letras enormes. Rebecka fala, tirando-me do pesadelo.

— Isso é possível, Noah?

— É...

Alyssa surta.

— A Madison vai me odiar para o resto da vida.

— Cunhadinha, não é hora de pensarmos em Madison. Estou esperando seu sobrinho, está na hora de pensarmos em nós.

Respiro fundo.

— Não existe nós. Existe meu filho e eu... - afirmo.

Rebecka aproxima-se de mim.

— Você se deitou com ela, comprometido com a Madison? - aceno que sim, e ela continua, falando mais alto que nunca— Como você pôde? Logo você...

— Se serve de consolo, eu nem lembro o que aconteceu aquela noite. A única coisa de que me lembro e tenho certeza foi de acordar com Carly.

Benjamin a segura enquanto ela desconta sua raiva em mim. Vejo Alyssa chorando de raiva e, nesse momento, Madison entra. Ela vem até onde estamos, olha para o rosto de cada um e pergunta o que está acontecendo. Eu ia responder, mas Carly se adianta.

Vejo seu olhar confuso. Ela não faz perguntas, apenas acena e começa a subir as escadas. Respiro aliviado, porque teria a chance de contar minha versão e, quem sabe, ela poderia me perdoar. Mas o destino não colabora, Madison para no segundo degrau e pergunta de quanto tempo Carly está. Ela responde que de sete semanas e então, meu mundo, realmente, vem abaixo.

Enquanto eu tentava fazer com que ela me ouvisse, Madison repetia que eu a traí. Eu queria explicar que não lembrava, mas não tive a chance, ela me deu um soco do nariz e deixou-me tonto. Teve a frieza de se despedir, subiu na moto e saiu. Fui atrás dela, mas já era tarde.

Voltei para dentro, e Rebecka veio até mim.

— Eu sempre me orgulhei de tê-lo como amigo porque era uma das pessoas mais corretas que já conheci na vida. Estou decepcionada. Se alguma coisa acontecer com a Madison, não tenha dúvidas de que o culparei pelo resto da vida - ela volta-se para Carly. — E você conseguiu me mostrar o quanto uma mulher pode descer para conseguir o que quer.

Ela sai, Alyssa sobe as escadas e olho para os meus amigos, tão perdidos quanto eu.

— Temos que encontrar a Madison.

Rapidamente, cada um liga para os seus contatos e conseguimos colocar alguns investigadores e seguranças nas ruas à procura dela. Já era tarde da noite e nada. Onde você está, Madison?

Às cinco horas da manhã, os investigadores da Corte descobriram que ela deu entrada aquela madrugada na emergência e, no registro, constava uma crise nervosa e luxação na mão direita. Quando cheguei lá, ela já havia saído, soube que Cole assinou sua internação e fui atrás dele na mesma hora.

— Bom dia, Aidan.

— Bom dia, Noah. Em que posso ajudá-lo? - ele pergunta sério.

— Quero falar com o Cole.

— Ele está dormindo. Bom, estávamos. Cole ficou no hospital até Madison sumir. Depois que se cansou de procurá-la, veio dormir.

Passo a mão pelo cabelo e respiro fundo, exausto.

— Aidan, por favor, caso veja a Madison, dê-me notícias. Eu estou desesperado.

Despedimo-nos, e ele fecha a porta. Escoro-me na parede para pensar em onde Madison poderia estar. Volto para o carro e sigo para casa, ainda tinha a parte mais difícil, acertar minhas contas com a Carly. No caminho, ligo e pergunto se Carly ainda está lá, Martha responde que sim, que ela se negou a sair de lá até eu chegar. Minha dor de cabeça piora.

Entro em casa e grito para a Martha trazer Carly até o meu escritório, vamos acertar isso de uma vez. Ela entra.

— Satisfeita, Carly? Satisfeita com o carnaval que rolou na minha casa? – pergunto irônico.

— Precisávamos resolver isso, Noah. Estou carregando um filho seu, você tem que arcar com sua obrigação.

— E irei. Darei uma boa pensão e serei um pai muito presente...

Ela grita:

— Não! Você tem que se casar comigo.

Rio amargamente.

— Nem se você fosse a última mulher da face da Terra. Benjamin se encarregará das legalidades, da pensão, enquanto a criança não nascer e, quando nascer, faremos o DNA. A partir daí, conversaremos sobre um novo valor. Qualquer coisa que precisar, é com Benjamin que deve falar.

— Será assim que você me tratará, como uma barriga de aluguel? Ficamos juntos por dois anos, Noah Lancaster. Eu fiz coisas por você que jamais teria feito por outra pessoa.

Aceno para ela.

— Provou seu ponto engravidando. Agora, dê-me licença, por favor. Tenho que encontrar minha namorada.

Depois que ela saiu, chamei Alyssa para conversar. Eu preciso fazer com que minha irmã entenda que adoro Madison, que estou angustiado com o seu sumiço. Ela entra e senta-se.

— Você tem alguma notícia da Madison, Noah? – pergunta-me com sua doce voz.

— Não e estou ficando desesperado – dou a volta na mesa e abaixo-me em frente a ela. — Alyssa, eu não traí Madison conscientemente, jamais faria isso. Realmente não sei o que se passou aquela noite. Sou louco por aquela ruiva, eu daria qualquer coisa para voltar no tempo e mudar tudo. Saber que estou fazendo ela sofrer está acabando comigo...

Alyssa sorri.

— Ela acabou com você mesmo. Já se viu no espelho?

— Não. Mas sinto uma dor desgraçada. Já tomei analgésicos e nada. Sem o seu apoio, eu não sei até onde posso ir.

Ela me abraça.

— Você é um cretino filho da puta do caralho, mas é meu irmão. Eu o amo, Noah, e estarei sempre aqui para você. Só me faça um favor, não engravide mais ninguém.

— Vou tentar – falo, rindo. — Desde quando seu vocabulário de palavrões é tão extenso?

Ela apenas ri.

No outro dia, dois seguranças do clube trouxeram minha moto destruída para casa. Quando vi aquilo, quase enfartei. Se a moto está assim, Madison devia ter se machucado muito. Mas um dos homens contou que foi a própria Madison que fez isso, onde provavelmente machucou sua mão.

Pedi que a colocassem ao lado da moto que comprei de presente de aniversário para ela. Aquela ruiva dos infernos é viciada em velocidade, pensei em dar um carro esportivo, quem sabe um igual ao do Ben, mas conhecendo-a como a conheço, sei que não aceitaria. Mas a moto eu faria questão que ela aceitasse.

Madison gosta da cor preta, diz que é mais imponente, então comprei uma BMW S1000RR igual a minha, só que mandei personalizá-la. No tanque tem as iniciais da moto entrelaçadas com as dela, como se seu nome fizesse parte da marca. Nas laterais, o nome Madison. A moto é exclusiva, saindo da linha de montagem direto para minha garagem para presenteá-la.

De lá para cá, foram dias sem notícias da Madison e isso acabou comigo. Coloco meus óculos, que agora fazem parte do visual, pelo menos enquanto estiver com olhos roxos. Vou em direção ao *Secret Garden*, preciso conversar com a Rebecka esclarecer tudo. Ela é uma das minhas melhores amigas, tem que me ajudar...

Entro no clube e vou direto para o escritório dela, encontro Christopher e Benjamin sentados diante da Becka, que faz uma careta quando me vê. Sento na minha cadeira de sempre e percebo que a da Madison ainda está ali. Deve ser bom sinal. Christopher e Benjamin me cumprimentam, vou até Rebecka e dou um beijo em sua cabeça, ela aceita de bom grado, porque, no fundo, nos amamos.

— Você está péssimo, Noah - ela fala. — E nem estou falando dos roxos, sua aparência está cansada.

— Estou há dias sem dormir preocupado com a Madison - olho para Rebecka abrindo meu coração, para que ela veja pelos meus olhos. — Becka, eu não transei com a Carly conscientemente. Eu nem sei que inferno se passou aquele dia.

— Estou sabendo - ela fala com carinho. — O problema, meu amigo, é que você machucou a Madison, você a traiu. Para piorar, Carly agora tem um filho seu e dessa mulher não se livrará tão cedo.

— Vamos esquecê-la, ok? Vamos nos concentrar em Madison. Eu preciso saber notícias dela...

— Dela quem? - Madison entra no escritório com uma prancheta na mão. — Boa noite, senhores.

Levanto-me e vou até ela, olho-a de cima a baixo e vejo que está inteira. Apesar da mão enfaixada, parece que todo resto está bem. Muito bem, por sinal. Ainda mais dentro dessas calças de couro.

— Eu estou te procurando como um louco há dias, Madison. Como você está? - pergunto.

Ela sorri, mas a tristeza em seus olhos não passa em branco.

— Estou muito bem, juiz Lancaster. Coisa que não posso dizer do senhor. O que houve com seu lindo rosto? Até parece que alguém o socou.

Os outros começam a rir e, quando me viro na direção deles, todos param de sorrir imediatamente e saem, deixando-nos a sós.

— Precisamos conversar, ruiva.

Ela senta-se na cadeira que Rebecka acabou de desocupar e mantém sua atenção no computador.

— Sobre sua moto? - ela faz cara de assustada. — Desculpe-me, excelência. Um carro desgovernado passou por cima - coloca a mão na boca. — Ops!

— Madison, eu não sei o que se passou naquela noite com Carly, é tudo muito nebuloso. Eu não lembro como as coisas aconteceram, me dá um crédito, por favor.

— O crédito que você precisa está na barriga daquela mulher - ela levanta-se e vai em direção à porta. Mas, antes de sair, volta-se para mim. — Só sinto pela sua escolha, Carly não é uma boa pessoa. Você já deveria saber disso.

Vou atrás dela, e a encurralo no canto da parede do corredor.

— Eu preciso de você na minha vida, Madison. Perdoe-me, pelo amor de Deus.

— Perdeu a oportunidade, excelência. Agora, deixe-me ir porque preciso trabalhar.

E lá se foi a ex quase futura mulher da minha vida.

— Está lindo como sempre, Noah – diz Harriet. — Os hematomas se curaram completamente.

— Graças a Deus. Cheguei a usar a maquiagem da Aly.

Ela ri e sai da sala balançando a cabeça. Final de expediente, não sei se vou para casa ou para o clube. Ultimamente, tenho ido àquele lugar somente para vigiar Madison e passar raiva. Aquela ruiva dos infernos tem feito os meus dias um tormento.

Decido ir para o clube para tentar relaxar, pois faz mais de quinze dias que só perco a paciência. Ela desfila pelo clube com aquelas roupas cada vez mais curtas e mais justas, os homens só faltam cair nos peitos dela. Semana passada, tirei do clube a socos um infeliz bêbado que estava a cercando. Olho para o processo em cima da minha mesa e resolvo terminar de lê-lo antes de ir.

Chego no clube por volta das dez, vejo a casa cheia para a estreia de uma nova dançarina. Rebecka e Madison começaram a fazer isso há algum tempo, enviam convites para um grande show ou estreias, como será hoje. Cumprimento os conhecidos e dirijo-me até o bar onde Christopher e Ben estão sentados para assistir o show.

Procuro por Madison, mas não a encontro em lugar algum. Peço para o Ramon minha cerveja e fico mexendo no celular. O ambiente já estava a meia luz, mas, com o toque da música, elas se apagaram totalmente. Uma música de batida forte do The Weeknd soa - *The Hill*, a conheço porque Madison escutava insistentemente enquanto a menina nova aprendia a coreografia.

— Puta que pariu! - Ben fala, pulando da banqueta do bar.

— Fodeu! - Christopher faz a mesma coisa.

Viro-me para ver o que está acontecendo e arrependo-me na mesma hora. O foco de luz destaca o centro do palco, iluminando Madison vestida com uma espécie de colete na cor branca, fechado apenas por um botão, tão justo que faz seus seios quase pularem para fora. Daqui vejo parte do sutiã preto de renda que torna tudo ainda mais explícito. A saia é muito curta, se ela abaixar, dará para ver seu útero. As meias finas pretas sete oitavos contornam suas pernas, e aquela cinta-liga fode com o psicológico de qualquer um.

Enquanto a música rola, ela desce no poste, rebola, faz caras e bocas, deixando-me, cada vez mais, à borda da minha ira. Os idiotas aplaudem e gritam, a desejam, querem o que é meu, caralho! Juro por Deus que mato um por um...

(...) Quando eu estou fodido, esse é o verdadeiro eu... Eu só te fodo quando são cinco e meia, a única hora em que eu vou te chamar de minha. Eu só gosto quando você me toca, não me sente. Quando eu estou fodido, esse é o verdadeiro eu. Quando eu estou fodido, esse é o verdadeiro eu (...) - Nesse verso, ela passa a impressão de que está cavalgando, usando a cadeira como apoio. Eu não suporto e levanto para ir em direção ao palco e tira-la de lá.

Chris e Ben seguram-me, e vejo que dois seguranças também se aproximam. Volto meu olhar para o palco e vejo Madison de quatro no chão, apontando para um filho da puta. Todos vidrados nela como se fosse uma miragem no deserto. A dor no meu peito é tão intensa que começo a quebrar tudo o que está sobre o balcão do bar. Tento desvencilhar-me de quem me segura, e eles me arrastam para fora dali.

Antes de sair, Madison olha para mim e repete as palavras da música: *(...) Quem é você para julgar, quem é você para julgar? Esconda suas mentiras, garota, esconda suas mentiras (...)* – desisto de lutar e saio dali por conta própria.

Vou para a sala privada e fico andando de um lado para outro na intenção de que minha ira se dissipe, mas, quanto mais ando, mais aumenta. Que porra a Madison está fazendo? Como ela pôde fazer aquele número? Caralho, ela é minha!

Rebecka entra e olha-me apreensiva. Dou um passo em sua direção, ela dá um passo para trás com medo. Benjamin e Christopher entram na minha frente.

— Acham mesmo que eu bateria na Becka ou em qualquer mulher? – pergunto indignado.

— Não sabemos. Nunca o vimos assim, cara. E isso está nos deixando preocupados, Noah. Você pode ter um treco.

Volto-me para Rebecka.

— Eu jamais a machucaria, Becka. Eu jamais machucaria um ser, meu Deus.

Ela vem até mim e me abraça.

— Eu sei, meu amigo. Eu sei... Acalme-se, Noah. Por favor.

Assim que ela me solta, alcanço um vaso que está no canto e arremesso na parede, assustando todos na sala.

— Cada vez que a imagem dela seminua vem à minha cabeça, minha fúria extrapola...

— O que está acontecendo aqui? – Madison entra na sala privada vestida com sua habitual roupa, um vestido e o casaco. Graças a Deus, está coberta.

Vou para cima dela.

— Como você pôde fazer aquilo? Enlouqueceu?

Ela olha sem muita paciência para os outros e volta seu olhar para mim.

— Antes de qualquer coisa, Ramon está fazendo o levantamento de tudo o que você destruiu no bar – ela coloca o dedo na minha cara. — Não é porque é conselheiro desse clube que pode sair por aí destruindo tudo. Amanhã, uma fatura chegará no seu gabinete.

Passo a mão pelos meus cabelos e os puxo para ver se aplaca minha raiva e a vontade beijá-la. Respiro fundo algumas vezes, tento me recompor e volto a falar com ela.

— Por que, Madison?

— Por que o quê?

— Por que você foi dançar no palco com aquela roupa?

Ela olha para mim e o que vejo em seus olhos tem a mesma intensidade de uma facada no peito, desprezo.

— Porque a menina passou mal. Porque eu quis. Porque eu posso. Porque eu não devo explicação a ninguém. Porque sou livre para fazer o que bem entendo – sua voz vai aumentando. — Porque tenho que superar uma nova traição. Porque o cretino engravidou uma cadela. Porque dói cada vez que eu relembro tudo que se passou...

Eu a abraço, e ela me bate sem parar no peito.

— Calma, por favor.

— Eu te odeio, Noah... Eu te odeio...

— Eu te amo, Madison...

Ela desvencilha-se de mim e afasta-se.

— Por que você faz isso? Por que insiste em me machucar dessa maneira?

Seu olhar diz tudo o que preciso saber, eu perdi a guerra. Eu poderia passar a minha vida tentando convencê-la de que a amo, mas de nada adiantaria. Madison já tem suas convicções bem arraigadas e uma delas é não perdoar quem a traiu. Vou até ela, beijo sua testa e falo:

— Você pode não acreditar, mas eu a amo. Adeus, Madison.

Capítulo 21
Madison

Vejo Noah sair da sala privada e fico ali, parada, olhando na direção da porta. Ele disse que me ama, duas vezes. As pessoas não podem sair por aí falando que amam as outras sem sentir exatamente isso. Não é justo com quem ouve e se ilude.

Vou para o escritório da Rebecka e tranco-me lá. Encosto-me na porta e deslizo por ela até chegar ao chão, da mesma maneira que minhas lágrimas deslizam pelo meu rosto. Por que você me traiu, Noah? Por quê? Venho perguntando isso há dias. Onde foi que eu falhei dessa vez? Porque não há explicação para ser traída duas vezes, o problema só pode estar em mim.

Não lembro da última vez que chorei, já tinha esquecido como as lágrimas de dores pesam. Passo a mão pelo meu peito, na expectativa de tirar essa faca que está cravada no meu coração. *"Eu te amo, Madison..."*, por que você fez isso, Noah? Como pôde trair se me amava? E aquele adeus doeu como se tivessem me abrindo sem anestesia.

Não sei por quanto tempo fiquei ali no chão lamentando minha desgraça de vida amorosa. Levanto-me, vou até o banheiro a me arrumo novamente. Circulo pelo clube, cumpro com as minhas obrigações e atendo todos no automático. Tudo o que eu queria era ir para casa e não sair de lá nunca mais!

Passei a noite trabalhando no *Secret Garden*, quando minhas obrigações de gerente acabaram, fui para o bar ficar como *barmaid*. Às vezes, Ramon merece uma folga para circular também. Não vi Rebecka, Christopher ou Benjamin pelo resto da noite. Fui cumprimentada por todos por causa do número que apresentei, recebi flores e inúmeros convites dos clientes. Dispensei tudo...

Quando saí do clube, o dia já estava claro. Fui caminhando até em casa, entrei, fechei a porta e morri para o mundo. Precisava digerir tudo o que aconteceu na minha vida e desfazer-me de sentimentos que não tiveram a oportunidade de vir à tona.

Por quatro dias, não saí de casa. Fiquei mofando no sofá porque nem coragem de ir para cama eu tive. Vi filmes horrorosos, chorei incontáveis vezes, tomei litros de sorvete e vi que estava no fundo do poço quando coloquei o chantilly direto na boca.

Desliguei todos os meus telefones, apenas mandei uma mensagem a Rebecka dizendo que não estava bem, também não esperei para ver a resposta. Minha casa estava um lixo, há dias não fazia nada, apenas tomava banho e vegetava. Ah, sim, e me masturbava pensando em Noah. A mulher é doente.

Levanto do sofá e a primeira coisa que faço é abrir a casa para que o ar puro circule e leve embora a derrota que é a minha vida amorosa. Limpo a casa e tomo um banho para lavar a alma, porque ela estava precisando. E, quando tudo estava pronto, sento-me em frente ao computador e abro meu e-mail. Tinha esquecido que havia programado um alerta para as notícias do Noah. Tudo o que sai nas mídias sobre ele é enviado para a minha caixa de entrada.

O título da primeira notícia era: *"O excelentíssimo juiz Lancaster, volta a desfilar com belíssimas acompanhantes. Dessa vez, sua amiga era nada mais nada menos, que uma das coelhinhas de Hugh Hefner."* Noah estava com um braço na cintura de uma loira com peitos enormes. Seu sorriso para ela era iluminado.

— Quatro dias, Noah? Você conseguiu afogar esse amor que você diz que sente em quatro medíocres dias?

Abro o segundo e-mail que tinha fotos dele com os meninos em um jantar do prefeito. Mas ele não estava sozinho, dessa vez, era uma morena muito bonita. Os outros e-mails eram basicamente os comentários de seu profissionalismo. Ele é um dos melhores juízes do país, destaca-se em trabalhos sociais e é responsável por tirar muitas famílias da situação de vulnerabilidade.

Estava para fechar o programa de correio eletrônico quando uma nova mensagem chegou e era em nome de uma das minhas irmãs. Fico na dúvida se leio ou não, afinal, o que querem depois de tanto tempo? No assunto está apenas "importante". Abro e leio.

---

de: marla@igmail.com
para:madison@igmail.com
data: 12 de fevereiro 2017 9:50
assunto: IMPORTANTE

Madison,

Eu não sei se você receberá essa mensagem. Lembro que usava esse endereço eletrônico antigamente e resolvi arriscar. Papai teve um novo infarto e está hospitalizado há dois dias. Ele chama por você a todo momento. Mamãe disse que, se entrássemos em contato, nos deserdaria também, mas não acho justo, ele quer te ver, ele precisa te ver.

Por favor, não o ignore, temo que ele não suportará.

Att. Marla.

Só me dou conta das minhas lágrimas quando elas começam a pingar sobre a minha mão. Meu Deus, meu pai não está bem novamente. Ele se lembra de mim e quer me ver.

Levanto e corro até meu quarto, arrumo uma pequena mala, telefono para o estacionamento aqui perto e peço para trazerem meu carro. Ligo meu celular e digito uma mensagem rapidamente para Rebecka.

Becka, meu pai está hospitalizado novamente, e estou indo para lá. Não sei se a minha mãe permitirá que o veja, mas preciso tentar. Eu não quero que ele parta sem saber que o amo. Não tenho data para voltar, peço que me dê as férias vencidas. Obrigada.
Beijos. Madison

Desligo o telefone e o jogo na bolsa. Eu sei que ela me ligará exaustivamente e vai querer ir comigo. Mas tenho que fazer isso sozinha. A campainha toca e desço as escadas com a pequena mala.

Entro no carro e vou em direção à cidade que deixei para trás há tanto tempo, Leesburg, na Virgínia, onde minhas boas lembranças foram substituídas por momentos ruins. A viagem é longa, tem muita estrada pela frente.

Ligo o som para me distrair, mas o universo é um cachorro louco, e eu sou o pé de mês que ele insiste em foder. Cisma em me fazer lembrar daquilo que quero esquecer. A letra da música entra pelos meus ouvidos, vai direto ao meu coração, que tem uma ligação direta com os meus olhos. E lá vem mais lágrimas.

Dirijo cantando alto *Stay With Me* do Sam Smith e chorando como uma maluca. (...) *Por que estou tão emotivo? Não, não dá para ficar assim, preciso de autocontrole e lá no fundo eu sei que isso nunca funciona. Mas você pode deitar aqui comigo para que não doa. Oh, por que você não fica comigo? Pois você é tudo o que eu preciso. Isso não é amor, está bem claro. Mas, amor, fique comigo (...).*

Depois de cinco horas de viagem, cheguei ao meu destino, não mudou nada. Vou para um hotel na entrada da cidade, entro e faço meu check-in. A recepcionista olha para mim com um sorriso estranho, olho para os lados para ter certeza de que é comigo mesmo. Alcanço a ficha que assinei e espero a minha chave.

— Você não é a Madison Harver? – ela me pergunta assim que entrega-me as chaves.

— Sim, sou.

— Você é uma lenda por aqui – ela fala com um sorriso estranho e já está me dando medo.

Sorrio e aceno. Vou em direção ao elevador e depois, para o quarto. Penso se devo descansar ou ir direto lá. Abro minha mala e tiro o que preciso, corro para o banheiro, tomo uma ducha rápida e vou para o hospital.

Já é noite, entro e pergunto em qual quarto Harry Harver está, a recepcionista me indica que está no final do corredor, primeira a direita, último quarto à esquerda. Ok, eu consigo chegar lá se minhas pernas atenderem aos comandos do cérebro. Caminho rezando para que Deus cuide do meu pai e para que minha mãe permita que eu o veja.

Assim que viro no corredor, avisto minha família ao fundo, todos juntos ao lado de uma porta. À medida em que me aproximo, mais fico nervosa. Não sei o que esperar desse encontro com eles. Marla é a primeira a me ver e vem em minha direção com os braços abertos.

— Mad, que saudades – ela aperta-me em seus braços. Não lembrava como éramos tão parecidas. Marla é a mais velha.

— Como ele está? – pergunto.

— Está instável, poucos momentos de lucidez e, a maior parte do tempo, dormindo.

— O que ela está fazendo aqui? – ouço minha mãe de longe. — Foi você que chamou ela, Marla? É assim que você deseja a melhora do seu pai? – ela volta-se para mim. — Você não é bem-vinda.

— Deixe-me vê-lo, por favor, mãe? – imploro.

— Eu não sou sua mãe desde o dia em que você fez toda aquela desgraça. Não, não verá. Saia daqui ou chamarei um segurança.

Meu Deus, como essa mulher pode ser tão fria? Nem com o seu marido à beira da morte ela amolece aquele coração. Eu sou filha, sangue do seu sangue, como não se compadece? Meus olhos umedecem e, mais uma vez, peço.

— Por favor, deixe-me vê-lo por um minuto.

— Não. Não há mais lugar para você aqui, Madison.

Andei até o final do corredor de cabeça baixa, sentei na última cadeira e chorei até que não restasse mais nenhuma lágrima. Fiquei ali, olhando a movimentação, pessoas iam, pessoas vinham e nada da minha mãe permitir que meus próprios parentes se aproximassem de mim. Pedi informações sobre a situação do meu pai e as enfermeiras disseram que minha mãe as proibiu de divulgarem qualquer coisa.

Voltei a sentar, uma senhora de aproximadamente quarenta anos, baixa, morena de cabelos curtos e roupa de enfermeira chega e fala para mim:

— Madison?

— Sim...

Ela abre um sorriso afetuoso e me entrega um café.

— Você foi professora da minha filha, a ensinou a ler e escrever. Até hoje, quando ela desenha, você é a princesa que ela pinta. Jamais esqueceu da Tia Mad – ela coloca a mão no meu ombro. — Não é justo o que estão fazendo com você, e eu, como filha, sei o quanto isso dói. Bom, o quadro do seu pai está estável no momento, ele anda sob forte estresse e o fato de ser um homem forte contribuiu para esse diagnóstico, senão ele poderia ter morrido. Ele ficará bem, não duvide disso.

Pego a sua mão e aperto entre as minhas.

— Obrigada. De coração, muito obrigada.

Ela me dá um pequeno sorriso e se vai. Procuro meu celular nos bolsos e não encontro, acho que deixei no hotel. Vou para a capela do hospital e lá ajoelho-me, choro e peço a Deus um milagre, qualquer um.

Perco a noção do tempo orando e olhando para o nada. Saio e vejo que o dia já amanheceu. Vou ao banheiro lavar o rosto, ajeito o cabelo e volto a sentar na cadeira, que será minha casa pelos próximos dias. Só sairei daqui quando meu pai tiver alta.

O dia passa lentamente, tenho a oportunidade de repensar toda a minha vida e o que fazer dela. A enfermeira que falou comigo ontem trouxe-me um livro que conta a história de um casal que, mesmo ele sendo um babaca, o que era mesmo, superou suas diferenças e tive seu felizes para sempre". Já falei que odeio quem inventou essa expressão?

Quando eu já não suportava mais, corpo e mente cansados, estando prestes a desistir de tudo, sinto alguém tocar meu joelho. Levanto a cabeça e encontro um par de olhos verdes, um velho conhecido dos meus sonhos. Não sei se é um sonho ou uma miragem, só pulo em seu pescoço e o abraço forte, com medo de que ele se vá.

— Noah...

Não consigo conter as lágrimas, não sei se são de alegria ou tristeza. Eu já não sei mais nada...

— Calma. Estou aqui... - ele fala comigo em um tom doce, passando suas mãos pelas minhas costas para confortar-me.

Solto-o e olho para cima, vejo Benjamin, Rebecka e Alyssa. Levanto-me e abraço todos com a mesma emoção. Depois de acalmar-me, seco minhas lágrimas e pergunto:

— O que estão fazendo aqui?

Rebecka senta-se ao meu lado e pega minha mão.

— Estamos aqui por você. Jamais a deixaríamos sozinha nesse momento, Mad. Como está seu pai?

— A enfermeira disse ontem que ele está se recuperando bem.

— E? - Alyssa pergunta.

— Não sei, Aly. Minha mãe não permite que eu o veja, proibiu qualquer um da minha família de se aproximar de mim e as enfermeiras de me darem informações.

Percebo que eles se entreolham e ficam em silêncio. Noah senta-se e me puxa para a cadeira ao lado, abraçando-me novamente.

— Tudo ficará bem, Madison. Tudo ficará bem... - ele volta-se para Ben. — O que podemos fazer?

Christopher chega, causando um furor no hospital. Ele entra imponente com seus assessores e seguranças ao redor. Ele vem à frente, abrindo seu terno, com cara de quem não teve uma boa noite de sono. Sua cara é de mal, aliás. Chris tem isso a seu favor, essa cara de mal o deixa extremamente sexy. Ele vem em nossa direção e, assim que me vê, abre um sorriso doce e me abraça.

— Como está, minha ruiva preferida?

— Melhor agora - olho para trás dele. — Por que seu exército está aqui?

Ele revira os olhos.

— Não sei, até agora não entendi por que estão aqui. Quando o Benjamin me ligou contando, pedi que arrumassem minha vinda imediatamente e as malas - ele aponta para sua equipe. — Vieram junto.

Rebecka fala:

— Madison, você comeu alguma coisa? Dormiu pelo menos? - aceno que não. — Você não saiu daqui para nada?

— Não. Só sairei daqui quando ele tiver alta.

— Chris, ela não pode ver o pai. Será que vocês três não podem fazer nada? - Alyssa fala.

Noah, Ben e Chris conversam entre si e logo Chris sai, Noah volta a sentar ao meu lado. Rebecka sai em seguida com a Alyssa, e o exército do Christopher diminui, restando somente dois seguranças. Ficamos em silêncio, não precisávamos dizer nada, palavras não eram necessárias nesse momento. O afeto que os trouxe aqui é tão forte que sinto-me protegida de todo mal.

Depois de algum tempo, Chris volta com um senhor de terno e outro que parece ser o médico. Ele acena, Benjamin e Noah levantam-se. Noah sorri, estende-me a mão e fala:

— Vamos ver seu pai, senhorita Harver.

Acompanho esse batalhão até a porta do quarto em que meu pai está internado. Minha mãe olha-me com raiva, Noah coloca-se à minha frente.

— Senhora Harver, eu sou o juiz Noah Lancaster, - ele aponta para os outros— esse é deputado Christopher O´-Donnell e o doutor Benjamin Graham, advogado. Estamos aqui para que a sua filha usufrua do direito de ver o pai...

— Não mesmo! Ele é meu marido e não pode responder por si, sendo assim, eu tomo as decisões. Ela não entra! - minha mãe o corta.

Sinto Noah ficar tenso. Ele continua.

— O diretor do hospital está aqui e vai entrar junto com o médico, eles perguntarão ao seu marido se ele quer ver a filha. Caso a resposta dele seja sim, Madison entrará. Caso seja não, a levaremos de volta para casa, onde é o lugar dela.

— Vocês não podem fazer isso! - ela fala indignada.

Noah responde:

— Então olhe.

Eles entram juntamente com minha mãe. Chris e Benjamin ficam comigo no lado de fora. Em menos de cinco minutos, todos eles saem, e Noah segura a porta para que eu entre. Olho com gratidão. Entro e vejo meu pai ligado a vários aparelhos, oxigênio no nariz, mais magro que da última vez que o vi. Aproximo-me apreensiva e, assim que ele me vê, seus olhos umedecem.

— Madison... - sua voz era rouca.

— Oi, pai - por mais que eu tente segurar minhas lágrimas, falho vergonhosamente. — Eu senti tanto a sua falta...

— Meu bebê... - ele tenta sorrir.

Sento-me na cadeira que há ao lado da cama e seguro sua mão.

— Eu te amo tanto, pai - beijo sua mão e a encosto no meu rosto.

— Também te amo, meu bebê - ele tem certa dificuldade em falar. — Eu sempre pensei em você, não a esqueci nem por um minuto sequer.

— Eu não sei quanto tempo poderei ficar aqui dentro, mamãe não está muito feliz com a minha presença. Só quero que saiba que irei embora somente quando saíres daqui. Ficarei ali fora, quietinha, orando para que Deus cuide do senhor... - mais lágrimas voltam a cair.

Alguém bate à porta. Rebecka, Alyssa, Noah, Chris e Benjamin entram. Sorrio para todos eles. Volto-me para o meu pai e aponto para eles.

— Esses são os responsáveis pela minha entrada nesse quarto.

Christopher é o primeiro a se aproximar e o cumprimenta.

— Prazer, senhor Harver. Eu sou o Christopher. Agora sabemos de quem a sua filha puxou a força. Fique bom logo e vá nos visitar em Nova York.

— Meu nome é Benjamin. Espero que se recupere logo. Assim que for a Nova York, vamos levá-lo em umas boates para comemorar sua recuperação - Ben e suas ideias.

Rebecka pega a mão dele.

— Desejo do fundo coração que melhore rápido. Amamos sua filha e a queremos sorrindo novamente. Eu sou a Rebecka, mas pode me chamar de Becka e ficarei aqui até que o senhor saia.

Alyssa é a próxima e dá um beijo em seu rosto.

— Meu nome é Alyssa, também ficarei aqui para acompanhá-lo de perto. Fique bem, senhor Harver.

Noah aperta sua mão e fala:

— É um prazer conhecer o responsável por nos presentear com a Madison. Assim como ela é importante para nós, o senhor também é. Não se preocupe com nada, somente em se recuperar e, quando isso acontecer, estaremos o esperando para comemorar. Todos os meus contatos estão com sua filha Marla, qualquer coisa que precisar, basta me ligar.

Ele solta a mão do meu pai e beija minha testa. Todos saem do quarto, deixando-me novamente sozinha com o meu pai, que está extremamente emocionado. O médico entra e diz que já está na hora de sair. Beijo o meu pai e vou.

Saio do quarto e dou de cara com a minha família conversando sobre os meus amigos. Meus cunhados estavam empolgados por conhecerem os famosos que vieram com a cunhadinha. Tenho nojo desse tipo de coisa. Balanço a cabeça e vou em direção àqueles que me querem por perto.

Christopher passa seu braço pelos meus ombros.

— Por mais que eu quisesse ficar, não posso. Tenho que voltar para Washington, tenho uma reunião na primeira hora da manhã - ele beija minha testa. — Audrey te mandou um beijo. Cuide-se, ruiva. Nos vemos em casa.

Ele se despede e vai com seus seguranças no encalço. Benjamin também se despede:

— Amanhã temos um julgamento difícil e não sei quando terminará, então, acho que não poderei voltar para ficar com você tão cedo. Cuide-se, princesa. Estamos com você e, qualquer coisa que precisar, ligue.

— Eu também não poderei ficar - Noah faz uma careta. — O julgamento difícil é na minha Corte. Promete que vai se cuidar? - aceno que sim. Ele beija minha testa demoradamente. — Eu te amo, Madison.

Afasto-me dele.

— Deveria ter pensado nesse sentimento antes de foder com outra.

— Você nunca me perdoará por isso, não é? – a tristeza dos seus olhos mexe comigo.

— Não. Eu vi fotos suas com outras mulheres. Quatro dias, Noah. Em quatro dias você desfilou com duas mulheres diferentes em festas e quer que eu perdoe a primeira traição? Se é que foi a primeira.

Ele passa as mãos pelos cabelos e respira exasperado.

— Tudo bem. Cuide-se.

Volto-me para Rebecka e Alyssa que nos olham apreensivas e abro meus braços para despedir-me delas.

— Obrigada por terem...

Rebecka senta-se na cadeira.

— Nós ficaremos, meu amor. Querendo você ou não.

As duas acomodam-se, e eu começo a rir. Quem tem amigos tem tudo!

Alguns dias se passam, meu pai recebe alta, totalmente recuperado e sem sequelas. Graças a Deus. Durante os dias em que ficamos no hospital, minha mãe fazia cara feia quando eu entrava no quarto, mas um dos meus cunhados explicou a ela que os caras que estavam comigo eram importantes demais para ela ir contra mim. Gente esperta é outro nível.

Alyssa ficou comigo todos os dias, e Rebecka teve que voltar por causa do clube. Benjamin e Christopher ligavam-me todo o santo dia. Ben ainda fazia questão de falar com meu pai. Noah não entrou em contato, talvez seja melhor assim.

Quando meu pai recebeu alta, ficou preocupado em como pagaria a conta, visto que foi internado com urgência e esse hospital é particular, com certeza o plano de saúde não cobriria tudo. Fui resolver isso, porque tenho um bom dinheiro guardado, poderia pagar. Chegando ao departamento financeiro do hospital, tive uma grande surpresa. A moça disse-me que todo o tratamento do meu pai já estava pago e quem pagou exigiu que dessem o melhor tratamento a ele. Não tenho dúvidas de que todos os meus amigos que estiveram aqui contribuíram para isso.

Mas nada me choca tanto quanto as coisas que meu pai me conta. Ele diz que está se divorciando da minha mãe, que já não aguenta mais seus ataques histéricos e a pegou se esfregando no jardineiro. Meu coração afunda, eu sou culpada por isso. Ele continua falando, comenta que já não têm relações íntimas há mais de dois anos, antes da minha saída da cidade. Minha mãe falava que sexo da maneira que ele queria era pecado. Pelo jeito, esfregar-se no jardineiro não é.

Marla foi a única que o apoiou em todo o tempo, ele fala dela com um lindo sorriso. O problema das minhas irmãs sempre foi minha mãe, com suas convicções transloucadas e verdades questionáveis, escondendo-se sempre atrás da religião. Soube que está aposentado há seis meses e, desde então, vem se estressando constantemente com a minha mãe.

— Que tal o senhor vir passar uns dias comigo em Nova York? Ficar longe de tudo isso aqui?

— Boa ideia. Assim que o médico me liberar, ficarei alguns dias com você. Posso fazer uma pergunta, Mad?

— Sim...

Ele olha para mim, provavelmente, deve estar pensando se deve ou não perguntar.

— Os seus amigos são gente boa, não precisei conhecê-los a fundo para ver o quanto a amam. As meninas ficaram dias longe de suas casas, somente para cuidar de você. Mas um deles chamou minha atenção... – seu olhar é analítico. — Não lembro o nome dele, o loiro. Parecido com a menina Alyssa.

— Noah, o irmão dela. O que tem ele, pai?

— Ele gosta de você.

Desvio meu olhar e respiro fundo.

— Não sei.

— Eu sei. Aquele brilho no olhar não é de um amigo, Mad.

Levanto-me e vou até a janela.

— Ele me traiu e agora a mulher está grávida. Não acredito que quem ama trai...

— Entendo... A vida, às vezes, pode ser cruel, bebê.

— Eu sei, pai. Eu sei...

Capítulo 22
Madison

Nas últimas quatro semanas, fiquei afundada no clube. Fizemos reformas, novos shows, novos funcionários, novas decepções...

Depois de ficar quinze dias em Leesburg, voltei para Nova York e me enterrei no *Secret Garden*. Há um mês, venho lutando com o meu coração, vendo Noah desfilar pela passarela da vida como se eu nunca tivesse feito parte dela. Nos primeiros dias, não foi fácil o ver de longe, mas vê-lo ser tocado, abraçado por outras, foi a morte para mim. Mas resisti, já fui quebrada uma vez, não darei a chance de ser quebrada a segunda.

Quando nos esbarrávamos, ele apenas acenava e seguia em frente. Continuei a receber alertas sobre as notícias dele que circulam pela internet, cada vez mais lindo e, desesperadamente, dolorido. Com o passar dos dias, foi ficando mais fácil, mas não menos doloroso.

Hoje, resolvi sair do clube e ir fazer compras, preciso de calças novas e só há uma loja que vende a minha marca favorita. Não é fácil encontrar calças para mim, essas ancas largas não me ajudam, sempre tenho que ajustar. Cintura fina e quadris extremamente largos, combinação penosa essa. Pelo menos, terei a chance de me distrair olhando vitrinas e fazer um lanchinho naquela confeitaria deliciosa do centro.

Entro na loja e sou recebida pela minha vendedora favorita que me dá ótimos descontos, porque a loja é cara. Estou há dois dias sem dormir e os sinais de exaustão estão começando a ficar nítidos, uma sensação estranha anda rondando meu peito, deve ser o cansaço. Vou para o provador com algumas calças e provo cada uma. Adorei todas.

Quando estou saindo do provador, vejo Carly e mais uma mulher vindo em minha direção. Escondo-me para que ela não me veja, e eu não tenha que quebrar a cara dela, não costumo bater em grávidas, mesmo que sejam cadelas. Sento-me no ambiente que mais parece um quarto e espero as infelizes fecharem a porta para que eu saia daqui. Então, ouço uma conversa muito interessante.

— Deixe-me ver se entendi, você drogou o juiz gostoso e não aproveitou a situação para transar com ele? – a mulher pergunta.

— Tentei masturbá-lo, até o chupei, mas acho que exagerei na dose. Fiquei com receio de que um comprimido fosse insuficiente e dei dois. Por fim, nem o pau ficava em pé. Marquei a inseminação para amanhã, seja o que Deus quiser – Carly responde.

E eu estou chocada com o que ouço.

— Não acha arriscado demais isso? Noah acha que você já está no terceiro mês de gestação, somente agora fará a inseminação. Como explicará uma gestação de doze meses?

— Esperei demais para fazer essa inseminação. Achei que, quando Noah soubesse da gravidez, ele pularia de felicidade e reataríamos. Ele é todo família, acreditei que eu me tornaria a rainha novamente, transaríamos e pronto. Só que não aconteceu nada. Depois, transei com vários caras com as mesmas características dele, mas também não tive êxito. Por fim, procurei esse médico que faz uns serviços sujos para o Richard, ofereci alguma grana, e ele topou me ajudar. Ele fará a inseminação, acompanhará a gravidez que durará somente sete meses, daí ele dará um atestado de doença ou qualquer coisa do tipo. Noah estará tão encantado com a criança que não se dará conta de mais nada.

— Ele vale todo esse esforço? - a mulher volta a perguntar.

— O dinheiro dele vale - a safada responde sem pestanejar. — Noah é milionário.

— Não sabia que magistrados ganhavam tão bem assim...

— Eles ganham bem, só que a fortuna do Noah vem do grupo de investimentos que ele e os amigos fundaram quando estavam na faculdade ainda. A coisa deu tão certo que, quando se formaram, já tinham fortuna para se aposentar.

— Nossa. E como ele é na cama?

— Para quem gosta de sexo, Noah é um prato cheio, - ela faz uma pausa e continua— ele sabe como levar uma mulher na cama e o pau é enorme. Eu é que não sou chegada a sexo, suor, esforço. Para mim, sexo é um meio de conseguir as coisas. Meu tesão pelo Noah acabou quando eu soube que aquela casa não veio para o meu nome.

— Mudando de assunto, o deputado O´Donnell é o meu sonho de consumo. Se eu pego aquele homem, não sobra nada.

— Eu prefiro o Benjamin. Cerquei ele duas vezes na mansão, mas o cretino não me deu bola. É fiel ao amigo e, agora, me odeia.

Eu estou estarrecida com tudo que ouvi dessa safada, a que ponto chegamos, eu no provador ouvindo a revelação bombástica, com a mão na boca para evitar de emitir algum som. Respiro fundo e saio, monto guarda na frente do provador em que ela conversa com a amiga. Vamos tirar a história a limpo, "Cardela".

Assim que as duas cretinas saem, dão de cara comigo sentada em uma poltrona luxuosíssima da loja.

— Olha quem eu encontro aqui, a "Vagaranha" Porter - falo, sorrindo.

— Respeite-me, sua infeliz. Agora, diga-me, o dinheiro que você ganha no bordel dá para comprar roupas aqui, Madison? Puta de luxo, é isso?

Sorrio.

— Puta de luxo é uma boa classificação. Mas, e você? Bom, poderíamos chamá-la de "vagalouca". Não sei, que nome você daria a uma mulher que drogou um cara para chupá-lo? - ela empalidece. — Desceu muito baixo, Carly. Dopar um homem para poder transar com ele é o cumulo de toda vagabundagem e desespero. Porque venhamos e convenhamos, é o fundo do poço para qualquer uma masturbar um cara desacordado - começo a rir. — E pior, nem apagado você consegue excitá-lo.

Ela tenta um sorriso, mas falha.

— N-não sei do que está falando.

— Ah, eu posso esclarecer para você. Drogou Noah, deu em cima do Benjamin e vai fazer insemi...

— CALE A BOCA! - ela grita.

— Vamos ver o que o juiz gostoso vai achar dessa história? - pego minha bolsa e vou em direção à porta.

Ela vem atrás gritando que eu não poderia fazer isso. Coitada, posso o que eu quiser! Vejo que o sinal abriu e atravesso a rua correndo. Antes de chegar do outro lado, ouço pneus cantando, viro-me e assisto o carro jogar Carly no chão.

Ai, meu Deus!

Corro para perto dela, vejo que está acordada, mas chora. Sua amiga destrambelhada começa a gritar por socorro. Carly olha para mim, sorri diabolicamente, coloca a mão na barriga e grita:

— Meu filho. Por favor, salvem o meu filho!

Fico indignada. A mulher acaba de ser atropelada e ainda continua com essa história.

— Não há filho nenhum, sua louca – falo para ela.

Então, quando acho que nada mais pode me surpreender, a vida me mostra o contrário.

— Oh, meu Deus. Por que você me odeia tanto, Madison? Você queria que eu perdesse meu filho? Deus, você é um monstro!

— Não... – tento argumentar, mas as pessoas começaram a vir para cima de mim, e as duas loucas continuam a falar que a culpa foi minha.

Duas mulheres me insultaram e um cara achou melhor eu me distanciar para não agravar a situação. Fico tonta, como a desgraçada conseguiu virar o jogo? Ouço a sirene da ambulância que chega rapidamente e a socorre. Fico ali, embasbacada, olhando toda a situação e pensando o que fazer. Por fim, resolvo ir até o hospital que provavelmente a levaram, não vou deixar que a cadela saia por cima nessa história.

Chamo um táxi e sigo em direção à emergência mais próxima. Assim que chego, pergunto onde a atropelada está e vou em direção ao leito em que ela está sendo examinada. Observando de longe, percebo que Carly está muito bem, ela e a amiga conversam com uma enfermeira por bastante tempo, como se estivessem confabulando. Estranho. Sinto como se estivesse espionando a reunião das bruxas. Um calafrio percorre meu corpo. Credo!

Assim que a enfermeira sai, vou até onde as cretinas estão e não sou bem recebida.

— O que quer, Madison? – Carly pergunta sem paciência.

— Vim saber como pode uma pessoa ser tão cruel. Você não está grávida, eu ouvi você conversar com a sua amiga e, mesmo assim, continua levando isso adiante.

As duas se entreolham e sorriem. Carly volta-se para mim.

— E você será uma peça muito importante para que eu volte com o Noah.

— Como? – acho que fiquei surda de vez.

Carly começa a chorar e perguntar por quê. Gente, a mulher enlouqueceu. Ela continua a perguntar por que eu queria matá-la, chamando a atenção de todos que estavam ao redor. A amiga canalha a abraça e pede para que eu tenha compaixão de uma mulher que pode ter perdido o filho por minha causa.

— Não! – respondo desesperada.

Noah escolhe esse exato momento para chegar e vê com estranheza toda a cena que acontece. Meu coração aperta.

— O que houve? – ele pergunta para ela, mas olhando para mim.

— Noah... – ela chora desesperadamente. A cena é chocante, a mulher deveria ser atriz. — Eu fui atropelada e acho que perdi nosso filho – Noah empalidece.

— Meu Deus! Não há filho algum – falo antes que possa filtrar meus pensamentos.

Carly grita:

— Por que você fez isso, Madison? Essa criança é tudo para mim. Por que você nos quer tão mal assim? – ela aponta para mim. — Ela me ameaçou e saí aflita da loja, não vi os carros... – ela volta a chorar. — Agora estou aqui...

Noah olha para mim.

— Você a ameaçou?

— Sim... Não! Não esse tipo de ameaça... – tudo estava tão confuso. Eu já não sabia o que estava falando.

A amiga mentecapta se mete.

— Eu estava lá e vi quando ela ameaçou Carly, que saiu desesperada para ficar longe e acabou sendo atropelada.

Ele volta-se para mim.

— Por que, Madison?

— Não existe criança. Eu ouvi...

A enfermeira que estava aqui antes, volta e solta a bomba:

— Infelizmente, você perdeu o bebê.

Tudo ao meu redor passa em câmera lenta. O grito da Carly, a amiga consolando-a e a dor nos olhos de Noah. Ele passa a mão pelos cabelos, vai em direção a Carly e a abraça forte. Ele diz palavras doces para ela, prometendo fazer de tudo para fazê-la feliz novamente.

Eu não acredito no que está acontecendo, Deus deve ter muita raiva de mim. Acho que fui um dos pregos que o pregou na cruz, só pode ser. Ele vem em minha direção, retira-me do quarto e tento contar o que realmente aconteceu.

— Noah, ela não estava grávida...

— Chega, Madison! Por favor, chega – ele fala em tom baixo. Noah estava arrasado. — Eu não quero acreditar que você é tão fria a ponto de não sentir compaixão por um homem que acabou de perder o filho que nem teve a chance de nascer.

— Noah, você precisa me dar um crédito...

A dor dele é tão grande, que chega a ser palpável.

— Dar o mesmo crédito que você me negou?

— Era diferente...

Ele ri com desgosto.

— Era diferente porque a beneficiava. Eu sei. Por favor, Madison, tenha piedade de mim nesse momento, ok? Não vou me ater ao fato dela perder o meu filho fugindo de você. E, sim, eu a conheço, sei que sua língua pode ser ferina.

Seguro sua camisa e falo:

— Não, Noah. Por favor... Deixe-me... - seu olhar de menosprezo para mim, faz com que eu o solte na hora, dou um passo para trás. Ele me odeia...

Meu Deus, o amor da minha vida me odeia...

Saio do hospital desolada, olho para o céu e vejo que nuvens carregadas estão fechando o tempo. Começo a caminhar e, como eu, o céu também chora. A água gelada da chuva contrasta com o calor das minhas lágrimas. Deus, o que foi que eu fiz?

Caminho sem rumo até não ter mais lágrimas e minhas roupas estarem completamente encharcadas. Sento em um banco no meio do parque e alguém grita que ficar debaixo da árvore em um temporal é perigoso, um raio pode me atingir. Sorrio, quem sabe eu seja tão sortuda a ponto de isso acontecer? A morte, para mim, agora é lucro!

Não, não mesmo! Não vou deixar aquela infeliz levar a melhor. Não é justo que ele sofra por um filho que não existiu. Que merda, Madison! Lamentando-se mais uma vez? Vamos dar um fim no teatrinho da safada. Rebecka... A Rebecka saberá o que fazer, eu acho...

Caminho até a casa dela, que é longe para caramba, bato à porta e uma das empregadas atende. Ela me dá espaço para passar e fico esperando Rebecka no hall, já que estou encharcada. Logo, Becka aparece.

— Madison. Oh, Senhor. Está toda molhada...

— Becka, você precisa me ajudar. Noah me odeia porque matei o filho dele. Mas não é verdade... Você tem que acreditar em mim!

Ela passa a mão na minha testa para ver se estou com febre e delirando.

— Calma, Mad. Antes de qualquer coisa, vamos tirar essas roupas.

Becka pede um chá para uma das empregadas e me leva até o seu quarto, ajuda-me a tirar as roupas e me enfia debaixo do chuveiro quente. Quando saio, percebo que estou trêmula. Seco-me, enrolo a toalha no cabelo e visto as roupas que Rebecka trouxe para mim.

Assim que saio do banheiro, ela está esperando-me sentada em sua poltrona branca, com uma bandeja de chá ao lado. Acomodo-me de frente para ela.

— Está melhor? – ela me pergunta com doçura. Aceno que sim— Agora, com muita calma, conte-me que história é essa do Noah te odiar?

Ela alcança-me a xícara com um chá docinho e delicioso.

— E-eu estava no provador da loja quando Carly e uma amiga entraram, me escondi porque não queria confusão. Então, ouvi a conversa das duas – faço uma pausa e olho para ela. Quero que Rebecka veja a verdade em meus olhos. — Ela disse que drogou Noah, que não transaram e fará uma inseminação amanhã, já que não está grávida. Quando elas saíram do provador, eu a esperava na porta e disse que contaria ao Noah. Carly começou a gritar, correu atrás de mim e acabou sendo atropelada.

Rebecka estava com a mão na boca.

— Por Deus, Madison...

Sorrio desolada.

— No hospital, ela gritava que eu queria matar o filho. Uma enfermeira chegou e confirmou que ela perdeu o bebê que não existia. Noah acreditou que eu tinha provocado a morte da criança e vi o ódio em seus olhos – ajoelho-me diante dela, e minhas lágrimas voltam a rolar. — Rebecka, eu jamais faria isso. Não sou um monstro. Por favor, fale que acredita em mim. Ajude-me a tirar Noah dessa dor por um filho que nunca existiu.

Ela puxa-me para os seus braços e aperta-me forte.

— Eu acredito, minha flor. E nós vamos salvar o Noah dessa desgraçada. Nós vamos.

Ela me levou até a cama, cobriu-me e ficou ao meu lado. O sono estava chegando.

— Obrigada por acreditar em mim. O que faremos?

Ela sorri.

— Você dormirá e descansará. O resto eu resolvo. Durma, Madison, e sonhe com os anjos...

Adormeci...

Capítulo 23
NOAH

— Então, Noah, o que você quer que eu faça? – volto a minha atenção a Martha. Não ouvi absolutamente nada do que ela falou.

— Faça o que achar melhor.

Saio da cozinha, subo as escadas e vou ver como Carly está. Assim que ela saiu do hospital, a trouxe para cá, onde seria cuidada melhor. Sento-me na poltrona do canto e olho para o teto, repensando esses últimos três dias.

Até agora, não consigo acreditar que Madison provocou o aborto da Carly, não acredito que ela seria fria a tal ponto. Mas tudo indica que aconteceu, mesmo que indiretamente, Madison teve culpa. A cena que presenciei no hospital era digna de um filme de horror e, quando a enfermeira falou que ela perdeu o bebê, meu mundo parou. Meu filho estava morto sem ter a chance de nascer.

Carly se recupera muito bem, não a vejo chorar e nem se lamentar, mas anda muito carente. Deve ser normal, não é fácil perder um filho, ainda mais para ela que o estava gerando. Ela levanta seu olhar para mim e sorri, sorrio de volta. Não a amo e há muito tempo não venho me simpatizando também, mas estamos ligados por uma perda, não custa ser condescendente.

Alyssa bate à porta e entra.

— Carly, o seu médico, o doutor... - ela fica estalando os dedos, tentando se lembrar do nome.

— Kupfer? Ephraim Kupfer? - Carly pergunta com estranheza.

Alyssa sorri.

— Esse. Queria saber se estava tudo bem.

— Ok... - Carly responde.

— Noah, Rebecka pediu que ligasse para ela assim que possível. Com licença.

Vou até Carly e beijo sua cabeça.

— Está tudo bem?

Ela sorri.

— Estou, sim. Um pouco cansada, só.

Aceno e saio. Será que aconteceu alguma coisa no clube? Vou até o escritório e ligo para Rebecka de lá.

— Oi, Becka.

— Oi, Noah. Como está?

— Bem, na medida do possível.

— Nós precisamos conversar com você - ela faz uma pausa. — De preferência, agora.

— É muito importante? Porque não tenho condições para nada, Becka.

— É importante, meu amigo - o seu tom não deixa dúvidas de que algo está acontecendo.

— Ok. Está no clube?

— Sim...

Nos despedimos, alcanço as chaves do carro e vou ao *Secret Garden.* Ainda é dia, faz muito tempo que não vou ao clube a essa hora. Fui para a Corte na parte da manhã, mas a minha dor de cabeça fez com que eu voltasse para casa mais cedo.

Estaciono em frente ao casarão e entro. Está vazio, ainda não é hora de abrir. Seja o que for, realmente deve ser importante. Vou em direção ao escritório e lá vejo Christopher, que deveria estar em Washington, Benjamin e Rebecka sérios.

— O que houve? Vocês estão me deixando preocupado.

Benjamin é o primeiro a falar.

— Noah, um dia, nós fizemos um pacto e acordamos que sempre ajudaríamos uns aos outros, nada jamais nos separaria...

Chris complementa:

— E nunca comeríamos a irmã do outro.

Faço uma careta, e Ben continua:

— O que nos trouxe aqui hoje foi você. Nós te amamos, cara. Somos família e as famílias devem proteger uns aos outros, custe o que custar.

— Agora está me deixando desesperado. É alguma coisa com Alyssa?

Rebecka diz:

— Não. É com você. Nós queremos que você tome conhecimento de algumas coisas, mas precisamos da sua boa vontade em investigar. Você sabe o nome do médico da Carly?

— Sim. Kupfer, eu acho. Onde vocês querem chegar com isso? – pergunto cansado.

Chris responde:

— Queremos tirar você desse buraco, só que, para isso, precisamos da sua boa vontade.

Assinto e ligo para um investigador da Corte. Peço a ele o endereço da clínica para que eu vá ter uma conversa, seja lá sobre o que tenho que falar. Rebecka me entrega uma bebida. Eles são a minha sustentação, jamais fariam algo para o meu mal. Neles confio cegamente. O telefone toca, tirando-me do devaneio. O investigador fala que o único Kupfer que há na cidade é um médico de reprodução assistida e a sua clínica não fica muito longe daqui.

— Vou ver isso.

Levanto-me e vou em direção à porta de saída. O tempo está fechando e parece que a chuva que virá, prenúncio de algo ruim. Pego a estrada e vou em direção à clínica, uma clínica de reprodução assistida. Que tipo de médico Carly consulta nesse pré-natal? Não há lógica de frequentar um lugar desses se a concepção foi natural. A não ser...

Estaciono e desço, entro e falo com a recepcionista que abre um sorriso maior do que o da Robbie. E olha que o sorriso da Robbie é grande.

— Boa tarde, senhor. Em que posso lhe ajudar?

— Boa tarde. Eu vim em nome de Carly Porter.

Ela digita algo em seu computador e volta-se para mim.

— O senhor é o que dela?

Dou meu melhor sorriso, uma piscadinha e falo:

— Sou o marido.

— Ah, sim. Veio remarcar o procedimento?

Deveria ser consulta, não?

— Procedimento de?

— Inseminação.

Fecho os olhos, respiro para controlar a raiva que começou a despertar e volto a olhar para a secretária. Sorrio, passo meus dedos em cima da sua mão.

— Eu gostaria de agradecer ao doutor Kupfer pessoalmente por tudo o que ele tem feito por mim e pela minha mulher. É possível? – mordo meu lábio inferior e faço cara de pidão.

— Sim... Eu vou anunciá-lo. Só um momento.

Enquanto ela entra em uma das portas, digito uma mensagem ao promotor em relação a essa clínica, uma investigação para saber que tipo de negócios acontecem aqui parece uma boa ideia.

— Senhor? – olho a secretária sorridente. — Pode entrar.

Passo por ela e dou um beijo em seu rosto.

— Obrigada, princesa.

Charme nessas horas é de grande ajuda. Entro na sala e encontro um senhor baixinho de meia idade sentado atrás da mesa. Reconhece-me assim que me olha, levanta e estende sua mão para me cumprimentar.

— Senhor juiz, que bom recebê-lo aqui. Como está a nossa mamãe?

Ele acabou de decretar sua sentença de morte.

— Carly está muito bem. Ela me disse que teve uma consulta ontem e que você confirmou que nosso filho estava bem.

Um traço de indecisão passa pelos seus olhos. Logo, ele recupera-se e continua desempenhando seu papel.

— Está bem, ouvimos o coraçãozinho dele e tudo. A gravidez dela será muito tranquila.

— Essa clínica é sua?

Ele sorri.

— Sim.

Eu poderia questionar o fato de estarmos em uma clínica de reprodução, mas meu tempo é precioso. Quero respostas, porque tenho que colocar ordem em casa.

— Vou direto ao assunto, Kupfer. Eu sei que Carly não está grávida, até porque ela sofreu acidente há três dias atrás e uma enfermeira confirmou que não tinha bebê – vejo ele empalidecer. — Vou dar a oportunidade de me contar a verdade antes da polícia chegar. Caso me conte, terei piedade de você quando chegar ao meu tribunal.

— Na-não sei do que está falando.

Alcanço o celular e levanto para ele ver o número de discagem da polícia.

— Podemos fazer isso do modo difícil, Kupfer. Você decide.

Bastou isso para ele falar como uma comadre.

— Carly ia fazer uma inseminação há dois dias, mas não compareceu. Como de praxe, eu acompanharia a gravidez até o final, afinal, foi uma inseminação.

Levanto-me e, antes de sair, pergunto para ter a mais absoluta certeza.

— Ela nunca esteve grávida, não é?

— Não.

Assim que saio de dentro da clínica, as primeiras gotas de chuva caem, esfriando minha raiva. Disco rapidamente para Alyssa.

— Oi, Noah.

— Preciso de um favor. Tem que ser rápida, maninha.

— Diga...

— Quero que guarde o celular da Carly e desligue todos os telefones de casa. Ela não pode ter contato com ninguém até que eu chegue.

— Ok!

— Aly?

— Oi...

— Você sabia?

Eu não precisava citar toda a situação.

— Sim.

— Por que não me contou?

— Porque precisava desvendar isso sozinho.

— Certo – respiro fundo. — Logo estarei em casa. Até.

— Até, mano.

Minha segunda parada é o hospital para falar com aquela enfermeira. No meio do trajeto, meu telefone toca e atendo pelo sistema de auto-falantes do carro. Era Benjamin querendo saber se estava tudo bem, respondi que sim e desliguei. Preciso pensar como conduzirei isso a partir daqui.

Entro no hospital e dou as características da funcionária que procuro. Eles indicam-me a emergência e caminho até lá. Vejo ela papear com outras enfermeiras e rir.

— Boa tarde, senhoritas. Podem me emprestar essa bela enfermeira?

Elas sorriem e saem, deixando a outra pálida à minha frente.

— Vou ser rápido. Pela palidez do seu rosto, acredito que já saiba quem sou eu. Então, serei direto. A moça que você confirmou o aborto, realmente estava grávida? Não minta para mim, sou um doador generoso desse hospital e o diretor ficaria muito aborrecido se eu contasse o que anda acontecendo aqui.

— Ela e a amiga me deram duzentos dólares para confirmar o aborto na sua frente - foi mais fácil do que eu imaginava.

— Obrigado.

Viro as costas e saio daquele lugar. Antes de ir para minha última parada, rodo pela cidade pensando. Sempre fui uma boa pessoa, trabalhei incansavelmente para que a justiça fosse feita e aplicada. Encaro a ajuda que desenvolvo com as instituições como uma forma de melhorar o mundo em que meus filhos viverão. Eu não entendo por que isso está acontecendo comigo. Gosto da tranquilidade, sempre odiei confusões e brigas. Onde foi que desviei da minha vida, dos meus ideais?

Estaciono o carro na frente da casa da Madison. Desço, mal toco a campainha, ela abre.

— Noah...

Madison estava com suas conhecidas roupas justas e jaqueta de couro. Sua bolsa no ombro indica que estava saindo.

— Podemos conversar?

Ela acena que sim, dá um passo para trás e entro. Subimos as escadas e sentamos no sofá, um de frente para o outro. Ela está mais magra, abatida e essas olheiras não combinam com ela. Se ela soubesse como suas sardas são lindas, jamais as cobriria.

— Quando nos encontramos no hospital, você queria me contar algo. O que era?

Ela morde o lábio inferior, decidindo se deve me contar ou não. Ela passa a língua por cima das marcas do dente, fazendo meu corpo reagir. Mas, agora, a conversa é outra.

— Eu estava saindo do provador, ela e a amiga estavam entrando. Como eu não queria confusão, escondi-me no que eu estava. A ideia era que elas entrassem para que eu pudesse sair sem confusão. Comecei a ouvir a conversa e paralisei - ela olha-me pedindo permissão para continuar, eu aceno, e ela continua. — Ela disse que o drogou e exagerou na dose. Tentou masturbar, até chupou, mas não houve reação nenhuma. Então, ela faria inseminação no outro dia. Ainda disse que o tesão por você acabou quando ela soube que não tinha colocado a mansão em nome dela. Eu esperei ela sair de dentro do provador e disse que te contaria tudo - é possível ver a sinceridade em seus olhos. — Noah, eu juro por tudo o que é mais sagrado, jamais ameaçaria a vida de um ser humano, ainda mais de uma criança na barriga de sua mãe.

Encosto minha cabeça para trás.

— Eu sei, Madison. Na hora, estava tão iludido que não enxerguei nada. Eu fui até o médico dela, e ele confirmou a história.

Levanto-me, porque é chegada a hora de resolver as coisas em casa. Ela vem até mim e segura minha mão.

— Perdoe-me por ter sido estúpida e não ficar ao seu lado.

— Não tenho que perdoá-la por nada. Você tem suas convicções e as seguiu – passo minha mão pelo seu rosto. — Tudo poderia ser diferente. Infelizmente, a vida não é justa.

— Noah, nós...

Coloco minhas mãos em torno do seu rosto e a encaro.

Diga-me que me ama e deixo tudo para trás – Seu rosto perde a cor, ela abre a boca algumas vezes, mas nada sai. Eu já sabia. — Eu quero mais do que isso, Madison. Quero alguém que tenha prazer de falar que me ama. Alguém que não vá me deixar quando os problemas chegarem. Eu preciso de alguém forte o suficiente para ser meu apoio e flexível para ser apoiada. Uma companheira que lute não só por mim, mas ao meu lado. Eu quero mais, eu preciso de mais do que você pode me oferecer – dou um beijo casto em seus lábios e vou embora.

No caminho ligo, para Harriet.

— Oi, Noah. Está melhor?

— Estou, sim. Obrigado por perguntar. Harrie, o Richmond já voltou de férias?

— Sim.

— Estou saindo em viagem essa noite, repasse minha pasta para ele nos próximos quinze dias. Estarei fora, e contato comigo somente por e-mail.

— Está tudo bem mesmo, Noah?

— Está. Só preciso descansar.

— Precisa mesmo e não é de hoje que lhe digo isso. Vá com Deus, meu filho. Qualquer coisa que precisar, é só me chamar. Beijos.

— Beijos, Harriet.

Minha segunda ligação é para Benjamin.

— Noah, estamos aflitos. Onde você está?

— Estou indo para casa resolver isso de uma vez por todas com a Carly. Ben, lembra daquele plano de fuga que comentamos esses dias?

— Sim.

— Estou indo daqui a pouco. Você e Chris serão os únicos que saberão o meu paradeiro. Outra coisa, cuide de Alyssa para mim, por favor.

Fique tranquilo, irmão. Noah, é mesmo necessário?

— Sim.

— Ok. Cuide-se.

Faço minha última ligação e sigo para a mansão. Hoje é dia de dedetizar a casa e colocar ordem na minha vida novamente. Estaciono o carro na garagem e vou direto ao meu quarto sem falar com ninguém.

Entro debaixo da ducha de água fria para dar o choque que tanto preciso. Encosto a cabeça na parede e deixo todos os pensamentos andarem livres pela minha cabeça. As lembranças de um bom relacionamento com Carly substituídas por mentiras, chegou ao ponto de me drogar. E as lembranças da Madison que agora não passarão de lembranças...

Meus sentimentos por aquela ruiva são devastadores, mexem com minha estrutura. Ela é teimosa, desbocada, linda e aquelas sardas no seu nariz a deixam com ar de menina sapeca. Seus grandes olhos verdes desnudam a alma, seus lábios vermelhos lembram-me morangos. Madison é a personificação do pecado com aquele corpo.

Termino de me lavar, seco-me, passo uma toalha pela cintura e vou ao closet. Tiro uma maleta, coloco poucas peças de roupas e meu estojo com produtos de higiene pessoal. Visto uma calça jeans e uma camiseta preta, conforme meu humor. Dou uma última olhada ao redor, tenho que repensar se quero continuar morando nesse museu.

Desço as escadas e coloco a maleta no carro. Volto e peço para uma das empregadas chamarem Martha para encontrar-me no escritório. Vou para lá e sento em frente ao computador, faço algumas operações bancárias, envio um e-mail, até Martha entrar.

— Queria falar comigo, Noah?

— Sim, Martha. Eu vou viajar daqui a pouco e estarei ausente pelos próximos dias...

— Mas e o ca...

Levanto minha mão, interrompendo-a.

— Já deixei tudo acertado. Estarei de volta no máximo em quinze dias - abro a gaveta e tiro um cartão de crédito. — Todas as necessidades da casa supra com esse cartão. Meu único meio de contato será por e-mail, se for urgente, peça para Alyssa ou Benjamin enviar.

— Está tudo bem, meu filho? - seu olhar é preocupado.

Sorrio.

— Só preciso de descanso, Martha. Cuide de Alyssa para mim.

Ela vem até mim, beija minha cabeça e acaricia meus cabelos.

— Que Deus te acompanhe, meu menino. Que Ele te dê sabedoria para entender o que queres e forças para buscar o que desejas - ela me dá um abraço apertado e vai.

Alyssa entra.

— Algum problema, Noah?

— Martha, avise Carly que a quero aqui embaixo agora - ela acena e sai. Levanto-me e vou até Aly, abraço-a e beijo a sua testa. — Eu tenho que fazer uma viagem curta, mas só devo voltar daqui a uns dias.

— Ok. E a Madison, Noah?

— Eu já conversei com ela, Alyssa. Essa história da Carly foi toda esclarecida...

— Não estou falando da história da Carly, e sim sobre a história de vocês.

— Não há vocês, Alyssa.

Carly bate na porta e entra.

— Queria falar comigo, Noah?

— Alyssa, eu estou para receber visitas, quero que os recepcione nessa sala ao lado do escritório – sorrio e minha irmã sai. Volto-me para Carly. — Sente-se, por favor.

Ela senta na cadeira de frente para a mesa, e eu sento na beirada da mesa. Tiro o celular do bolso, digito um número e volto minha atenção para Carly.

— Eu tive uma tarde muito agradável com o seu médico, doutor Ephraim Kupfer.

Ela empalidece e gagueja:

— E-e o q-que conversaram?

— Ele me contou uma história muito interessante sobre nosso filho.

Ela sorri.

— Sério? Que bom que você está feliz, querido.

— Sabe, eu conversei com a enfermeira da emergência que você foi atendida no dia em que foi atropelada.

Seu rosto perdeu toda a cor nitidamente.

— Eu sou um homem muito tolerante, Carly, o problema é que a minha paciência esgotou quando tomei conhecimento de toda a história. Então, vamos direto ao ponto, você colocou algo na minha bebida naquela noite?

Ela levanta-se e se faz de indignada.

— Está me acusando de tê-lo dopado? Eu achava que você me conhecia mais, Noah.

— Não, ainda não estou a acusando de nada.

— Estou grávida de um filho seu!

Tenho uma crise de riso.

— Vamos lá, senhorita Porter - aproximo-me dela. — Eu soube, por uma confidente sua, que seu tesão por mim acabou quando eu não passei a casa para o seu nome, que enquanto eu dormia, você me molestou...

Ela coloca a mão nos ouvidos.

— Chega! Não acredito que aquela cadela contou, eu vou matar a Samantha. E mais, quero que você enfie essa mansão no...

— Não foi a sua amiga Samantha. Então, essa é a verdadeira Carly Porter, estou impressionado.

— Seu idiota lerdo. Quem na face da Terra tem o dinheiro que você tem e não aproveita? Era só o que me faltava, eu viver no lixo enquanto você vive no luxo. Bastou chegar com um papo furado para o bondoso Noah Lancaster se compadecer. Aproveitei que foi ligar para colocar dois *boa noite cinderela* na sua cerveja. Você subiu grogue e se jogou na cama. Fui atrás e o masturbei, até chupei, mas nada desse pau endurecer, fora que não parava de repetir: "Madison, Madison". Deprimente.

— E achou uma boa ideia aparecer no dia do aniversário dela para dar a notícia.

Ela sorri.

— Isso foi coisa do destino, não fazia ideia de que era aniversário da ruivinha.

— Depois disso, você foi até o charlatão do Kupfer e acertou um preço para fazer a inseminação.

Ela revira os olhos.

— Kupfer sempre fez trabalhinhos sujos para o Richard, foi fácil convencê-lo a me ajudar com o filho do poderoso juiz Lancaster.

— E a enfermeira?

— Nada que duzentos dólares não resolvessem.

Fico olhando a mulher que está à minha frente na sua mais pura essência negra. Foram pessoas com esse tipo de caráter que me levaram a lutar pela justiça. Não têm escrúpulos, passam por cima dos outros por puro prazer de ter. Eu não preciso perguntar o porquê para ela, sei exatamente o que a motivou, o dinheiro. A maioria das pessoas com caráter duvidoso assim o são por causa do dinheiro.

Vou até a porta, abro e dou um passo para trás. O chefe de polícia e mais três policias entram no escritório.

— Senhorita Carly Porter, você está presa por drogar e abusar de pessoa incapaz.

Ela olha-me estupefata.

— Não!

— Podem levá-la - digo e levo o telefone à orelha. — Sente-se melhor?

— Obrigada, Noah - a doce voz de Madison reverbera pelo meu corpo.

— Cuide-se, ruiva. Beijos.

Desligo antes que ela pudesse dizer algo mais. Alyssa entra no escritório e me abraça.

— Eu o amo, Noah. Sempre estarei aqui para você.

Beijo sua testa.

— Estou saindo em viagem agora. Benjamin cuidará de tudo, ok? Se precisar de alguma coisa, sabe a quem recorrer, não é?

— Sim... Vá com Deus, Noah.

Vou para a garagem, entro no carro e saio em direção as minhas férias em anos. Ligo o som e a música *Bohemian Rhapsody* do Queen preenche o carro. Uma das coisas que mais gosto é dirigir, estar a cento e sessenta quilômetros por hora em uma estrada vazia faz com que eu me sinta o máximo.

Em menos de uma hora, eu estava no meu destino, minha casa no litoral. Meu refúgio que ninguém faz ideia que existe, a não ser meus amigos. Entro, deixo o carro na garagem e vou direto à praia. Já está noite e não chove, tiro a roupa e as deixo na areia. Entro no mar nu para que a água salgada lave meu corpo e minha alma, para que limpe meu coração e minha mente.

Capítulo 24
Madison

— Madison? - ouço a voz do meu pai e levanto minha cabeça.

— Oi, pai.

Ele e Chris trocam olhares e voltam a olhar para mim.

— O que está acontecendo, bebê?

— Nada... - sorrio e volto minha atenção para tela do computador, onde surgem imagens do Noah abraçado a duas mulheres em algum evento.

Esses últimos dias tem sido bem complicados para mim, descobri da pior maneira possível que Noah foi o meu primeiro amor. Entendi a diferença entre amor de verdade e o amor que queremos sentir, parecem iguais, mas não são! O amor que queremos sentir é aquele que fantasiamos, que preenche o coração e faz com que a pessoa feia se torne bonita, que o sapo vire o príncipe encantado.

O amor de verdade, não. Ele é conciso, direto e devastador. Você sabe que a pessoa não é boa para você, que a beleza não é o seu melhor atributo, mas, mesmo assim, é por ela que o coração bate. Dói para caralho, pode machucar feio, podemos ser os únicos sofredores e, ainda assim, amamos como se não houvesse amanhã.

Desde a ligação dele, aquela em que Carly admitia tudo que tinha feito, não nos falamos mais. Alyssa me falou que ele saiu de férias logo após a polícia a ter levado. Nos primeiros dias, eu fiquei bem, mas, conforme os dias foram passando, a saudade foi apertando e perguntei sobre ele para os meninos. Ambos disseram-me que ele precisava de um tempo para pensar e, como não tirava férias há um bom tempo, aproveitou o momento.

Eu cheguei a implorar para saber onde, porque eu realmente precisava saber como Noah estava. Alyssa e Rebecka foram mais solícitas, deram-me o e-mail dele, que nunca foi respondido. Bom, por fim, soube que elas também não sabiam o seu paradeiro, provavelmente, o receio que ele tinha delas me contarem era grande.

Sua viagem durou quinze dias, eu soube exatamente o dia em que ele chegou. Rebecka fez a bondade de me avisar. Mas o que eu faria? Eu mandei vários e-mails, e ele não respondeu nenhum, nunca ligou ou mandou mensagem, fez questão de esconder de mim onde estava. Por que eu me importaria se Noah voltou para cidade ou não?

Meu pai chegou a Nova York há dez dias e já está sentindo-se em casa. Depois do divórcio, ele resolveu mudar de ares e veio morar comigo. Nos primeiros dias, Benjamin tratou de levá-lo a quase todas casas noturnas da cidade. Mas a que ele mais gostou foi o *Secret Garden*. Por esses dias, Rebecka teve um problema com seu contador e meu pai teve a bondade de ajudá-la. Hoje, além de estar bem adaptado a cidade, já tem até emprego.

Mas não antes da Rebecka tirar a história da minha exclusão da família a limpo. Ela, Alyssa e Benjamin, sentaram e metralharam o coitado de cobranças. Sorrio só de lembrar.

— Senhor Harver, ver o senhor aqui bem nos faz muito felizes. Mas há um assunto que queríamos entender antes de qualquer coisa, porque diabos vocês deserdaram a

Madison? O senhor não faz ideia do quanto essa menina ficou mal e, olha, nem foi por causa do dinheiro, foi por ser rejeitada pela própria família.

Ele faz uma careta.

— Quando tudo aconteceu, a mãe dela começou a exigir isso e, não vou negar, por mais que já desconfiasse de tudo o que ela contou, foi duro ouvir. Só que me arrependi no momento que fiz, porque ela é o meu bebê. No outro dia, voltei no advogado e disse que queria minha filha na família novamente. Dois dias depois, Madison estava de volta à família – ele virou-se para mim. — Perdoe-me, minha filha. Mas foi tudo muito rápido e sua mãe no meu pé exigindo isso...

Passo minha mão pela dele.

— Já passou, pai. Para mim, o mais importante é vê-lo vivo e feliz!

O dia em que fomos na mansão, ele ficou deslumbrado com o lugar e com a dona Martha, que piscava mais que luzes de Natal quando o viu. Esses vovôs vão cair na *pegação* logo, logo. Haja viagra e gemada. Brincadeiras à parte, amo ter meu pai aqui e acima de tudo feliz. Não lembrava mais do sorriso dele, porque sorria muito pouco, trabalhava muito. Hoje, tenho até medo que desloque o maxilar. Quando vai ver Martha, o sorriso fica de orelha a orelha.

Outro dia, Chris ligou para levá-lo a algum lugar e disse que passaria no clube para pegá-lo, foi a primeira vez que vi Noah pessoalmente depois do seu retorno à cidade. Ele estava mais lindo do que nunca! Como eu sou uma mulher muito corajosa, fiquei olhando de longe. Cada menina que passava por ele, o cumprimentava com beijo no rosto, que ele retribuía, lógico. Durante alguns segundos eternos, me perdi em seus lábios e, depois de dias, como em um passe de mágica, meu corpo acordou.

Minha periquita, definitivamente, não joga no meu time, ela quer mais é me foder mesmo. Ou ser fodida. Sei lá! Então, fiz o que venho fazendo há dias, liguei para um cara qualquer e o chamei para sair. Esse eu nem perguntei nome para não criar vínculos.

Fomos direto a um motel, tiro sua roupa com a delicadeza de um touro em uma loja de porcelanas, o jogo na cama e jogo-me por cima. Eu queria aquela loucura de ser jogada, virada, mordida... Como ele não tomou a iniciativa, coube a mim fazê-lo. Quase estuprei o infeliz e a única coisa que a múmia fazia era gemer. No meio da transa, o chamei de Noah.

Moral da história trágica da minha vida *sexo-amorosa*? Ele não me come e não me deixa comer. Parabéns, Madison. Você tomou no olho do furacão novamente.

— Madison? - dessa vez, quem me chama é Christopher.

— Sim.

— O que está acontecendo, ruiva? Estamos aqui conversando e você não respondeu a nada que perguntamos.

— Hoje estou mais distraída do que de costume.

Minha atenção está totalmente focada na imagem que figura minha tela.

— Noah reclamou que ainda não a viu, Mad - meu pai fala.

— Ele sabe onde me encontrar, papai. Se ele quisesse, já teria visto.

— Noah esteve aqui ontem e perguntou de você - dessa vez, é Chris que se mete.

— Ontem eu estava em um encontro com uma "pica das galáxias"...

— Madison Aria Harver! Isso não é maneira de falar, mocinha – meu pai chama minha atenção. Agora, sinto-me como uma criança de seis anos.

— Pai, o senhor já deveria ter se conformado comigo. Não herdei sua elegância, a única coisa que herdei foi a desenvoltura da minha mãe.

Chris começa a rir. Volto-me para ele.

— Meu voto não será seu nas próximas eleições, deputado.

Enquanto fazia algumas anotações, ouvi eles comentando sobre casamento. Pensando bem, há dias, ouço todos comentando sobre casamento, só não sei de quem, pois estava afundada com os compromissos do clube.

Nesse momento, Ramon me chama para resolver algumas pendencias. Meus dias são basicamente aqui, venho mais cedo, antes mesmo de abrir, e só saio quando fecha, às vezes, lá pelas cinco ou seis horas da manhã. Preciso ocupar minha cabeça para não enlouquecer.

Depois que me dei conta de que não tinha mais Noah para Madison, tratei de viver, era o que me restava. Por mais afundada que estivesse no clube, arranjei alguns momentos para satisfazer-me. Voltei a ser a Madison de antes, aquela que fui logo que cheguei à cidade, poderosa e perigosa. A única diferença é que eu não me satisfaço mais.

Meu celular toca, olho no visor e vejo que é Rebecka, que anda sumida do *Secret Garden*.

— Diga, Becka.

— Mad, preciso de um favor urgente, urgentíssimo.

— Só dizer...

— Uma despedida de solteira para daqui a pouco.

— Terá que ser mais específica, gata. Quantas pessoas, o que querem, gogoboy ou não, seleção de bebidas, ambiente privado...

— Nada de strippers, Noah nos matará. Ele é veemente contra...

O que Noah tem a ver com isso, meu Deus? Ser sócio não dá o direito de mandar nas festas.

— Vamos fazer o seguinte, deixo a casa aberta e colocarei o Pierre para servir e mais duas meninas. Tudo liberado, mas anotado. Depois, você se acerta com o...

— O responsável é Noah. Acha que consegue ajeitar para daqui a pouco?

— Consigo, sim. Até daqui a pouco, Becka.

— Beijos e obrigada, Mad. Você é a melhor!

Encosto-me para trás e tento entender por que Noah está oferecendo uma despedida de solteiro para uma moça... Espere... Ah, não! Não... Não pode ser... Será? Não... Ele acabou de voltar de viagem, não daria tempo de conhecer alguém e já casar. A não ser que ele já a conhecesse antes...

Antes que as más ideias tomem conta do meu eu, vou providenciar tudo para a festa. As horas passaram muito rápido, não me dei conta de que as pessoas começaram a chegar. Logo, ouço conversas altas e risadas, esse deve ser o pessoal da tal despedida de solteira.

Rebecka e Alyssa se aproximam e me cumprimentam, tendo à tiracolo a garota que saiu na internet com Noah. O nome é Chloe e, pessoalmente, é ainda mais bonita.

— Olá, Madison - Noah passa por mim.

— Oi, Noah. Como está?

— Bem. Muito bem - ele abraça Chloe, dando-lhe um beijo na cabeça. — É da maneira que você imaginou?

Ele está tão feliz, seu sorriso é tão lindo, e eu sou uma babaca porque quero chorar na frente de todo mundo. Que merda, Madison! Somos melhores que isso. Peço licença e vou em direção ao Ramon, passo algumas tarefas para ele, encaminho-me para o escritório, pego minha bolsa e vou embora.

É tarde da noite, só não faço ideia de que horas são. Vou caminhando para casa debaixo desse vento gelado na esperança de que congele meus pensamentos. Tento abafar a dor que está rasgando meu peito, sim, está doendo. Por mais que tentemos ser fortes, quando o coração está envolvido, não há conselhos, regras ou qualquer outra coisa que dê jeito. Eu não quis amá-lo, não quis colocar meu coração para jogo, mas acho que aconteceu.

Entro em casa, está silenciosa, papai deve estar dormindo. Sento-me no sofá e a última coisa que eu queria acontece. Minhas lágrimas dão o ar da graça. Encosto minha cabeça para trás e deixo que elas caiam livremente, constatando minha covardia em retribuir, a minha cegueira proposital, por não querer enxergar o óbvio. O meu ódio pelo amor. Tento lembrar quando Noah se tornou dono do meu coração, quando ele entrou sob minha pele, marcando-me como sua. Infelizmente, não sei...

Pela janela, observo o amanhecer de mais um dia tenebroso. Esfrego a mão no peito, pois está doendo, muito. *Admita, Madison, você perdeu... Perdeu seu amor por não ter coragem de dizer "eu te amo"*. Dessa vez, as lágrimas não aparecem, acho que consegui esgotar o estoque.

Sinto o estofado baixar ao meu lado e abro os olhos, meu pai estava olhando-me preocupado.

— O que aconteceu, Madison?

Eu não sei o que responder, abro a boca e não sai nada. Mas as minhas lágrimas, essas, sim, vieram bater cartão mais uma vez. Ele abraça-me e coloco minha cabeça em seu ombro, molhando sua camisa.

— Ele vai se casar, pai...

— Ele?

— Noah vai se casar.

Ele fica em silêncio, apenas passando a mão pelas minhas costas na tentativa de me acalmar. Depois de algum tempo, ele se afasta e levanta meu rosto.

— Você o ama, Mad?

Fico o olhando, querendo responder que sim, que sou louca por aquele homem. Mas, por algum motivo, eu não consigo! Acho que tenho problemas psicológicos. Só pode! Meu pai levanta meu rosto novamente.

— Madison, até quando você deixará que sua mãe e Frederick comandem sua vida?

Limpo minha garganta.

— Eles não comandam minha vida.

— Não mesmo? Tem certeza? - ele faz uma pausa e continua. — O que aconteceu no passado você tem que deixar lá, no passado. Você foi traída, não porque amava, bebê, foi traída porque ele era um sacana. O amor verdadeiro não tem nada a ver com traição, intrigas, exigências. O amor é algo que nos liberta, Madison. Amor é quando sentimos necessidade de nos doar ao outro sem reservas para os fazermos felizes e, acima de tudo, nos fazermos felizes. Vou te perguntar mais uma vez, você ama o Noah?

Aceno que sim.

— Isso não é o suficiente. Se não consegue dizer essas simples palavras, talvez você não o mereça...

A irritação explode, tirando-me do desalento.

— Como assim, não o mereço? Eu sou a única que pode fazer aquele ogro feliz...

— Por que, Madison? - meu pai pergunta energeticamente.

— Porque o amo, cacete. Eu amo o inútil do Noah! - fico paralisada por um momento. — Eu falei... Ah, meu Deus... Eu falei... Eu amo o Noah.

Meu pai sorri e me abraça.

— Agora vá contar isso a ele.

Sem pensar, pego o telefone sobre mesa de centro e disco para a mansão.

— Mansão Lancaster.

— Oi, eu poderia falar com o Noah, por favor?

Ouço vozes ao fundo, muito barulho...

— O senhor Lancaster está se preparando para o casamento...

O casamento... Desligo o telefone e olho para o meu pai.

— Ele está se preparando para o casamento.

Meu pai coloca suas mãos em meus ombros.

— Vá lá e reconquiste o amor da sua vida, minha filha. Não seja covarde como seu pai. Vá e mostre a Noah a mulher que ele está perdendo.

— Eu vou... - falo sem convicção. — Eu vou... - aponto para a porta, ainda incerta. — Estou indo...

— Vá de uma vez, Madison!

Pulo como Rocky Balboa pulou quando chegou ao topo das escadarias.

— É isso aí, eu vou! - vou até a porta na corridinha e paro. — Se eu for presa, o senhor paga a minha fiança?

Ele ri.

— Vamos logo, criança.

Assim que abro a porta, vejo que o meu carro já está ali na frente. Ok, o destino está me ajudando. *Vamos lá, Madison. Vamos reconquistar o nosso homem!* É! O trajeto até a mansão é longo demais para o meu gosto e, no caminho, meu pai olhava-me constantemente para ter certeza de que não desistiria. Que falta de credibilidade.

Chegamos à frente da mansão e os seguranças nos deixaram passar por já nos conhecer. Havia poucos carros estacionados pelo pátio e a decoração já começava dali. Inveja me define nesse momento. Mal paro na entrada e saio correndo para alcançar Noah antes dele ir para o altar.

Encontro Martha na sala, a intercepto e pergunto pelo seu chefe.

— Ele está lá fora, indo para o altar. O que está acontecendo, Mad?

— Eu o amo, Martha. É comigo que ele deve se casar - grito enquanto distancio-me dela.

Saio correndo em direção à piscina, logo percebo que a tenda foi montada na parte de trás do jardim. Eles não poderiam facilitar e montar o espetáculo aqui na piscina? Não... vamos fazer lá na casa do caralho para Madison correr. Certo, eu sei, não fui convidada.

Corro ou tento correr com minhas botas de salto alto pela grama. Tropeço, viro o pé duas vezes e aproximo-me justamente quando ele está chegando ao altar com ela. O que eu faço? Vejo ele beijar a testa dela e grito sem pensar:

— NÃO! - todos olham para mim. Isso não parece como os filmes, cadê os "ohs" e "ahs"?— Você não pode se casar com ela.

Alguns olham-me sérios e outros sorridentes, provavelmente, rindo da minha cara. Noah vira-se e fala:

— Madison, eu não acho que seja a hora adequada... - sua voz é baixa, tranquila.

— Noah, você precisa me ouvir. Olha, eu sei que não sou uma pessoa fácil, às vezes, sou tão chata que nem eu mesma me suporto. Sim, eu tenho defeitos, e você é sempre assim, perfeito, um verdadeiro príncipe. Eu não tenho nada para oferecer, a não ser meu amor e a promessa de passar o resto dos meus dias tentando o fazer feliz - olho para a moça. — Não sou tão bonita quanto ela, nem tão elegante e, com certeza, ela proporcionaria momentos tranquilos, o que nunca consegui. Pois, com você, posso ser eu sem problemas. Só eu posso te fazer feliz...

Então, percebo que atrás de Noah há uma outra moça vestida de noiva também. Procuro um noivo perdido, mas não encontro. Vejo Benjamin ocupando o lugar de juiz de paz, Rebecka e Alyssa ao lado direito; Audrey e Chris ao lado esquerdo. Noah e duas moças a frente do altar.

— Duas, Noah? Eu não sou conservadora, mas isso não é ilegal? Esperava isso do Benjamin, não de você.

Todos riem, e ele vem em minha direção com uma cara nada boa. Acho que devo pedir perdão pelos meus pecados agora, porque a coisa está tensa. Noah fica diante de mim e fala:

— Por que, Madison?

— Por que, o quê? – eu estava hipnotizada com sua beleza.

— Por que só você pode me fazer feliz?

— Porque... porque... – as palavras saem em um sussurro— porque eu te amo.

— Você o quê? – ele coloca o dedo no ouvido. — Eu não ouvi.

— A gente dá a mão e já querem o braço inteiro – resmungo. — Eu te amo, Noah Lancaster. Eu te amo como nunca amei ninguém em toda minha vida!

Ele sorri, olha para todos e grita:

— Ela me ama.

Todos aplaudem e ele me dá um beijo delicioso e apaixonado, da maneira que venho imaginando há dias. Mas a realidade, aquela cadela sem coração, bate à minha porta e lembro-me das noivas. Assim que separo minha boca da sua, ele leva-me até o altar.

— Madison, essa é Chloe, sobrinha do Roger e essa – ele aponta para a outra noiva— é a noiva dela, Donna. As duas estão oficializando a união estável e nós, como tios, estamos tentando fazer esse dia especial, apesar de você ter dificultado um pouquinho.

Coloco a mão na boca e toda minha pele queima. Que vergonha.

— Desculpem-me, por favor. E-eu achei que ele... vocês... Ah, meu Deus. Perdoem-me...

Chloe sorri e fala para Noah:

— Gostei dela, tio – ela volta-se para mim. — Bem-vinda à família, Madison. Mas posso me casar agora?

Noah beija as duas no rosto, pega minha mão e leva-me junto com ele para o altar. Fiquei lá, de frente para todo mundo, de roupa de couro preta. Só eu mesmo! Madison, você definitivamente não tem jeito. Benjamin teve dificuldade em fazer a cerimônia, pois cada vez que lembrava da minha atuação, começava a rir. Rebecka e Alyssa ficavam fazendo sinal de ok para mim. Chris tinha uma crise de riso cada vez que seu olhar encontrava o meu, e eu revirava os olhos.

A cerimônia foi linda e fiquei emocionada ao ver as pessoas compartilhando esse momento tão importante na vida delas, sem preconceitos, apenas com amor, ao ver o orgulho nos olhos dos tios babões, ao ver a mulher que estava chorando, deve ser a mãe de uma delas. Apesar de ser a única com calças de couro e toda de preto, senti-me bem, porque ninguém estava preocupado com minha aparência, eles só tinham olhos para as meninas.

Todos se divertiam na festa. Já perceberam como gente feliz é bonita? Quanto mais sorriem, mais belos se tornam. A música *Stay* da Rihanna soa, e Noah puxa-me para a pista de dança, passa seu braço pela minha cintura e cola seu corpo ao meu.

— Chloe não tem pai e o único que conheceu como tal foi Roger. Ela era tudo para ele, você não faz ideia das besteiras que fizemos para vê-la sorrir. Lembro-me uma vez, no dia dos pais da escola, ela estava chateada porque não tinha pai, só o tio Roger. Então, nós três nos apresentamos como pais dela. Aquele sorriso desdentado durou semanas no rostinho dela. Quando Roger morreu, prometemos cuidar da sua família, que é Rebecka, Susy, sua irmã, e a pequena Chloe.

— Vocês são demais, Noah...

— Agora quero que me explique, que história é essa do meu casamento?

Começo a rir.

— Eu ando atordoada desde que você me rejeitou...

Ele ri.

— Eu não te rejeitei...

— Ok. Continuando, mergulhei de cabeça naquele clube e só ouvia comentários, nunca prestei atenção em uma conversa. Então, eu soube que você voltou de viagem e logo as imagens de você desfilando por aí com Chloe e Donna começaram a chegar. Aí veio a despedida de solteira ontem, achei que você era o noivo e, quando liguei para cá mais cedo, disseram-me que estava se preparando para o casamento. Meu pai encorajou-me a vir me declarar... - paro por um momento, caço meu pai pelo salão e o encontro dançando com a Rebecka. Ele olha-me e pisca. Velho safadinho. — Bom, acho que ele queria ver a filha feliz e, para isso, deixou que eu pensasse que era realmente você que casaria. Não sei...

— Estou devendo ao seu pai - ele beija-me e todos ao redor desaparecem. A força dos seus braços, o calor do seu aperto e o desejo em seu beijo me fazem sentir única. Eu sou a mulher mais feliz do mundo!

— Eu te amo, Noah - volto a beijar o homem da minha vida.

Capítulo 25

Noah

— Já está saindo do gabinete, excelência?

— Quase. Por quê?

— Porque preciso de você aqui no clube.

— O que faz no clube, Madison? Até onde sei, ele está fechado hoje.

— Poderá vir? Eu realmente preciso de você aqui, Noah.

— Já estou indo.

Desligo o telefone pensativo. O que essa mulher aprontou naquele lugar? Assim são meus dias com Madison, imprevisíveis, inconstantes, não fazendo a menor ideia do que virá a seguir. Essa é minha nova realidade, sem monotonia, sem marasmos, apenas Madison ocupando meu tempo e espaço, fazendo-me um homem feliz.

Recosto-me na minha cadeira e relembro o dia do casamento da Chloe dias atrás. Sorrio com a lembrança da Madison chocada perguntando se eu estava casando com duas ao mesmo tempo. Só ela para pensar algo assim. Para mim, Noah, aquela cena foi a maior prova de amor que alguém poderia me dar. Estragar o casamento de alguém não é para qualquer um.

Recordo que, enquanto todos dançavam, ela puxou-me para o canto atrás dos arbustos e me atacou. Estava tão faminta, tão enlouquecida, que quase transamos ali. Mas Madison, apesar de doidinha, merece o melhor. Deixei todos para trás e fomos deitar mais cedo. Queria sentir sua pele na minha.

Mal entramos no quarto e já tomo sua boca, tiro sua roupa com pressa. Quando chega a vez de tirar a minha, ela me para.

— Fique assim... – ela ajoelha-se à minha frente, abre o zíper da minha calça e traz meu pau para fora, duro como pedra. Ela passa a língua na ponta, fazendo-me gemer. Logo o toma inteiro, engolindo quase todo.

— Aaahh... Madison...

Ela continua a chupá-lo e masturbá-lo ao mesmo tempo. Minha última transa foi com ela e faz muito tempo. Não demora muito para que meu orgasmo ecloda.

— Madison, eu vou gozar.

Ela olha-me com aquela carinha safada e aponta para sua boca.

— Goze aqui, *baby*. Porque estou com sede de Noah.

Madison, com esse jeito perigosa de ser, acaba fodendo com a cabeça de qualquer homem. Quase gozo com essa afirmação dela. Ela volta a chupar com vontade, alternando chupadas e punheta, passa a língua pela cabeça, fazendo um carinho especial e, mais uma vez, o leva todo até o final, engasgando-se. Isso me enlouquece, entrelaço meus dedos em seu cabelo, e ela permite-me ditar o ritmo até eu gozar. Madison toma tudo com gosto, não deixando nada escapar.

Sem demora, trago-a para mim, beijo-a e a jogo na cama. Tiro terno, gravata, a camisa, calça, ficando apenas de cueca. Contemplo Madison deitada nua na minha cama e não tenho dúvida alguma, esse é o lugar dela. Abro suas pernas, acaricio seu linda e rosada boceta, desço minha boca, pois, dessa vez, a acariciarei com a língua. Ela geme chamando por mim, e eu continuo meu ataque, que está só começando. Beijo suas coxas, mordo-as e as marco, passando minha língua em seguida.

— Noah... Por favor...

Volto a lambê-la e sugá-la lentamente. Madison se contorce, puxa meu cabelo para forçar o ritmo. Encaro-a por entre suas pernas e dou um sorriso perverso. Mordo seu clitóris, e ela grita de prazer. Tenho certeza de que, mesmo com a música, os convidados a ouviram. Enfio dois dedos enquanto a chupo e vou usando sua excitação para lubrificar sua bunda. Porque, hoje, a tomarei como minha, para sempre!

O orgasmo dela não tarda a chegar e Madison se desfaz em minha boca. Subo sobre seu corpo e beijo-a mais uma vez para que ela sinta seu gosto na minha boca. Beijo seu pescoço e desço para uma das minhas partes preferidas, seus seios. Eles são fartos, do tipo que a gente tem vontade de enterrar o rosto e esfregar. Tomo um de seus mamilos em minha boca e o sugo até ficar vermelho e seu bico riste, vou ao outro e repito a façanha do primeiro.

Fico nesse jogo delicioso por um bom tempo, e Madison se contorce, pedindo mais. Levanto, tiro minha cueca e coloco um preservativo. Sento na cama e trago Madison para cavalgar em mim. Enquanto a penetro, quero ver todas as reações da mulher amo. Ela desliza sobre meu pau, envolvendo-me em seu calor e começa a cavalgar. Seus seios saltando no meu rosto me dão a impressão de estar no paraíso.

Em meio a nossa loucura desenfreada, ela para e olha-me séria. Todos seus sentimentos estão ali, para que eu os possa ver. Madison está desnudando sua alma para que eu tenha certeza do seu amor. E, sinceramente, foi o momento em que ela ficou mais bonita, quando mostrou sua vulnerabilidade, apesar da sua força.

— Eu te amo, Madison.

Ela beija-me com carinho e volta a rebolar no meu colo. Puxo seus cabelos e beijo seu pescoço, trago sua boca para minha, chupo sua língua, mordo seu lábio inferior, e Madison geme. Tudo com essa mulher é intenso, o sexo, o amor e até mesmo o sofrimento. Ainda assim, não mudaria nada.

Mudo de posição rapidamente, voltando a ficar por cima dela, e a penetro, olhando em seus olhos. Madison não me decepciona, encara-me na mesma intensidade. Qual homem não deseja ter uma fortaleza dessa como refúgio?

— Goze comigo, ruiva – não demorou muito para que ela explodisse em um orgasmo, gritando pelo meu nome, continuo a estocar sem dó, vindo logo em seguida, falando "minha".

Deito e a trago para cima de mim para descansarmos. Acaricio seus cabelos e beijo sua cabeça. Ficamos assim por um bom tempo, tendo de fundo a música da festa.

Volto à realidade com Harriet me chamando.

— Tudo bem, Noah?

— Tudo perfeito – respondo sorrindo, e ela retribui meu sorriso.

— Gosto de vê-lo assim, menino. Tenho algumas ligações para repassar, pode ser agora?

— Não. Estou indo encontrar a Madison. Amanhã, na primeira hora, faço isso.

Ela abre um sorriso ainda maior.

— Vá ser feliz!

Pego minha pasta e vou para garagem, entro no carro e vou em direção ao clube. E a pergunta que não quer calar volta, o que diabos a Madison está fazendo no clube na terça-feira, sendo que aquilo é fechado? Estaciono na frente do Secret Garden e dou a volta, pois a chave que tenho é da entrada secundária.

Caminho pelo lugar escuro, quanto mais avanço, mais preocupado fico.

— Madison?

Sua voz vem lá da parte frontal. Encaminho-me para lá, passando pelos camarins, escritório, sala privada e chego à parte da frente. Vejo que uma luz está focada em um dos palcos, há uma poltrona com um bilhete. *"Reservado para Noah Lancaster"*.

Nesse momento, a voz da cantora Nina Simone, a capela, preenche o lugar com a música *Feeling Good* – (...) *Pássaros voando alto, você sabe como me sinto. O sol no céu, você sabe como me sinto. A brisa soprando, você sabe como me sinto. É um novo amanhecer. É um novo dia. É uma nova vida, para mim. E eu estou sentindo bem (...)*

Com o início do instrumental da música, sento-me e Madison vem ao palco com a mesma roupa que estava da outra vez. Um colete branco com um botão, parte do sutiã de renda preto aparecendo, luvas até o cotovelo, uma saia preta curta que deixa a beirada de renda das meias sete oitavos à mostra e saltos altíssimos. Dessa vez, uma cartola e uma bengala com detalhes em dourado fazem parte do figurino.

Madison dança conforme a batida da música, usando a bengala como apoio. Ela sobe, desce e esfrega-se no objeto, deixando-me muito excitado. Ela começa seu show de *striptease*, tirando peça por peça e a hora em que ela abre aquele colete tenho que me segurar para não subir no palco e agarrá-la no meio da sua apresentação.

Está no final da música e ela rebola seminua, apenas de calcinha, meias e salto. Então, ela desce do palco e começa a dançar em cima de mim, fazendo movimentos como se estivéssemos fazendo sexo. Madison rebola no meu colo de frente para mim. Em seguida, ela fica de costas e se abaixa, deixando sua bunda empinada na minha direção. Estou tentando deixá-la terminar o show, mas, admito, está complicado. O fim da sua performance foi decretado quando ela veio de quatro como uma gatinha e colocou a boca no meu pau por cima da calça.

Essa mulher será minha morte!

Abro minha calça, rasgo sua pequena calcinha, a trago para cima de mim e enterro-me nela. Madison curva-se para trás, oferecendo-me seus seios, que devoro sem dó. Chupo e lambo até ficarem muito vermelhos. Gosto das minhas marcas nela, até porque essa ruiva infernal é minha!

— Noah...

— Geme, minha gostosa. Geme e rebola. Isso.

Levo um dedo até o seu clitóris e logo Madison está gritando de tesão. Coloco ela de quatro na poltrona, penetro-a com meus dedos; com a minha língua, penetro sua outra entrada. Madison enlouquece, seus gemidos são palavras incoerentes. A única coisa que entendo é "por favor, quero mais". Continuo a prepará-la para me receber nessa bunda linda.

Penetro meu pau em sua boceta e dois dedos na bunda, nesses últimos dias temos feito muito sexo anal, ela gosta tanto quanto eu. Sendo assim, sua preparação é menor. Logo, enfio meu pau na sua bunda e dou um tapa em cada nádega.

— Gostosa. Minha cachorra deliciosa – seguro seus cabelos como se estivesse preso em um rabo de cavalo e trago seu corpo de encontro ao meu, fodendo-a sem descanso.

— Isso, Noah...

Coloco minha boca em seu ouvido:

— Ah, minha cadela, gosta de ser xingada?

— Sim... Oh, sim... Noah...

Levo um dedo em seu clitóris e faço movimentos circulares, Madison grita. Ainda dentro dela, encosto suas costas em meu peito, tampo sua boca com a mão e falo em seu ouvido:

Eu sabia que você era puta, ruiva. Só não sabia que você gostava de ser tratada como tal. Só vou deixar uma coisa clara, você é minha, Madison. Tudo isso é meu. Agora, goze, cadela.

Sua boceta começa a contrair em meu dedo e sei que ela está à beira de um orgasmo. Com uma estocada forte e o movimento brusco do dedo, ela se desfaz, gritando na minha mão e seu corpo cede. Ajeito-a sentada na poltrona, fico de frente para ela, masturbando-me. Ela passa a língua pelos lábios, como se estivesse com fome.

— Vou te dar algumas opções, gatinha. Você quer que eu goze aqui? – coloco o dedo em sua boca. — Aqui? – passo um dedo pelos seus seios. — Ou aqui? – esfrego o dedo na sua abertura.

— Aqui – Madison aponta o dedo para sua boca.

Ela engole meu pau, o sugando por completo, fazendo um tremor passar pelo meu corpo. Enquanto chupa minhas bolas, masturba-o. Sua língua é treinada para o pecado.

— Madison... Ah... Cadela gostosa... – isso faz com que ela fique mais frenética, levando-me ao pico. A hora em que a desgraçada roça os dentes pela extensão do meu pau, enlouqueço.

— Filha da puta... Que delícia. Madison... Ah... Vou gozar – e, mais uma vez, ela brinca com seus dentes, a mistura da tensão com o tesão faz com que meu orgasmo seja forte, deixando todo meu corpo trêmulo.

Sento na poltrona e a trago para o meu colo, exausto. Abraço-a forte, cheiro seus cabelos e acaricio sua pele. Ela aninha-se em mim e ficamos em silêncio por um longo tempo, nos recuperando da foda estupenda.

— Qualquer hora você me matará, mulher.

Ela ri.

— Quero você bem vivo. Gostou do show?

— Adorei. Surpreendendo-me como sempre, ruiva infernal.

Ela levanta e começa a juntar suas roupas espalhadas pelo chão, eu coloco a poltrona no lugar e vamos em direção ao escritório, onde ela deixou sua roupa. Saímos do clube em direção à minha casa, fomos em silêncio o caminho inteiro, minha mão na sua. Não precisávamos de palavras, o amor estava ali, explícito.

Assim que estaciono o carro na garagem, abro a porta para ela e a encosto no carro.

— Eu comprei um presente para lhe dar no seu aniversário. E, como sabemos, não foi possível.

— Ah, você me deu um presente. Tudo bem que não foi nada convencional... – ela fala, rindo.

— Sério, Madison – ela acena e seu sorriso some. — Eu lembrei da nossa conversa sobre presente e, no seu aniversário, não tive dúvidas. Encomendei algo especial e único, não há outra dessa em lugar nenhum.

Levo-a até onde a moto está e tiro a capa que a cobre. Madison coloca as mãos na boca, grita e pula em meu colo, enchendo-me de beijos.

— Noah, eu não acredito, uma moto com o meu nome. Ai, meu Deus!

Ela beija-me várias vezes.

— Fico feliz que tenha gostado.

— Eu amei!

Dou um tapa na bunda dela.

— Vou lembrar desse "amei" a hora que estiver na cama – falo, rindo.

Entramos em casa, trocamos de roupa e descemos para jantar. Sento na cabeceira da mesa, onde é meu lugar de costume e fico muito feliz cada vez que vejo essa cena, Alyssa rindo de alguma proeza da Madison. Tudo em paz, sem discussões. Para mim, isso é fantástico.

— Estou até agora tentando entender por que o noivado do Chris é no meio da semana – Alyssa comenta.

— O assessor de campanha dele acha que é melhor. A ideia é que seja o acontecimento mais veiculado do outro dia. Se fosse em um sábado ou domingo, concorreria com outras matérias importantes. Algo assim – respondo.

— Espero que o Chris e a Audrey estejam felizes. Porque eu lembro quando ele trouxe os convites, a cara não estava nada boa – Alyssa comenta e volta-se para Madison. — Mad, me ajuda a escolher uma roupa?

Antes que Madison possa responder, Benjamin entra discreto, como sempre.

— Boa noite, família – ele abraça Martha e a beija no rosto. — A senhorinha aqui anda toda prosa, olhinhos brilhantes, pele boa. Danadinha.

Martha fica roxa de vergonha, e os outros caem na risada. Benjamin não tem jeito. Ele senta-se ao lado de Alyssa, uma das empregadas coloca o serviço para ele, que já vai se servindo. Não lembro de Benjamin passar tanto tempo na mansão e jantar conosco, agora é frequente, dias atrás Christopher e ele chegaram a dormir aqui. E assim foi meu final de noite com a família.

A quarta-feira foi corrida, saí mais cedo do gabinete para ir em casa arrumar-me e depois ir até a casa do pais de Audrey, que fica do outro lado da cidade. Tomo banho, arrumo-me em traje completo, calça, camisa, colete, terno, meias e sapatos. Penteio o cabelo, escovo os dentes e passo perfume. Depois de tudo isso, olho para Madison que ainda estava de roupão, penteando o cabelo. Como pode? Bastava colocar o vestido e um sapato.

— Espero você lá embaixo, ruiva. E, por favor, não demore. Estamos quase atrasados.

— Fique tranquilo, excelência. Estou quase pronta.

Olho-a mais uma vez e balanço a cabeça. Nunca mais acreditarei quando ligar e disserem "estou quase pronta" ou "estou saindo". Nos dois casos, estão mentindo.

Desço em direção à sala e sirvo-me de uma dose de whisky. Ando de um lado para outro na esperança dos meus passos acelerarem o tempo e as meninas ficarem prontas. Ouço passos na escada e vejo uma belíssima loira de cabelos lisos e de vestido azul descendo. Onde Alyssa pensa que vai com essa roupa?

— Você está linda, Aly. Mas não vai sair com esse vestido curto.

Ela faz uma mesura e, em seguida, uma careta.

— Estou me sentindo tão bonita, Noah...

— Fico feliz. Agora suba e coloque um vestido longo...

— Não mesmo! – ouço Madison, que desce as escadas em um vestido preto justo e abaixo do joelho, muito comportado e elegantemente sexy. Ela fica de frente para mim e ao lado de Alyssa. — Eu sei que é curto para o que ela costuma usar, mas o fato de ser *godê* não a deixa vulgar, não há decote e esse cinto lindo marca essa cinturinha fina. Alyssa está uma boneca, meu orgulho.

As duas se abraçam, e eu sorrio, sou sortudo ou não? Então, Madison resolve ficar de costas para mim, e vejo o decote extravagante que vai até final das suas costas, estilo decote *profundo,* um pingente transpassado, dá a impressão de um colar nas costas. Fora que esse conjunto beneficiou sua bunda, chamando mais atenção do que deveria.

— Ok. Ok. Ambas estão lindas. Agora, subam e troquem esses vestidos.

Madison ri.

— Sonhe, excelência - ela vai até o espelho da sala e passa a mão pelo seu cabelo, que está preso em um coque trabalhado perfeito. Fico atrás dela e passo a impressão de que vou segurar seu coque.

— Isso está me dando ideias, senhorita Harver.

Madison olha-me através do espelho e passa a língua sobre os lábios.

— Essa é a finalidade, excelência.

Alyssa limpa a garganta na intenção de lembrar que está na sala.

— Podemos ir? Vocês estão praticamente se comendo pelo espelho e isso faz meu estômago embrulhar.

Beijo o pescoço da Madison, estendo meus braços para as duas e vamos para a porta da frente. Hoje, tive que solicitar o serviço de limusine, coisa que detesto. Mas o noivado do Chris é um acontecimento na sociedade, temos que seguir alguns protocolos medíocres da *high society*.

Achei que não seria uma festa dessa proporção, isso não faz o tipo do Christopher. Se conheço meu amigo, ele está detestando. Na porta, já fomos interceptados para tirar fotos. A maioria das pessoas que circulam por aqui são políticos e esposas, empresários e suas acompanhantes.

Um evento perfeito para selar sua candidatura ao Senado e angariar fundos para a campanha.

Chris nos avista de longe e vem em nossa direção. Ele sorri e cumprimenta a todos, mas o que vejo em seus olhos faz-me sentir mal por ele. Christopher O´Donnell está aqui por livre e espontânea pressão.

— Boa noite, pessoal. Que bom que vieram.

Ele cumprimenta Madison e Benjamin. Nesse momento, Alyssa chega no grupo e Chris quase desloca o maxilar.

— Alyssa? Meu Deus, menina. Quando você cresceu? Caralho, velho. Quando ela ficou bonita assim? – ele a abraça. Se ele não a visse como uma menininha, já teria quebrado a cara dele.

Benjamin fica ainda mais chocado.

— Alyssa, sua sorte é que seu irmão nos obrigou a fazer um pacto de morte... – ele dá um beijo muito demorado no seu rosto. Outro que a vê como irmãzinha, caso contrário, já estava sem os dentes. Amigos, amigos, irmãs à parte.

Alyssa e Madison saem com Audrey, ficando Chris, Ben e eu. Volto-me para Christopher.

— Eu o conheço bem o suficiente para saber que você não quer estar aqui.

— O que eu não gosto é de ser manipulado. Gostaria de ter a opção de escolher se quero, e não o dia, hora. Não é fácil ter que aceitar e engolir...

— Vale a pena sacrificar sua vida em prol da política? – pergunto já sabendo a resposta.

— Não é pela política, mas pelos meus ideais. Sim, está valendo a pena.

Levanto minha taça.

— Que tudo corra conforme sua vontade.

A festa foi um evento grandioso, como seu assessor e a mãe de Audrey queriam. Chris era só sorrisos, mas nenhum deles chegou ao coração. Essa situação não é justa com ele nem com Audrey, ambos sabem exatamente onde estão se metendo, peço a Deus que os ilumine.

Se há algum tempo me perguntassem se casaria para fortalecer meus ideais, diria que sim. Procuro Madison entre a multidão e a encontro conversando com Alyssa e Rebecka, linda. Seus olhos encontram os meus, ela pisca e aquece meu coração. Hoje, se me fizessem a mesma pergunta, eu responderia: não. Se eu não a tiver ao meu lado, meus ideais se tornam fracos. Preciso me sentir forte para lutar pelo próximo. Ela é minha força, minha fortaleza, meu porto seguro. Madison é minha vida.

Capítulo 26
Madison

Um mês depois...

O telefone da mesa do escritório toca, tirando minha atenção das anotações.

— Madison, precisamos conversar.

— Sobre o que, Noah?

— Sobre nós.

Meu coração começa a sambar no peito. Minha voz sai trêmula:

— O-o que sobre nós? - será que ele vai terminar comigo? Não! Não pode. Eu sou sua ruiva dos infernos.

— Eu espero você em casa. Beijos, minha ruiva.

— Beijos...

Depois de desligar, recosto-me na cadeira e minha cabeça começa a fantasiar as prováveis cenas que irei protagonizar quando chegar em casa. Tudo estava tão perfeito... Ok, perfeito até demais. Mas, com Noah, tudo é assim...

Nas últimas semanas, ele anda um tanto estranho, pensativo demais. Na verdade, desde o noivado do Chris. Aquilo mexeu com ele, não o noivado em si, mas o fato de Christopher não estar satisfeito com o caminho que as coisas estão tomando, porque é algo que ele não tem controle.

Lembro que, quando chegamos da festa, Noah foi direto para o quarto e sentou na cama, ficando assim por muito tempo. Tirei meu vestido, a maquiagem, sentei ao seu lado e coloquei minha cabeça em seu ombro.

— O que está incomodando, príncipe?

Ele balança a cabeça.

— Nada, princesa – ele beija minha testa. — É só que... Sei lá. Preocupado com o Chris. Eu sei que ele é adulto e sabe muito bem o que está fazendo. Só não achei justo a vida dele se resumir a isso.

A política é a vida dele, Noah.

— Eu sei. E o admiro muito por isso. De todos nós, ele era o que tinha o sonho de mudança. Ele tinha ideias bárbaras na faculdade, não foi à toa que foi presidente da irmandade por muitos anos, sempre se destacou como empreendedor de ideias. Christopher teve participação direta nas aberturas das instituições em lugares pobres, escolas, creches, dos programas que eu presidi. Ele se tornou político para atuar nessa frente comigo.

Sorrio de orgulho e ele continua:

— Mas é justo sacrificar a ambos? Audrey o ama, mas até quando ficará em um casamento onde ela não é a prioridade do marido?

— Audrey está entrando nisso pelo mesmo motivo que Chris, mas não é amor. Pelo que concluí, eles se dão muito bem e a cumplicidade deles é algo especial, mas para por aí. Ele quer subir na carreira, ela foi criada para isso, para ficar ao lado dele. Ambos entendem que não será fácil, mas estão dispostos a fazer dar certo.

Ele olha para mim.

— Se fosse há algum tempo, eu apoiaria meu amigo nisso, porque pensava da mesma maneira. Hoje, eu não consigo. Eu não conseguiria correr atrás do que acredito se não tiver você lá comigo.

Sento em seu colo e passo meus braços por ele.

— Eu te amo por ser exatamente assim, excelência.

E nossa conversa terminou em muito sexo, uns tapas e orgasmos. Vida difícil a minha. Tem sido assim viver com ele, nos damos muito bem, eu acho... Será que ele pensou melhor e descobriu que esse meu jeito não cabe para a namorada de um juiz? Eu posso mudar, não posso? Claro que não!

Voltando para o hoje, para esse telefonema, fico confusa... O que está passando na cabeça do Noah, senhor Jesus?

Ramon tira-me da minha distração.

— Madison, sua cunhada chegou bêbada e está lá no bar.

— Alyssa? - pergunto já me levantando e indo em direção ao bar.

Quando entro, encontro Aly com a cabeça tombada no balcão. Por que ela está assim? Levanto-a e falo com ela— Aly... Aly... - dou tapinhas no rosto.

— O que é? - ela responde enrolado. Isso não é bom.

— Aly, o que está acontecendo? Por que bebeu assim?

— Aquele *bassstardo* vai se casar com a safada... - ela coloca o dedo na boca e depois fala baixinho: — Shhh... Não conta *pa* ela. *Maix* aquilo não dará c-certo...

Que bastardo? Que safada? Eu espero que não seja Noah, porque casamento não faz parte dos nossos planos. Pelo menos, não que eu saiba. Uma dor de cabeça começa a surgir. Noah, Noah... é melhor você não ter mais nenhuma surpresa para mim. Pois minha cota de surpresas inconvenientes está esgotada há muito tempo.

Peço para o Pierre pegar minha bolsa no escritório enquanto vou para a porta da frente com Alyssa escorada em mim. Um dos seguranças nos acompanha até o carro dela e ajuda-me a colocá-la no banco. Entro do lado do motorista, dou partida, e vamos para casa.

No caminho, vou tentando entender o que levou minha amiga a beber novamente, ela não é disso. O que vem acontecendo que eu não sei? Quem é o bastardo? Será que a safada sou eu? Abro a boca chocada com a revelação. Será que Alyssa é contra meu namoro com seu irmão? Ela nunca demonstrou isso. E aquela ligação macabra e sem sentido? Esses Lancaster estão acabando com a minha sanidade.

Encosto na entrada da mansão e peço para um dos seguranças me ajudar com a irmã do juiz, bêbada que nem um gambá. Assim que ele coloca a mão na criatura, ela abre os olhos e sai do carro como se nada tivesse acontecido.

— Lionel, guarde o carro para mim, por favor? – ela pede, e ele assente, acelera o carro e vai para a garagem, e eu continuo ali, de boca aberta.

— Alyssa Lancaster, que porra é essa? – pergunto virada no cão. Aproximo-me dela e a cheiro. — Cachorra, você nem bebeu.

Ela começa a rir e entra na casa junto comigo. O lugar está quase escuro, somente algumas luzes acesas para fazer sombras. Ela me abraça e fala.

— Noah está te esperando na piscina – ela vira as costas e sobe as escadas.

Sigo até a piscina apreensiva. Gente, o que está acontecendo? O meu coração não está preparado para esse tipo de suspense. Minha idade não permite mais que eu leve sustos. Assim que chego ao meu destino, sou brindada com o jardim iluminado com pequenas tiras com lâmpadas, dando a impressão de uma chuva de estrelas. No meio, vejo o homem mais lindo que conheço, observando a piscina decorada com pequenas velas.

Antes que eu desse conta, lágrimas corriam pelo meu rosto. Eu não faço a menor ideia do que acontecerá, mas tudo está tão magnífico, que mexeu comigo. É como se Noah trouxesse o céu estrelado para nos saudar.

Então, aquele homem que me faz feliz vira-se e sorri. Noah é um homem espetacular, ele é muito bonito, mas é mais que isso, é a maneira com que conduz a sua vida, a forma com que afeta positivamente a vida de quem o cerca que o torna admirável. Ele está com uma camiseta polo preta, uma calça jeans e as mãos no bolso.

Quantas não queriam estar no meu lugar nesse momento? Admitam, vocês queriam...

Noah vem até mim e me dá um casto beijo nos lábios.

— Que bom que chegou, senhorita Harver - seu tom é doce e seu sorriso, perverso.

— Em que posso servi-lo, excelência?

Ele aciona um botão do controle que eu não tinha visto e a música *All of Me* do John Legend soa pelo lugar.

— Dá-me a honra dessa dança?

Faço uma mesura.

— Sim, senhor.

Ele passa um de seus braços pela minha cintura e puxa-me para si. Bastou sentir a força dos seus músculos para sentir-me quente. Aliso seus braços e imagino suas tatuagens, e aquela velha vontade de lambê-las volta. Esse homem é puro tesão, eu o lamberia inteiro a qualquer momento.

Ele beija meu rosto, morde o lóbulo da minha orelha e canta em meu ouvido:

(...) *O que eu faria sem sua boca esperta? Estou me arrastando e você me está me dispensando. Estou com a cabeça a mil, sem brincadeira. Não posso te forçar a nada. O que está se passando nessa mente linda? Estou em sua jornada misteriosa e mágica e estou tão confuso que não sei o que me atingiu. Mas eu vou ficar bem. Minha cabeça está embaixo da água, mas estou respirando bem. Você é louca e eu estou fora de controle. Porque tudo de mim, ama tudo em você. Ama suas curvas e todos os seus limites. Todas as suas perfeitas imperfeições. Dê tudo de você para mim e eu te darei meu tudo. Você é o meu fim e meu começo. Mesmo quando perco estou ganhando, porque te dou tudo de mim e você me dá tudo de você.*

Quantas vezes tenho que te dizer, que mesmo quando você está chorando você continua linda. O mundo está te massacrando. Estou por perto a todo o momento. Você é minha ruína, você é minha musa, minha pior distração, meu ritmo e tristeza. Não consigo parar de cantar, está tocando uma música em minha cabeça para você. Minha cabeça está embaixo da água, mas estou respirando bem. Você é louca e eu estou fora de controle. Porque tudo de mim, ama tudo em você. Ama suas curvas e todos os seus limites. Todas as suas perfeitas imperfeições. Dê tudo de você para mim e eu te darei meu tudo. Você é o meu fim e meu começo. Mesmo quando perco estou ganhando, porque te dou tudo de mim e você me dá tudo de você.

As cartas na mesa, estamos mostrando os nossos corações. Arriscando tudo, apesar de isso ser difícil. Porque tudo de mim, ama tudo em você. Ama suas curvas e todos os seus limites. Todas as suas perfeitas imperfeições. Dê tudo de você para mim e eu te darei meu tudo. Você é o meu fim e meu começo. Mesmo quando perco estou ganhando. Porque te dou tudo de mim e você me dá tudo de você (...).

A música continua a repetir e repetir. Eu estou emocionada, em lágrimas. Nem nos meus melhores sonhos imaginei que um dia viveria isso. E antes que eu possa me recompor, Noah abraça-me, balançando no ritmo da música e fala no meu ouvido:

— Desde o noivado do Chris, venho pensando sobre nós, chegando a algumas conclusões – ele afrouxa seu aperto ao meu redor e posso olhá-lo, ele continua: — Nós dois não temos nada a ver um com o outro. Somos opostos. Você desafia-me, faz piada, esgota minha paciência. Depois que a conheci, não sei mais o que é tranquilidade.

— Isso tem um lado bom? Porque estou começando a ficar desconfortável...

Seu sorriso é lindo.

— O que eu quero dizer, Madison, é que você me completa, me faz inteiro, faz sentir-me vivo. Que depois que a conheci, não sei mais como é viver sem você.

Noah solta-se de mim, tira um pequeno estojo do bolso e ajoelha-se. Ele abre e vejo um lindo solitário com uma pedra azul enorme... Será que aquilo é de verdade? Daqui posso ver os detalhes, o aro de ouro branco cravejado de diamantes contorna uma pedra azul-clara. Aquilo é um diamante azul?

— Madison Aria Harver, você aceita se casar comigo?

Chocada, coloco as duas mãos na boca para impedir-me de gritar e fico estática.

— Madison, estou começando a ficar preocupado.

Finjo seriedade.

— Olha, Noah, eu bem que queria aceitar e tal, mas...

— Madison... – ele fala entre os dentes.

— Você sabe como é, não é? Nós dois... Água e azeite...

— Madison! – ele está ficando irritado, e eu amo isso.

— Acho melhor...

Noah levanta-se bravo e resmungando.

— Essa mulher tem o poder de me tirar do sério.

Ele coloca o estojo na mesa ao lado e vira de costas. Jogo-me em suas costas e caímos na piscina. Assim que emergimos, passo meus braços pelo seu pescoço e as pernas pela sua cintura.

— Homem impaciente. Só estava lhe dando a chance de pensar melhor e fugir – beijo sua boca, e ele passa seus braços pela minha cintura. — Tudo o que eu mais quero é passar o resto da minha vida com você. Eu te amo, Noah Lancaster. Você é o homem da minha vida!

Epílogo
Madison

Olho pela janela do escritório do *Secret Garden* e vejo que temos um dilúvio à vista. Cadê Noé com a arca nessas horas? Olho mais uma vez para o meu anel de noivado e sorrio. Tenho medo de abrir a boca e falar que estou feliz, tenho medo de que outra coisa ruim aconteça, mesmo tendo uma vozinha lá no fundo me dizendo que encontrei meu "felizes para sempre". Depois de passar quase uma vida odiando essa expressão, passei a considerá-la.

Uma das meninas que trabalha no clube aparece gritando desesperada:

— Mad, Mad, corra! Você precisa ajudá-la.

— Ajudar quem, criatura? – ela me leva em direção à porta da frente, puxando-me pelo braço.

— Olhe lá. Ajude-a, por favor.

Olho rua acima e vejo dois homens jogando coisas de dentro da casa para fora, um terceiro olhando, algumas meninas do clube amparando a menina com rosto de anjo que está em prantos e com um pequeno baú nas mãos.

Sem pensar muito, saio no meio daquela chuva torrencial e vou ver o que acontece. Aproximo-me da cena e vejo a menina desesperada e os trogloditas jogando suas poucas coisas na rua. Fico de frente para ela e seguro sua mão, seus olhos cinzentos demonstram tristeza e dor.

— Fique calma.

— E-eles... A ca-casa... – acredito que ela esteja tentando me explicar.

— Ei, olhe para mim. Eu vou resolver, ok? As meninas vão levá-la para se secar antes que fique doente e depois conversaremos – volto-me para as duas que a estavam amparando-a. — Leve-a para o clube, deem um banho quente, algo para comer e um chá quente.

Elas acenam e saem. Eu nem tinha percebido que um dos seguranças veio atrás de mim com um guarda-chuva. Vou até o baixinho de óculos que está com uma prancheta na mão.

— O que está acontecendo?

Ele faz cara de poucos amigos e consegue ficar ainda mais feio.

— Ela e o pai tinham que desocupar a casa quando a senhora morreu. Ele não pagou nem saiu, hoje estamos retomando a posse...

— E por que estão jogando as coisas para fora?

— Quem é a senhora afinal? Detetive? – pergunta com sarcasmo.

Dou um passo em sua direção.

— Realmente quer saber quem sou?

Ele dá um passo para trás.

— Ela não queria sair, tivemos que tirar à força.

Olho ao redor e vejo papéis jogados, roupas e minha raiva explode. Como eles puderam fazer isso com um anjo daquele?

— É melhor você juntar tudo isso, secar e entregar a ela intacto.

Ele e os outros começam a rir.

— E quem vai nos obrigar, senhora?

O segurança que está atrás de mim dá um passo adiante, e eu o paro.

— Acredito que o juiz Lancaster saberá como me ajudar – tiro o celular de dentro do bolso e disco o número de Noah.

— No-noah Lancaster, da Primeira Corte? – um dos carregadores infelizes gaguejam.

— Sim. Esse mesmo.

Os três entreolham-se e começam a juntar as coisas. Não é que o nome do Noah faz milagres?

— Por favor, senhora, nós só estávamos fazendo nosso trabalho – o baixinho lamenta.

— Não perca seu tempo com desculpas desnecessárias. Depois que juntarem e secarem tudo, deixem ali naquele casarão. E dou um conselho, acho melhor vocês começarem a soprar a papelada antes que ela se desfaça.

Viro as costas e volto para o clube. Até onde vai a maldade do ser humano? Como podem tratar as pessoas com tanto menosprezo? Vou até o vestiário onde a menina está penteando o cabelo.

Estou completamente encharcada e não tenho roupas aqui. Peço para me conseguirem um uniforme e, enquanto isso, tomo uma ducha quente e seco-me. Assim que saio, encontro a menina arrumando a roupa para mim na cadeira. Ela vira-se e sorri timidamente.

— Estava tentando tirar a marca das dobras...

Sorrio afetuosamente para ela. Alcanço e visto as roupas rapidamente, penteio meu cabelo e volto minha atenção para ela.

— Como é seu nome? – eu não sei por que olhá-la me toca. É como se, de alguma maneira, identificasse-me com ela.

— Ivy Destiny Reed – sua voz é suave e triste.

— Lindo nome. Eu sei que sua mãe faleceu, mas e o seu pai?

Seus olhos umedecem, e ela pisca para conter as lágrimas que insistem em cair.

— Ele faleceu há quatro dias - ela fala com pesar. — Estou sozinha no mundo sem saber o que fazer...

Meu coração aperta.

— No momento, Ivy, eu não tenho muito a oferecer, mas um abraço será que ajuda? - ela acena que sim e corre para mim. Emocionei-me por ver a fragilidade dessa criança. Depois de algum tempo, ela solta-se de mim e seco suas lágrimas. — Você não está sozinha. Bem-vinda à família *Secret Garden*.

Fim.

Não é o fim, é o começo de uma nova história... Your Destiny.

Pelo seu smartphone você pode scanear o qr code acima e ficar por dentro de todas as novidades da 3DEA EDITORA.